Rainar Nitzsche:

Das Schlafende steht auf aus Seinen Träumen

Der Autor

Dr. Rainar Nitzsche wurde am 27.12.55 in Berlin geboren, ging im Saarland zur Schule und lebt in Kaiserslautern, wo er Biologie studierte und über Brautgeschenke bei Spinnen promovierte. Er ist gelernter Buchhändler und gründete 1989 den Rainar Nitzsche Verlag. Seit 2015 veröffentlicht er seine Bücher als Autor bei BoD, bookrix und neobooks.

Bisher von ihm erschienen (Jahreszahl der Originalausgabe): PROSA: Die Pfadwelten: *Der Leuchtende Pfad des Magiers* (1998), *Wandlungen der Drei* (2004), *Wüsten-Berges-Himmels-Weiten* (2005), *Ins All - Im Eins* (2005). Sammelbände fantastischer Kurzprosa: Die Mondintrilogie: *Ruf der Mondin* (1992), *Im Licht der Vollen Mondin* (1996), *Mondin-Schein und Sein* (2001), *Aton - Vater Sonn* (2001), *Still riefen uns die Sterne* (2001), *Spiegelwelten deiner Seele* (2001), *Von Engeln, Erleuchtung und Ewigkeit* (2006), *Spinnentraumgespinste* (2007), *Das Schlafende steht auf aus seinen Träumen* (2010). Unter dem Pseudonym Olaf Olsen: *Die Meere des Wahnsinns* (2005), *Höllen-Fahrten-Leben-Träume* (2005), *ES bricht hervor aus dir* (2006). LYRIK: *wir ... menschen der erde* (1982), *Die Zeit der Bäume* (1992), *OM oder das Rauschen der scheinbaren Leere* (1994), *Klang über den Meeren der Zeit* (1996), *Ewig sein in Stille* (2006).

Seit seiner Jugend fotografiert Rainar Nitzsche vor allem Insekten und Spinnen, die sich in seinen Sachbüchern, u. a. *Spinnen-Spiegelungen in Menschen-Augen* (2004), *Spinnen kennen lernen* (2012), *Spinnen lieben lernen* (2013), *Spinnen-Sex und mehr (2015),* aber auch verfremdet in seinen Kunstbüchern wiederfinden: u. a. *Spinnenkunstwelten 2* (2010), *Spinnen fantastisch verfremdet* (2016). Weitere neuere Kunstbücher: *Aliens* (2016), *Höllenkunst* (2017).

Rainar Nitzsche

Das Schlafende

steht auf aus Seinen Träumen

Es schreit und weint und
lacht und lächelt

Fantastische Kurzprosa
mit dem Gemälde der Mona Lisa,
eigenen Fotocollagen und Fotos
- alle effektvoll verändert

Die Deutsche Nationalbibliothek verzeichnet diese Publikation in der Deutschen Nationalbibliografie; detaillierte bibliografische Daten sind im Internet über dnb.d-nb.de abrufbar.

Impressum

Rainar Nitzsche

Das Schlafende steht auf aus Seinen Träumen

2. überarbeitete und erweiterte Auflage

(1. Auflage: 2010 im Rainar Nitzsche Verlag)

Computersatz: Dr. Rainar Nitzsche

Künstlerische Verfremdung aller 42 Abbildungen: Dr. Rainar Nitzsche. Alle Fotos und Kunstwerke: Dr. Rainar Nitzsche mit Ausnahme folgender Bildvorlagen: Ölgemälde »La Gioconda« - »Mona Lisa« von Leonardo da Vinci (Frontcover, S. 3, 13, 17, 57, 115, 169, 289, 316) aus Wikipedia, YinYang-Symbol (S. 230), Metallkonstruktion »Lebenskraft« aus Mainz von Andreu Alfaro (S. 6, 111, 112), Details vom Elwetritschebrunnen von Gernot Rumpf in Neustadt/W. (S. 71, 75, 115).

© 2017 Herstellung und Verlag:

BoD – Books on Demand, Norderstedt

ISBN 9783744887960

Für Elke*

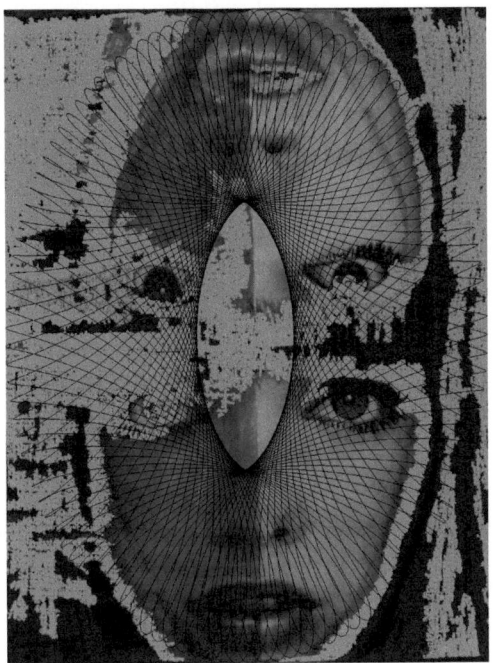

Meiner großen Liebe auf Erden**

die ist wie ich und anders zugleich

die ich / die mich noch immer nicht fand

die wir uns niemals finden werden?

Denn so mag es geschrieben stehen

Von wem und wo?

Warum?

*: Hier und heute in der »Realität«. **: Die Widmung
2010 - lyrisch, fantastisch, ein unerfüllter Traum.

Inhalt

Parallele und verschachtelte Welten

Die den Letzten folgen

Epilog

VORWORT

Liebe(r) LeserIn,

hier gibt es nun wieder einmal neue fantastische Kurzprosa sowie Fotos und Collagen von mir, nicht nur für die, die Action und einen Ausblick in die Zukunft lieben, sondern auch für die etwas Nachdenklicheren unter uns. Denn es geht auch um verschiedene Daseinsebenen, parallele und ineinander verschachtelte Welten und Universen.

Die Texte habe ich thematisch auf mehrere Kapitel aufgeteilt, innerhalb dieser alphabetisch nach dem Titel angeordnet mit Ausnahme des 1. und 6. Kapitel (geschichtlicher Ablauf). Die in einigen Texten vorkommenden Personen Manfred der Magier, seine große Liebe Nairra/Moyo und ER aus dem schwarzen Universum T-her sind die Helden meiner PFAD-Romane. Zur besonderen Schreibweise in zwei Fällen: »Sonn« steht für »Sonne«, »Mondin« für »Mond«. Denn *er* ist Vater (fast) allen irdischen Lebens, *sie* aber leuchtet voll und magisch in der Nacht. Mit WEISS ist GOTT in seiner reinsten Form in optischer Betrachtungsweise gemeint. In IHM treiben die Höllenwelten, auch Universen genannt, schwarze Flecken, winzige Makel. Wir alle sind somit ein Teil von IHM - eine pantheistische Weltauffassung. Er Dort Oben aber ist nicht GOTT, sondern ein gewisser Rainar, dieser Autor, der da in seiner Menschenwelt auf Erden lebt und andere Welten mit seinen Texten erschafft. Einige Mona Lisa Bilder sowie weitere hier nur in Schwarzweiß gedruckte Werke gibt es in meinem Buch »Kunstwelten« in Farbe zu betrachten. Und noch ein Wort: Ich habe mich in der Neuauflage bemüht, einige Formulierungen zu optimieren und kleinere Druckfehler zu korrigieren und habe einige neue Bilder hinzugefügt.

Ihr Dr. Rainar Nitzsche, Kaiserslautern, August 2017

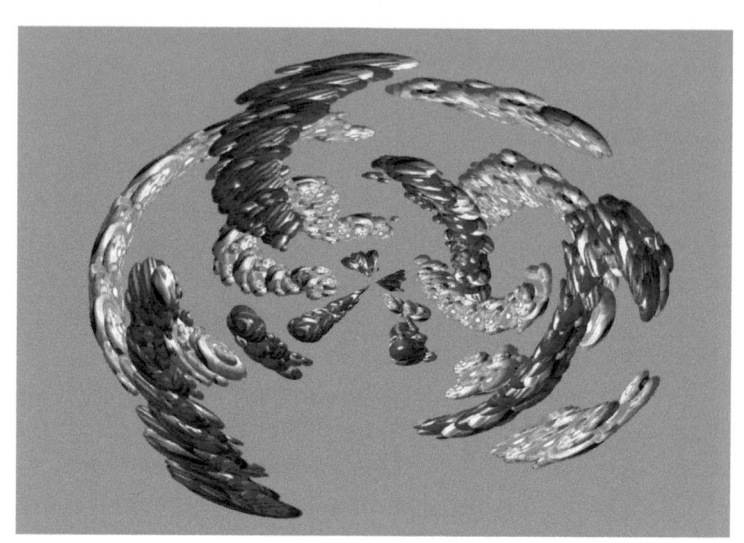

Das Schlafende erwacht

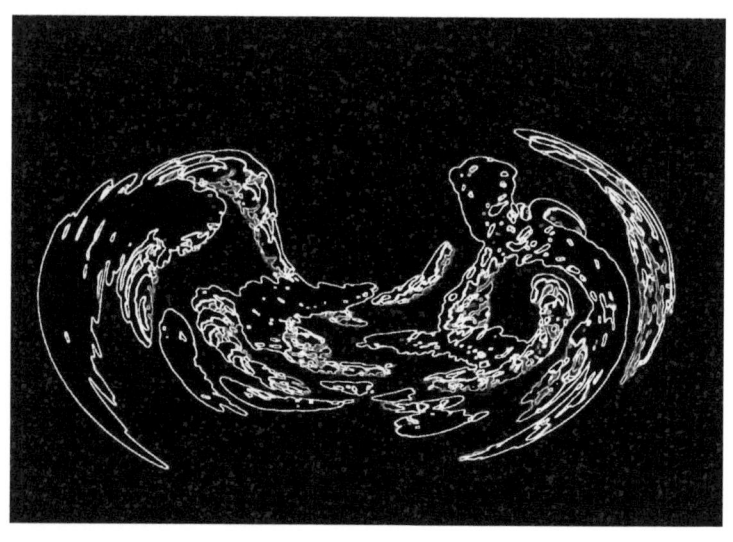

Etwas fällt

Etwas fällt - und eine Welt, ach viele Welten entstehen, vergehen. Etwas fällt. Ein Knall.

Domino fällt dir ein. Erst ein Stein, dann zwei, dann drei, dann vier, fünf, sechs, sieben, acht und immer mehr. Das ist die kausale Kette, Ursache und Wirkung. Die fallenden Steine sind eine von vielen Folgen, die sich in alle Richtungen verzweigen.

Ein Hund bellt. Tauben fliegen auf. Etwas fällt. Die Bewegung breitet sich aus.

Etwas fällt. Das langsam fließende Glas zerspringt. Wie rasch das geht!

Weder die eine noch die andere Bewegung des Glases nehmen deine Augen, dein Gehirn, nimmst du wirklich wahr.

So endet die Vase auf dem Zimmerboden. Rote Rosen in einer Pfütze - zwischen Scherben.

Trittst du hinein? Schreist du schon?

Nein, nicht ins scharfe Glas, *dorthin* nicht.

Und doch. Etwas passiert – dir. Denn jetzt rutschst du im Wasser aus. Deine Füße gehen dir voraus. In Zeitlupe gleitet dein Hinterkopf der Erde entgegen. Etwas fällt.

Es hört nicht auf, denkst du und wunderst dich zugleich: Das bin ja ich, der da fällt. Welch seltsames Gefühl, so plötzlich allen Halt unter den Füßen verloren zu haben.

Nein, so schlimm ist es eigentlich nicht, rasen andere Gedanken in dir. Irgendwann muss ja der Aufprall kommen. Da bist du dir ganz sicher. Doch wie und wo und wann? Was dann?

Während du fällst und fällst, noch immer fällst und immer weiter nach hinten überkippst – »Das endet einfach nie!«, schreit irgendwo, so fern, Panik in dir auf -, während du noch immer mit geschlossenen Augen fällst, siehst du Bilder aus längst vergangenen, aus zukünftigen, aus gegenwärtigen, aus wer weiß was für Tagen zeitlupenhaft in dir emporsteigen. Nein, du siehst da nicht nur Bilder, sondern lauschst auch Klängen, atmest morgenländische Düfte ein, erlebst all dies zugleich, denn du bist längst mittendrin – in vielerlei Gestalt.

»Pazuzu«, flüstert irgendwer voller Ehrerbieten.

Du rast an ihm vorbei, der dieses spricht und sich vor dir verneigt.

Und du bist Manfred der Magier bei Tag und Moyo als schwarze Pantherin in der Nacht, zugleich auch ER von T-her, nicht aber die Mückenfrau, die blutsaugende Fledermaus und auch kein gewöhnlicher Vampir der menschlichen Art.

DAMALS UND JETZT

Erwachen im Abenddämmern

Schwarze Wolken dort oben. Die waren nicht immer dort, noch werden sie ewig sein. Das ist klar. Jetzt aber sind sie da. Also ist es dunkel geworden auf Erden.

Schwärze war und ist gegangen, denn nun erstrahlen sie in wechselnden Farben, von Rot über Gelb und Grün bis Blau.

So ist es, wie es ist und eigentlich niemals sein kann, denn gelb leuchtet noch immer der Sonn, rot geht er auf und unter. Doch wie es ist, so ist es. Der Schläfer erwacht.

Der Schläfer?

Nein.

Die Schläferin?

Die auch nicht.

Es ist nicht er noch sie, Es ist es. *Das Schlafende* steht auf aus Seinen Träumen.

Doch Halt, *Es*, also *eins* ist es schon lange nicht mehr. *Wir* sind nun hier, drehen Uns im Kreis und schreien mit schrillen Stimmen Unseren Schmerz der Wiedergeburt und Unsere Freude, brüllen Unser Leben in die Weite hinaus. Wie bebt die Erde unter Unseren Füßen, die sie betasten und auf ihr tanzen. Grelle Blitze zucken aus den Wolken.

Wir drehen Uns noch immer um Uns selbst, schließen Unsere Münder und Schnäbel nicht, und hören nicht auf zu stridulieren, so wie es im Kleinen auch Insekten- und Spinnenmänner tun.

Sprites, violett und rot, brennenden Christbäumen gleich, wunderbar verästelt und grell, so hell, erstrahlen weit oben über der Erde. Bluejets schießen aus

Wolken nach oben empor. Und nicht nur die, auch Elves, Elfen der besonderen Art, grün leuchtende Ringe tanzen in der Ionosphäre, 100 km über der Erdoberfläche.

Von unten können Wir sie nicht sehen. In Uns aber nehmen Wir sie wahr. Als wären die Wolken Spiegel, so drehen Wir Uns auch dort oben, doch gegen den Uhrzeigersinn.

Und den Blitzen folgen Brummen und Donnern hier unten.

Noch immer drehen Wir Uns hier und da.

Noch immer singen Wir im Wind schneller und immer schneller. Alles rast.

Wärst du hier, so sähest du und röchest längst, dass dies hier kein Menschenkörper ist. Aber du bist ja nicht da. Also nimmst du nichts wahr. Kein Mensch lebt hier weit und breit. Wen wundert's, denn Menschen wird es auf Erden erst in Jahrmillionen geben.

Abenddämmern. So legt sich Vater Sonn zur Ruh. Rasend schnell versinkt er dort in der Ferne, geraffte Zeit, spiegelt sich in gigantischer Größe in Unseren Augen, purpurrot und violett am Horizont.

Nun hat die Nacht alle Dinge eingehüllt in ihren schwarzen Mantel, doch nur für die Anderen, die im Tag leben und jetzt schlafen.

Wir aber werden jetzt erst richtig munter.

Dort funkeln die Sterne. Wie hell die Mondin doch leuchtet – so rund, so voll, so gewaltig groß, so wunderbar.

Wir schauen sie dort außen, also werden Wir sie immer in Uns sehen, für alle Zeit.

Längst drehen Wir Uns nicht mehr, jetzt schweben

Wir, stehen still in der Luft und lauschen. Wir warten.

Doch niemand antwortet. Denn niemand ist hier, der ist wie Wir. Niemand hat Unseren Ruf vernommen und ist ihm gefolgt. Niemand ist unterwegs zu Uns. Wir wissen längst, dass alles vergeblich ist, dass niemand kommen wird. Schwebend verharren Wir noch immer still.

Jetzt ist die Zeit gekommen. Jetzt heben Wir Unsere zahlreichen Arme voller Sehnsucht empor. Nachhause, dorthin zu den Sternen, die Unsere Heimat sind, bricht schreiend Erinnern aus Uns hervor. Doch schon fallen Unsere Hände kraftlos in den Schoß dieses einen von so vielen Planeten zurück, der niemals unsere Mutter war, nicht ist, noch jemals sein wird. Denn aus den Himmeln wurden Wir geworfen und auf die Erde verbannt. Denn hier unten sollen Wir ...

Was sollen Wir hier tun?

Wir wissen es nicht.

Weil Wir es vergaßen? Weil wir es erst dann wissen sollen, wenn die Zeit gekommen ist?

Also wissen Wir es *noch* nicht?

Wir träumen davon daheim zu sein.

Erinnern Wir Uns, wie es war, wie es geschah, wie Wir die Reise zu diesem Planeten* hier schafften?

Nein. Wir träumen weiter. Und träumend lösen Wir uns von Unserem Körper. Ringe aus Licht, Ringe aus Schwärze lassen Wir vor Uns im Raum entstehen. Schaut, sie verbinden sich, wachsen zusammen und bilden einen Tunnel, der irgendwo im Nirgendwo enden mag. Der Tunnel rollt sich auf und bildet eine Spirale.

*: Erde

Und jetzt erwacht der wahre Traum von Stille und Leere, die alles ist.

Dann ist auch der Traum gegangen, kein Denken, kein Wünschen, kein … Aufgehen im …

(Schweigen)

LEERE

In den Wüsten

Du erinnerst dich?

Seltsame Dinge erzählen sich Magier von dunklen Wesen, die weder weiblich noch männlich, die gänzlich ohne Geschlecht sind. Es sind Geschichten von Gut und Böse, Schwarz und Weiß, also Weiß und Schwarz, denn die Guten sind natürlich strahlend weiß und die Bösen zumindest dunkel, Wesen der Nacht, sie scheuen das Licht. Es sind Geschichten, die in fremden Ländern unserer Erde spielen, auf anderen Planeten dieses Alls, vielleicht aber auch in anderen Universen, oder aber hier an diesem Ort, ja, genau dort, wo du gerade sitzt und diese Worte hier liest. Doch nur keine Panik, don't panic!, nicht jetzt, noch nicht, zu anderer Zeit, ja, damals …

»Bruder!«, schrie einst ein Wesen in den weiten heißen Wüsten in den Himmel hinauf und sah doch nicht hin, »Bruder, tu es nicht!«, flüsterte ES mit gewaltiger tiefer, doch schon heiserer Stimme. Und SEINE nackten schwarzen Flügel zitterten. Und SEINE Stimme bebte. Und ängstlich kauerte ES inmitten verbrannter Steppengräser, die da umgeben waren von zerstörten Wäldern und Menschenstädten. »Ich will leben!«, brüllte ES SEINEN (für Menschenohren, die es hier nicht mehr gab) lautlosen Schrei in die Weite der Welt hinaus. »Bruder!«, schrie dieses in dieser großen Welt so winzig erscheinende Wesen ein drittes und letztes Mal, denn schon sank IHM SEIN Kopf auf die Brust.

Ja, ES trug einen Kopf und besaß auch einen Körper. Schließlich hatte es ja auch Flügel, die irgendwo befestigt sein mussten. All die Wesen, die von IHM vernichtet worden waren, sie alle hatten ES »böse« genannt, natürlich, denn ES hatte gegen sie gewütet. Auch wir hätten IHM einen Namen gegeben, wir Menschen gaben IHM ja einst den Namen SHTN, das heißt Sheitan. Auch Satan und Eblis nannten wir ES. Schwarz war ES und brachte millionenfachen Tod über die, die am Tag lebten, die den Tag liebten.

Apropos Liebe, ewig wollte ES sein, so hasste (liebte, würden wir Menschen dazu sagen) ES mehr als all die anderen Wesen dieser und anderer Welten sich selbst. Und doch war ES nur eins, also allein. Fühlte ES sich gar einsam?

Wir wissen es nicht. Was wir aber wissen, ist dies: Gewaltig groß war SEINE Angst vor dem Licht, also vor dem Tag, wenn der Sonn vom hellen Himmel brannte, damals auf dieser einen Welt dieses einen von so vielen Universen, die die Menschen »Erde« nennen. Denn ES war ein schwarzes Wesen der Nacht.

In SEINEN Alpträumen erinnerte ES sich, wie es war, wie es immer wieder wiederkehrte, wie es war, wie es ist, wie es immer sein würde. ES sah alles nicht nur so, wie ES es erlebte, spürte, erfühlte, sondern nahm alles von innen und außen zugleich wahr. Dann irgendwann, endlich legte ES sich vor dem Morgendämmern zur Ruhe, denn SEIN Werk war vollbracht. Und seltsam mag es zunächst dem Außenstehenden erscheinen, dass ES sich diesmal nicht in eine SEINER zahlreichen Höhlen, Grüfte und Verstecke zurückzog und auch nicht in die Tiefen der Wasser hinabstieg, sondern sich einfach in die von IHM verbrannte Steppe, die nun Wüste war, legte. Warum aber tat ES das, weshalb nur, warum?

Kein Mensch weiß es. Ach so, es gibt ja auch keine

Menschen mehr, denn ES hat sie alle getötet.

Dort blieb ES liegen und schlief ein.

Früh am Morgen bricht der Sonn über den Bergen hervor.

Und die schwarzen Augen des schwarzen, schwarz geflügelten Wesens, diese Augen, in denen träumend ganze Kosmen sich drehen, reißen vor Entsetzen auf, dreimal brüllt ES auf und bittet den Bruder um Erbarmen, um etwas, das ES niemals kannte. In sich sieht ES ein letztes Mal all das, was ES in SEINEM Äonen währendem Leben der Welt brachte. Schwarz liegt alles vor SEINEM inneren Auge dar, still, vernichtet und tot. So sollte es sein, so ist es gut, ist gerichtet, gerächt und recht, ist alles richtig. Ich habe allen Tod gebracht, denn das ist mein Lebenssinn, dafür bin ich geschaffen.

Wie brennen die Strahlen des weißen Sonn dort oben in SEINEN längst geschlossenen Augen. Blindheit bringt dieses Licht allen Wesen der Nacht, also auch IHM. Wärme frisst sich in SEINE schwarze Haut. »Feuer« schreit sie, Flamme ist sie, löst sich in Fetzen ab, fällt brennend auf schwarze Erde nieder. Muskeln schmoren und lösen sich auf, Knochen und Hirn schmelzen. Alles wird zu qualmendem weißen Staub. So ist nun die schwarze Erde hier an diesem einen Ort ganz weiß geworden. Nichts ist von IHM, von der SCHWAERZE geblieben.

So tötet der Bruder die Schwester. So tötet der lachende Tag die Nacht. So tötet das Licht die Schwärze.

Und die Erde blieb wüst und leer in strahlendem Glanz bei Tag und in brütender Schwärze bei Nacht - für lange, lange Zeit.

Riesen unter und über der Erde

Es ist Nacht. Dort oben strahlt die Volle Mondin, so blass, so kühl, so kalt. Hier unten auf Erden aber taut es jetzt. Also hat der Riesenmaulwurf die Erde gleich einem Wal durchbrochen, der von Zeit zu Zeit an die Oberfläche des Meeres kommt, um zu atmen.

Ihr Licht aber tötet Ungeheuer dieser Art auf der Stelle, so wie es auch das Licht des Sonn am Tage tut. Denn dieser Riese lebt unter der Erde, also kann er niemals über der Erde existieren.

Das zumindest glauben und erzählen sich seit Jahrtausenden die Inuits, besser im Westen als Eskimos bekannt, an den Küsten, die den Wal kennen, den sie fingen und noch immer fangen und essen, und die auch die Knochen und Körper der Giganten im Eis von Zeit zu Zeit erblickten, die immer ohne Leben waren.

Warum?

Eben, weil sie im Mondinlicht starben.

Der Naturwissenschaftler aber lächelt über all das.

Weise, nein, weiße Männer kommen aus dem fernen Westen des Zarenreichs und bergen einige der Riesen, stopfen und stellen sie im fernen St. Petersburg aus. Und die Besucher des Museums lesen den Namen, den Menschen dem Wesen gaben, das weder Riese noch Maulwurf ist, einst weit verbreitet lebte und nun nirgendwo mehr auf Erden existiert und doch neu geschaffen als Klon bald wieder existieren mag. Und sein Name besteht nur aus zwei mit einem »M« beginnenden Silben. Ja, so ähnlich klingt es, nein, nicht »Mahmud« der Gepriesene ist gemeint, hier geht's doch um ein Tier, dessen deutscher Name »Mammut« lautet.

Dima

Du versuchst dich zu befreien, herauszukommen. Du sinkst immer tiefer. Du strampelst mit deinen stämmigen Beinen. Du öffnest deinen Mund, laut rufst du um Hilfe. *Noch* ragt deine Nasenöffnung über die Erdoberfläche hinaus, *noch* atmest du. Doch du hörst nicht auf zu sinken.

Deine Mutter ist dir so nah, bei dir, sie berührt dich und – hilft dir nicht. Auch die anderen, deine Geschwister und Tanten, sie alle sind nicht fern.

Sie können nichts tun. Denn hier im Schlamm bist du allein. So sinkst du tiefer und tiefer. Noch atmest du Luft durch deinen Rüssel, dann …

Der Frühling kommt. Es taut das Eis – ein wenig. Schlammströme ergießen sich dorthin, wo du noch immer liegst und all dies schon lange nicht mehr registrierst, es sei denn, deine Seele, die eine oder eine der vielen, die du besitzen magst oder auch nicht, weilte noch immer bei dir. Schlamm deckt dich, der du vom eisigen Boden umgeben bist, zu. Der aber hat längst die Feuchtigkeit aus deiner Haut gesaugt. So wirst du bewahrt, lange schon tot, für Zeiträume, die du dir niemals vorstellen könntest.

40 000 Jahre später entdeckt ein Mensch deinen Körper im Permafrostboden Sibiriens. Von »Dima« sprechen und schreiben die Medien. Aber deinen wahren Namen kennt niemand mehr, denn all deine Artgenossen sind längst gegangen. Menschen bergen dich und stellen dich aus, ein Baby des weit verbreiteten und bis vor 3700 Jahren auf einer Insel überlebenden Wollhaarmammuts (*Mammuthus primigenius*). Ein Junge bist du, der abgemagert unter Parasi-

ten litt und dem wohl deshalb die Kräfte fehlten, um sich selbst aus dem Tümpel zu befreien.

Ach ja, und die Scheiße, sorry, den Kot deiner Mutti sollst du, wie alle anderen Mammutjungen auch, gefressen haben, um die nötigen Bakterien für die Verdauung aufzunehmen, behaupten die Menschen und haben wohl Recht.

Pläne für die Zukunft entstehen: Menschen wollen dich oder einen deiner Artgenossen klonen.

Wie einleuchtend klar all diese Worte im TV doch klingen. Der Zuschauer staunt darüber, was die Experten so alles wissen. Und doch ist es ja nur etwas Fakt und viel Fiction. Denn heute sind Spannung und Action gefragt, auch in der Wissenschaftsdarstellung in den Medien. Und kaum gesendet ist schon alles wieder vergessen, denn neue Sensationen warten darauf, die Gier der Massen zu befriedigen.

Höhlenzeichnung

Sehr pornografisch, der erigierte Penis, die offene Vulva, um das einmal vornehm auszudrücken.

Und was ist das?, denkst du mir zu.

Dein steifer Schwanz, antworte ich, ohne meine Lippen zu bewegen, was sonst.

Und was ist hier?, denke ich dir zu.

Deine so wunderbar duftende, samtweich und schwarz behaarte Muschi, was sonst.

Und so haben wir es hier in dieser Höhle an die Wand gemalt. Und nun träumen wir davon, wie unsere Kindeskinder in ferner Zeit - die wir uns niemals vorstellen können und es doch versuchen, denn wir sind Menschen - weiterziehen, dem Wild hinterher, und irgendwann wieder hierher zurückkehren und diese Zeichnung entdecken.

Was werden sie denken bei dem, was sie hier sehen? Welche Gottheiten, welche Symbole, welche Riten werden sie sich erdichten?

Wie lustig all dies doch ist! - Für einen Augenblick.

Denn kaum gedacht, laufe ich auch schon davon, und du mir nach im Liebesfangelreigen. Denn wir sind jung und gesund. So wollen und werden wir Kinder haben. O ja!, wir wissen genau, wie das geht, denn wir malten es ja an die Wand.

Babylons Götter und Pazuzu

Nicht die alte Stadt, auch nicht die neue ist gemeint, sondern die Babylonausstellung im Pergamonmuseum zu Berlin. Schließlich leben wir im beginnenden 21. Jahrhundert und in Deutschland, also mitten in Europa.

Ach ja, und wieder zuhause schaust du im Internet nach und entdeckst, dass *Babylon* einst einmal ein wenig anders hieß. »Babilla« nannten die Akkader ihre Stadt, die dann Anfang des 2. Jahrtausends vor Christus zum babylonischen »Babili« wurde, dem Gottestor. Vielleicht erinnern wir uns an den Geschichtsunterricht in der Schule, Hammurabi war hier einst König, dessen Gesetzessammlungen noch heute Bewunderung erregen. Das also sind die beiden ersten Namen dieser einst so mächtigen Stadt. Dann, viel später schrieben die Griechen den Stadtnamen in »Babylonia« um, hebräisch »Babel«, woraus schließlich im Deutschen »Babylon« wurde.

Vier weitere Fremdwörter sind dir von der Ausstellung im Gedächtnis haften geblieben, die da lauten: Ischtar, Marduk, Sin und Pazuzu. Du erinnerst dich, dass da auch Götternamen darunter waren. Also schaust du bei Wikipedia und andernorts nach, was es damit so auf sich hat.

Ischtar heißt das große Tor, das da gewaltig hoch vor dir aufragte, der du nur einer von so Vielen im Strom der Touristenscharen warst. Und du durftest weder hindurchgehen, noch es fotografieren. Dieses Tor trägt *ihren* Namen: Ischtar, auch »Eschtar« genannt, die große Göttin der Liebe.

Marduk aber war der Stadtgott Babylons, der eine

und höchste Gott des Reiches, der fünfzig Namen trägt. Herr der Götter ist er, der den Frühlingssonn bringt, Richter und Magier zugleich. Immer aber bei ihm weilt Muschhuschschu, aus älteren Menschenzeiten bekannt, das von Tiamat, dem Urchaos, erschaffene Ungeheuer mit seinem Schlangenleib, dem gehörnten Schlangenkopf, den Vorderfüßen eines Löwen, den Hinterfüßen eines Adlers, zudem mit einem Skorpionsstachel versehen. Und wie der Schlangendrache bei Marduk weilt, der Tiamat besiegte, so hat er das Chaos gebändigt.

Sin, Suen oder Suin aber ist das glänzende Boot des Himmels, die Mondsichel - ein Bote. Wir schauen auf und gleiten dahin durch Schwärze, völlig weggetreten.

So weit, so gut, sagst du dir, als du wieder bei Sinnen bist. Doch was habe *ich* eigentlich mit diesen drei alten Göttern zu tun, abgesehen davon, dass ich ihre Namen gelesen habe?, fragst du dich auch schon.

Werde ich etwa durch das Tor der Liebe treten oder auf dem Drachen reiten, Herr über Babylon sein und den Turm bauen lassen, um den Himmel zu stürmen?

Was wird der Bote Sin für mich sein? Wird die Mondsichel mich mit sich führen, hin zum Wüstentor, das ich durchschreiten werde, einem Zeittunnel, Transmitter gleich, der meinen Körper oder aber meinen Geist, meine Seele an anderen Ort in anderer Zeit katapultiert?

Doch wie auch immer alles geschehen mag, von einem haben wir ja noch gar nicht gesprochen: Sein Name lautet *Pazuzu*. Er ist der Dämon mit dem Schlangenpenis, dessen Statuen die Schwangeren vor

Lamaschtu schützt. Und wie lustig: »Kindbettfieber« werden die Menschen *Lamaschtu* Jahrtausende später nennen, die seltsamerweise glauben, dass es gar keine Dämonen gäbe.

All das hast du dir, der du in Berlin geboren wurdest, an einem von drei Tagen deiner fünftägigen Touristenberlinreise angesehen.

Wie lange mag das jetzt schon her sein?

Wann geschah das, wenn es denn jemals geschah?

Denn wer weiß, alles könnte ja nur ein Traum gewesen sein.

»2008«, flüstert eine Stimme in dir.

Und wer ist diese Stimme?, wunderst du dich einen Augenblick lang und hast sie auch schon wieder vergessen. Die Stimme, ja, aber nicht die Zahl. Könnte eine Jahreszahl sein. Doch worauf mag sie sich beziehen? Du weißt es nicht, öffnest deine Augen und – bist schon mittendrin.

Wo?

Na, hier in Babylon, wo sonst! In der großen Stadt, wo es von Menschen nur so wimmelt, die alle irgendetwas tun, was dir einen Augenblick lang doch sehr befremdlich vorkommt. Denn es ist sonnig und warm, nein, richtig heiß.

Wie … (komme ich hierher?), willst du fragen und tust es nicht.

»Welches Jahr schreiben wir?«, flüsterst du dir lautlos zu.

Welches Jahr in welcher Zeitrechnung?, wäre wohl die richtige Frage. Die hier und jetzt gültige kenne ich doch nicht. Und die, die mir geläufig ist, kann hier ja gar nicht gelten, denn als diese Stadt blühte, also hier und jetzt, gab es den einen Propheten GOTTES von so vielen noch nicht, den seine Anhänger Erlöser und Messias, ja Sohn GOTTES und als Teil einer Trinität GOTT selbst nennen. Also kann mir hier wohl kaum einer (abgesehen vom Sprachproblem - dem klitzekleinen Unterschied zwischen Deutsch des 21. Jahrhunderts und Altsumerisch) mit der Zeitangabe »xxxx vor Christi Geburt« dienen, damit ich endlich weiß, *wann* ich bin.

Doch spielt das Jahr denn eine Rolle?

Nein. Ich kenne den Ort, und der ist Babylon. Da bin ich mir sicher und weiß doch nicht warum. Ich kenne das Jahr nicht, doch erinnere ich mich düster, dass da nach Alexander dem Großen mit Babylon nicht mehr viel los war. Also befinde ich mich nun wohl mehr als 2300 Jahre vor meiner Zeit. Ja, das ist doch schon einmal eine Antwort auf das Wann?

Wichtiger als all dies, ist jedoch die Frage aller Fragen: Was wird nun geschehen?

Und was soll ich jetzt tun?

Oder vielleicht noch schlimmer – oder auch besser, wer weiß das schon?: Was tut wer mit mir?

Und die Mühlsteine mahlen

Und die Mühlsteine mahlen.

Das eine sind die Dinge: Mühlsteine. Die Tätigkeit ist auch offenkundig: Sie mahlen.

Das andere aber sind Menschen. Ich, du, er, sie, es - wir, ihr, sie. Wir alle sind hier. Also sind »Was« und »Wer« geklärt: Mühlsteine und Menschen.

Das »Wen« aber könnte noch immer offen sein. Doch nur einen winzigen Augenblick lang, denn alles geht ja so rasch, rasend schnell. Denn weiter geht der erste Satz: Und die Mühlsteine mahlen - uns alle platt zu Matsch.

Schreien wir?

Nö. Wir tun es nicht mehr. Wie sollten wir auch, wenn da nicht mehr viel von uns übrig ist.

Schrieen wir, als wir noch lebten?

Na klar, wir taten es. Und wie!

Jetzt aber träumen wir von einem weiten, warmen Land aus Sand.

Ach, wir liegen ja schon mittendrin, lösen uns auf, sind längst zu Staub zerfallen. Wind kommt auf, nimmt uns mit sich fort in dieser klaren Nacht der Nächte.

Und aus dem Wind wird Sturm, in dem Dämonen singen. Und einer ist besonders laut, kommt immer näher. *Pazuzu* heult uns zu, der da aus Südosten weht, so kalt, fiebrig heiß zugleich und die Pest mit sich tragend. Er ist es, der uns zu sich bringt, in seine Zeit an fernen Ort, ins uralte Babylon. Dort erwachen wir. Seltsamerweise wissen wir, wie es um uns bestellt ist: Wir sind tot, gestorben. Davor aber lebten wir in einer fernen Zeit, die hier und heute »Zukunft« heißt.

Pazuzu nickt und lächelt uns an, seine rechte Hand

zum Gruß erhoben, sein linker Arm hängt herab.

Übrigens sieht er gar nicht furchterregend wie ein Dämon aus, sondern ist in Tuch gekleidet wie alle Menschen hier, also auch wir.

Andererseits heißt das auch: Wir wissen nicht, ob er vielleicht etwas unter seiner Kleidung verborgen hat. Bei Menschen sind das oft Waffen, bei ihm jedoch …

Wieso ist er hier überhaupt so unscheinbar?

Perfekte Tarnung oder wie oder was?

Oder sind wir allein es, die nicht nur wissen, wer er ist, sondern ihn zugleich auch körperlich wahrnehmen können – als einen Menschen unter vielen?

Wie anders sind da doch die Schutzfiguren gestaltet, die seinen Namen tragen: Sie besitzen Adlerfüße an beiden Beinen, einen Hundekopf, vier große Flügel auf dem Rücken und …

Darauf sind die Frauen unter uns schon ganz scharf, denn solch einen schlangenköpfigen Schwanz – nein, nicht den skorpionsartigen hinten, sondern den vorne und unten, ja, dort, wo dieses schlaffe Ding bei Menschenmännern hängt - haben sie noch nie in sich gespürt. Ob er sie wohl erst züngelnd leckt, außen und auch noch innen, und dann hemmungslos unter Wonnen bis zur Besinnungslosigkeit vögeln wird?

Sie werden es erleben, o ja!, sie werden ihn in sich spüren, da bist du dir ganz sicher.

Weil du so bist oder sein willst wie er?

Das ist das Schicksal der Frauen, die mit uns aus unserer Zeit herkamen. Sie wollten es ja. Von seinem Samen werden sie schwanger sein. Und er wird sie vor der Dämonin mit Namen *Lamaschtu*, der Tochter des Anus, beschützen, die das Kindbettfieber erzeugt. Frauendinge.

Doch wie werden seine Kinder sein, die Menschen und Dämonen zugleich sind?

Werden sie mehr nach dem Vater oder der Mutter geraten?

Das ist das Eine.

Etwas ganz Anderes ist, was mit mir und den anderen Männern geschehen mag?, fragst du dich und weißt doch keine Antwort, schläfst müde ein und wachst nicht auf.

(Noch nicht? Nie mehr?)

Eunuchen

»Du stehst wie ein Eunuche«, ruft irgendwer dir zu, der du gerade am Pinkeln bist.

»Wie stehen denn Eunuchen?«, flüsterst du dir selber zu, der du keiner bist, auch wenn es da - nicht immer, aber immer öfter in deinem Alter und bei all den Herzmedikamenten Probleme mit der Erektion geben mag, nun ja, gibt. Geschrumpft scheint er dir auch zu sein.

Was, wer?

Na, dein Schwanz, wer sonst!

Doch immerhin ist noch alles vorhanden, weder amputiert noch verdorrt und abgefallen.

Und nun fallen dir die Kastratensänger in den christlichen Kirchen des Barock ein, Frauen nicht erlaubt, also waren sie zuständig für die hohen Stimmen, Altus, Alt. Wie überirdisch schön diese Knabenstimmen doch klangen!

Klangen?

Klingen, denn du hörst sie jetzt ja in dir.

Also war ich einst einmal einer von ihnen?

Oder was mag das alles bedeuten?

All das träumst du vor dich hin. Doch schon sind deine (sind sie es denn?) Gedanken weitergeprescht, davongerast, hin zu den in allen Zeiten kampf- und kriegsverletzten Männern, denen die Genitalien abgeschlagen oder weggeschossen wurden, und denjenigen, die sie bei Unfällen verloren.

Auch erinnerst du dich an die Erzählungen und Filme über arabische Harems: so viele hübsche Frauen mit ihren entmannten Wächtern. Und wie unvorstellbar groß doch die Eunuchenzahl war, die einst am

Hof des chinesischen Kaisers lebte. Du hast davon gehört, dass damals arme Bauern eigenhändig ihre Söhne kastrierten, um sie dann an den Hof zu schicken, damit sie dort als Tàijiân - Palasteunuchen angestellt würden – kein Hungern mehr und ein sicherer Job zudem.

»Zunächst waren es nur 3 000, schließlich 70 000«, flüstert eine hohe Stimme in dir und lacht und hört nicht mehr auf zu kichern

Wer mag das sein? Bin ich besessen?

Dann geschieht eine Zeitlang, die dir wie eine Ewigkeit vorkommt, nichts, bis auf einmal eine geheimnisvolle Stimme hell und klar im Altus nur einen Namen singt, der dir gänzlich fremd vorkommt, nun ja, er war es bis zu diesem Augenblick, denn er lautet »Kybele«. Dazu zeigt dir der, zu dem die flüsternde Stimme gehört, Bilder, bewegte Bilder, einen Film, dreidimensional, ach, zieht dich ja jetzt gänzlich in diese ferne Zeit der alten Götter hinein und spricht zu dir gleich einem Reiseführer: »Dort oben auf dem Berg Agdos in Phrygien schläft Papas, der Göttervater, besser bekannt unter dem Namen *Zeus*.

Schau, jetzt ergießt er sein Sperma, bei welchem Traum auch immer. Und wo es auf die Erde trifft, löst sich dieses fürchterliche zwittrige Wesen namens *Agdistis* aus dem Stein. Und vermehrt es sich, dann ...

Doch das geschieht ja nicht, denn Dionysos schenkt ihm den Rausch. Und dabei entmannt es sich selbst. Und wundersamerweise wächst aus seinen Genitalien ein Mandelbaum, dessen Frucht eine Tochter des Flussgottes Sangarios schwängert, und sie gebiert einen Sohn namens *Attis*. Der entmannte Körper des Agdistis aber ist nun gänzlich Frau geworden. Ihr

Name lautet *Kybele*, die den schönen Jüngling *Attis* liebt. Und glücklich leben sie zusammen in den Bergen, bis dieser sein Auge auf eine Menschenprinzessin geworfen hat. Also bringt sie Wahnsinn über die Hochzeitsgesellschaft.

Und wieder geschieht es, was immer und immer wieder geschehen wird: Attis entmannt sich unter einer Pinie im Wald. Dort verblutet er an der Wunde. Und da der Göttervater ihn nicht mehr zum Leben erweckt, sondern nur seinen Leichnam auf ewig erhält, bestattet Kybele ihren Geliebten in einer Berghöhle bei Pessinus, wo Eunuchenpriester über ihn wachen und jährlich einmal in einem großen Fest seinen Tod beweinen.«

Das also ist die Überlieferung von der Großen Göttermutter vom Berg Ida, Mater Deum Magna Ideae, einfacher *Magna Mater*, die Große Mutter genannt, denkst du jetzt und hier, Äonen später und viel weiter in der regnerischen Kälte des Nordens von Europa. Ja, von der Großen Mutter, der Magna Mater, doch, doch, von der hast du schon gehört. Und deine Gedanken rasen: Was wurde nur aus dem Kult? Wie er wohl war? Wäre ich gerne dabei gewesen? Als Zuschauer nur oder gar als Akteur?

Du schließt deine Augen und öffnest sie und ... findest dich wieder im Römischen Reich zur Zeit, als der Kult sich von Kleinasien aus verbreitend gerade Rom erreicht. Wir schreiben das Jahr 551 ab urbe condita (203 v. Chr.). Frieden. Der zweite Punische Krieg ist vorüber. Rom hat gesiegt - mit Unterstützung der Großen Mutter, denn ihren schwarzen Stein, einen Meteoriten, trugen die Römer in die Stadt und arbeiteten sie in eine Silberstatue ein. Und nun Anfang April gibt es erstmals die Spiele mit Namen *Ludi megalenses*, die sich jährlich wiederholen.

Zeit ist vergangen, und jetzt im 1. Jahrhundert nach Christus ging auch der Winter dahin. Denn heute am 24. März ist Frühlingsfest. *Dies sanguines*, die Tage des Blutes beginnen mit den Umzügen, die voller Rausch und Ekstase sind. Schau, dort ziehen mit *ihrem* Abbild voneweg, die *Galli*, die Priester der Großen Göttin, an uns vorbei. Ihnen folgen all die Jünglinge, die es noch werden wollen.

Aha, Einweihung, Initiation wird das ja wohl genannt. Doch in aller Öffentlichkeit?

Die einen halten ein Schwert in Händen, die anderen benutzen scharfe Steine.

Und jetzt tun sie es wahrhaftig einfach so vor aller Augen. Sie schneiden sich Schwänze und Eier ab, kastrieren sich selbst.

Schau nur, echtes Menschenblut, frisch und warm, wie es spritzt und strömt!

Wie stillen sie es nur?

Tun sie es denn?

Macht es ihr Körper für sie?

Bei den einen, bei den anderen nicht?

Die verbluten auf offener Straße?

Hilft ihnen bei all diesem Leid ihr unerschütterlicher Glaube an ihre Magna Mater?

Sie gar selbst?

Doch es kommt ja noch besser. Denn nun werfen sie ihre Geschlechtsteile den sensationsgeilen Zuschauern dieses und jenes Hauses zu, die ihnen Frauenkleider und Schmuck dafür geben.

Doch wie auch immer, die Ähre ist geschnitten, die Erde ist gepflügt. Glück gibt die Große Mutter ihren

Priestern, die sich nun nur noch vom Fleisch der Opfertiere ernähren.

Doch zurück in die Gegenwart: Nein, ich stehe nicht wie ein Eunuche. Und da strömt auch kein Blut, auch wenn es das einst einmal tat. Das kam aus der offenen Naht weiter oben rechts nach der ersten Leistenbruchoperation. Noch ist alles dran, bin immer noch ein Mann und möchte es auch gerne noch ein Weilchen bleiben, wenn es auch faszinierend wäre, eine Frau zu sein, wie sie zu fühlen, die Geschlechter zu wechseln, beim Sex beides zu sein. Denn kein Mann weiß, was eine Frau fühlt, wenn er sie berührt, bis auf einen, den wir als Manfred den Magier kennen.

Alter Mann und alte Riesin

Hier und jetzt an diesem sonnigen Herbstnachmittag stehe ich also unter dem mächtigen Ast der uralten Eiche in Bad Blumau, von den Einheimischen »dicke Oachn« genannt, der ältesten ihrer Art derzeit in Europa. Gedanken rasen, denn ich habe über sie so Einiges gelesen, was erst verarbeitet werden muss: 8,75 Meter Umfang und 2,50 Meter im Durchmesser, Männemuck. Sieben Männer sind nötig, um ihren Stamm zu umfassen, 50 Meter streckt sich ihre Krone nach allen Seiten aus.

Wie unbedeutend man - Mann, Frau, Mensch - sich da doch vorkommt!

Gerade eben noch 30 Meter emporgeschaut, weiter und weiter, immer weiter durchs Geäst, wird mir wieder einmal bewusst, wie winzig klein der Mensch doch ist und misst er auch 1,90 Meter wie ich, nun ja, so war es einst einmal in jungen Jahren.

Ich schließe meine Augen im Schatten des Baumes, des Riesen, sorry, der Riesin unter den einheimischen Bäumen, denn sie trägt ja Früchte. Und doch ist sie ein Zwitter, wie es alle ihrer Art sind.

Ach ja, das vergaß ich ganz zu erwähnen: *Sie* war es ja, die mich rief.

Dann öffne ich mich ihrem säuselnden Singen und - sehe mich auch schon, hier auf der kleinen Lichtung die Eichel in die Erde versenken.

Doch das muss vor 1000 Jahren geschehen sein, tiefstes Mittelalter in der Menschenwelt. Hier an diesem Ort und ringsum Wald und nichts als Wald – Urwald mitten in Europa.

Und wer war ich damals, wenn ich es denn wirklich

war, Mensch oder gar Eichelhäher, der seinen Winter-vorrat versteckte und diese eine Eichel vergaß oder einfach nicht mehr finden musste, weil der Frühling anbrach?

So also begann das Leben der gewaltigen Eiche. So alt ist sie schon. Tja!, wie jedermann weiß: Klein fangen alle großen Dinge – und Wesen an. Dies alles geschah. Vergangen ist vergangen.

Jetzt aber ereignen sich fantastischere Dinge:

Wie lange sie wohl noch leben wird?, frage ich mich. Und schon steige ich auf, von ihren Zweigen, vom Laubwerk umrankt, von ihren Ästen ergriffen, von einem magischen Windhauch erhoben, der mich nun umströmt.

Bin ich noch Mensch?

Habe ich noch immer meinen / einen Körper?

Ich lausche dem Blättersingen und spüre in mir den Strom der Säfte hinauf und hinab, Wasser und Luft der einen und der anderen Art, hinein, hinaus - habe mein Menschsein schon überwunden.

Welch Krabbeln von tausenden Insekten- und Spin-nenbeinen und erst das Knabbern all der Käfer- und Schmetterlingsraupenmandibeln, die meine Blätter essen. Und auch in meinem Stamm …

Das muss ein Ende haben. Was zu viel ist, ist zu viel. Ich sende die Düfte aus, die meine Freunde ru-fen. Denn sie sind die Feinde meiner Plagegeister. Nicht nur Schlupfwespen und Raupenfliegen werden kommen und mich beschützen, oh nein, noch viele andere mehr.

Der Monsterjäger

Ein schemenhaftes Nachtwesen geht um. Und die Mär war und ist, dass da jemand kommen wird, der es vernichtet.

Und hier bin ich.

Und was geschieht?, willst du wissen, der du begierig diesen Worten lauschst.

Ob ich wohl der große Held bin oder ein Zuschauer am Rande des Spektakels, etwa nur ein Statist in einem Film, der beim ersten Fauchen des Monsters schon zu Tode erschrocken auch gleich von ihm zertreten, zertrampelt oder verschlungen wird? Auftritt in Hollywood zuende.

Nein und nochmals nein! Einfach nur nö! Der Held bin ich nicht!

Doch, doch, stecke mitten drin, *das* kann ich nicht bestreiten, kämpfe aber keineswegs wie ein Held, sondern renne um mein Leben, fliehe mit den anderen, verstecke mich im Innern einer Hütte.

Der Lärm hat sich gelegt. Still ist's geworden. Das Unheil scheint vorüber, das Monster wohl gegangen.

Langsam werde ich neugierig und stecke meinen Kopf heraus. Und da – nein, packt es mich nicht, sondern sehe ich es im Schatten des Waldes leuchten. Und während ich noch immer bewegungslos schaue, fällt auch schon das Licht der Vollen Mondin auf mein Gesicht und - verwandelt mich.

»Schaut, der Bezwinger ist geboren«, höre ich die anderen sagen, die mich von einem Augenblick auf den anderen umringen. Ich sehe es nicht, doch weiß ich es: Sie alle zeigen mit ihren Fingern auf mich.

Und ich, was tue ich?

Noch zögere ich. Müde, wie ich bin, lege ich mich am Abend erst einmal hin. Also wird erst einmal nichts aus der großen Jagd.

Am frühen Morgen wache ich auf und wundere mich über meinen seltsamen Heldentraum: In ihm war ich hier in dieser mittelalterlichen Welt mit Technik aus dem beginnenden 21. Jahrhundert unterwegs. In einem Auto fuhr ich vor und holte unter den Augen der staunenden Menge einen Kanister mit zwei blinkenden Rohren aus dem Kofferraum. Beides band ich mir auf den Rücken. Ja, Zeitreisende, die auch noch Geräte mit sich führen können, haben da so ihre Vorteile. Kann aber nicht glauben, dass diese Menschen hier, unter denen ja Vorfahren von mir sein könnten, so blöd sind, diese Rohre für Schwerter zu halten. Schlechte Tarnung. Andererseits darf sich ja ein Monsterbezwinger wohl auch ein wenig vom gewöhnlichen Ritter unterscheiden, oder etwa nicht? Niemand wunderte sich.

War das etwa ein Flammenwerfer, frage ich mich nun, da ich mir den Schlaf aus den Augen reibe, oder gar eine Sprühvorrichtung mit speziellem Kampfgas zur Monstervernichtung?

Doch was auch immer es gewesen sein mag, es war ja bloß ein Traum, und der ist jetzt vorbei. Und in der Realität sieht die Sache etwas anders aus: Ich verlasse das Dorf ohne jeden technischen Schnickschnack aus einer anderen Zeit und betrete den hier noch urwüchsigen Wald, der sich endlos zu erstrecken scheint und nun auf einmal voller Stimmen ist.

Ich gehe weiter und weiter, folge zunächst dem schmalen Holzfällerpfad, der allzubald endet, und gelange in Bereiche, die vielleicht noch niemals ein

Mensch vor mir betreten hat. Und irgendwie spüre ich es, weiß das Andere, was auch immer es sein mag, dort in der Ferne vor mir.

Schließlich gelange ich auf eine Lichtung fern jeder Menschensiedlung, entstanden aus einer Bresche im Wald, die Sturmwirbel einst schlugen, als sie die Bäume knickten. Hohes Gras wächst hier und schon Gebüsch aus Baumschösslingen, auch Farne entdecke ich. Ein Bach wurde hier von Bibern zu einem kleinen See aufgestaut. Ich schaue und staune, verharre diesen einen Augenblick, der so intensiv niemals wiederkehren wird. Einatmen, lauschen und genießen heißt die Devise, denn es könnte das letzte Mal sein. Dann beuge ich mich hinab, falle auf die Knie und schöpfe durstig das klare Wasser. Die Mückenlarven und andere Winzlinge darin kümmern mich nicht. Ich richte mich wieder auf und schaue noch einmal hinab, sehe nun zum ersten Mal bewusst ein Bild von mir, von dem, der ich nun bin: Dort lächle ich mir aus dem Wasserspiegel zu. Da ist kein Monster, doch auch kein Engel, ich bin ein Mensch, ein Mann und sehe aus wie immer. Glück gehabt, denke ich.

Wohin nun?, ist die große Frage.

Immer der Nase nach, spricht der Narr und hat recht.

Einen Augenblick aber verharre ich noch und atme die frische, grüne Frühlingssommerluft, atme tief ein und wieder aus und wieder ein. Dreimal tue ich dies, denn aller guten Dinge sind ...

Weiter und weiter gehe ich mutterseelenallein durch diesen gewaltigen Wald.

Allein?

Nun ja, was andere Menschen betrifft, ist es so. Doch überall wimmelt es hier von Leben, und das ist mit mir verwandt. Wir alle haben gemeinsame Ahnen, wird mir bewusst.

Wasser habe ich im Überfluss. Also muss ich nicht dürsten. Brombeeren pflücke ich mir, habe eigentlich gar keinen Hunger, so losgelöst von Menschenalltagsdingen, so frei, so glücklich, wie ich nun bin. Ach ja, an Monster denke ich schon lange nicht mehr, das da irgendwo vor mir, neben mir, hinter mir auf mich lauern könnte, das ich erledigen, töten, erlegen soll, mit welcher Waffe und Technik auch immer, die ich zudem ja gar nicht besitze.

Raben

»Krah, krah, krah.«

Aha, die Raben kommen, um mich zu fressen, denke ich. Also bin ich – soeben gestorben, liege einsam und alleine auf dem Acker.

Dann pickt ein gewaltiger schwarzer Schnabel ins linke, der Unendlichkeit geöffnete Auge, zieht daran, zieht's heraus, welch ein Schmaus.

Und niemand sieht's.

Und niemand schreit.

Denn auch ich bin längst entschwebt.

Tja!, selten ist es heute so, wie hier erzählt, doch einst einmal, als wenige Menschen über weites Land, über Wiesen und durch Wälder wanderten, als Pest und Kriege in Europa wüteten, da geschah es tausendfach hierzulande wie auch andernorts noch heute.

Ein schwarzer Magier

Manches geschah / geschieht / wird geschehen auf diesem kleinen Planeten mit Namen Erde, auf diesem hier und all den anderen - hier und da wie überall im Universum.

Hörst du es?

Fühlst du es?

Leidest du mit ihnen mit?

Weinst du vor Trauer und Glück?

Ja, so viele schreckliche Dinge, so viele Schreie, so viel Schmerz, so viel Leben und so viel Tod sind da allüberall!

Ja, so viele wunderbare Dinge!

So viel Lachen und Liebe!

So viel Leben!

»Und was tut sich nun hier zu dieser Zeit an diesem Ort?«, fragst du dich und mich.

Schau doch, hier in den Wäldern wohnt ein Schwarzer Magier. Manch einer weiß von seiner Existenz. Niemand aber traut sich, zu ihm zu gehen. Denn alle Menschen, die hier leben, wollen ja, dass das noch ein wenig so bleibt. Ja, und deshalb geschieht es jetzt so, wie es geschieht: Mutterseelenallein steht er still mit erhobenen Armen auf der Lichtung vor seiner Höhle.

Und schon beginnt der brüllende Sturm.

Duck dich, wirf dich auf den Boden, dann zoom dich ran beim Blick durch den Sucher deiner Kamera! Ja, so ist es gut, jetzt siehst du alles.

Da ist der Sturm, der *nicht* aus den Wolken kam und der ihn jetzt auch nicht umgibt, ihn nicht von den Beinen reißt, emporkatapultiert und davonträgt mit den niemals gesprochenen Worten: »Und dann tschüss!« Das wäre zu schön, um wahr zu sein. Denn dieser Sturm beginnt, entsteht im Zentrum seiner Stirn, ein wenig tiefer, zwischen seinen Augen, wo die Inder das Stirnchakra Ajña-Chakra, das Dritte Auge, den Geist, den zweimal 48-blättrigen Lotos lokalisieren. Und dieser Sturm reißt die Blätter von den Bäumen und öffnet die Erde gleich einem Pflug.

Doch das ist ja noch längst nicht alles. Noch mehr geschieht, denn jetzt öffnet der Schwarze seinen Mund, und sein feuriger Atem fegt über die zerrissene Erde und …

Kahl sind nun die schwarzen Stammskelette einstiger Bäume.

Stumm ist die Welt geworden, denn auch Vögel und Insekten und all die anderen Tiere sind gegangen.

Bloßgelegt sind Erde und Gestein, sind alles, was blieb.

Doch bald schon wird sich die Welt hier wiederbeleben, und auch der Schwarze wird dahingegangen und kein Weißer vonnöten sein, um Heldentaten zu vollbringen. Denn es ist das Leben, welches das verlorene Terrain ganz still und leise nach und nach zurückerobert.

Traum von Wölfen

Du gehst hinaus auf die Sommerwiese, wo Gräser und Kräuter wachsen, wie sie wollen, während Menschenmassen sich auf den frisch gemähten Wiesen von Freibädern braun brennen lassen, mit ihren Autos auf Autobahnen in kilometerlangen Staus schwitzen oder mit Flugzeugen in Massen in den ersehnten Urlaub düsen.

Hier bist du allein und bist es doch nicht, ein Mensch inmitten von Leben aller Art. Also schaust du dich um, atmest die sauerstoffreiche Luft und den Duft der Blüten ein und lauschst dem Vogelsingen. Du wartest, bis der Abend dämmert und die Nacht anbricht.

Stehst du einfach nur so da?

Legst du dich hin?

Läufst du herum?

Du kannst dich nicht daran erinnern, was war und

was geschah. Doch eins ist gewiss: Noch immer wartest du, während die Welt dunkler und dunkler wird und die Sterne am klaren Nachthimmel über dir erscheinen.

Jetzt endlich um Mitternacht entkleidest du dich, kniest dich nackt ins feuchte Gras und legst deine Hände auf die Knie. Deinen Kopf hebst du an, so weit es geht, bis in den Nacken. So schaust du nun ins Licht der Vollen Mondin auf.

Und lange Zeit bleibt alles so, wie es ist.

Dann irgendwann geschieht es, während du mit geschlossenen Augen dem Zirpen der Grillen und dem Quaken der Wasserfrösche im Teich nebenan lauschst: Blutspritzend bricht deine Brust auf. Tausend winzige Schwerter bohren sich wimmelnd und zwitschernd zwischen deinen Rippen hindurch, brechen aus, hinaus ins Freie, steigen auf und umkreisen dich, der du noch immer dort kniest, der du noch immer lebst und wie am Spieß vor Schmerzen brüllst, einfach nicht aufhören kannst zu schreien.

Das ist die Zeit der Wölfe. Sie kommen herbei, bilden einen Kreis um dich, setzen sich auf ihre Hinterläufe, heben ihre Köpfe und stimmen jaulend in dein Totenlied ein.

Doch nicht die Mondin heulen sie an, denkt irgendwer in dir, wie wundersam, denn du bist ja sicherlich längst tot. Ja, du öffnest gar deine Augen und schaust hinab, siehst deinen Menschenkörper dort unten knien, umgeben von einem Lichtschein rasend kreisender Schwerter, die das Mondinlicht aufsaugen. Gewaltig sind sie so gewachsen. Dies alles aber geschieht innerhalb des Kreises, den die leuchtenden Augen der Wölfe markieren.

»Tapetum lucidum«, flüstert eine Stimme in dir, »sie reflektieren das Licht, verstärken es so, deshalb leuchten sie.«

Jetzt schaust du still von unten mit weit geöffneten Augen auf und siehst dort oben nur funkelnde Sterne in der Schwärze.

Die Volle Mondin bescheint deinen Rücken, der sich nach vorne wölbt, um die klaffenden Wunden an Bauch und Brust zu schließen.

Die rasenden Schwerter zerschneiden Raum und Zeit.

Du schaust hinab, siehst dort unten an der Stelle, wo eben noch dein Menschenkörper kniete, eine Katze sitzen.

»Das bin ich?!«, fragst du dich verwundert – einen Augenblick lang. Dann erinnerst du dich, verstehst ein wenig mehr von all den Dingen hier und da.

Die Katze – *du* schaust aus grünen leuchtenden Augen auf.

»Tapetum lucidum«, flüstert wieder die Stimme in dir.

Du stellst deine Ohren auf, drehst sie ein wenig und lauschst dem Gesang der Sterne über dir.

»Schau diese eine Galaxie mit hundert Milliarden Sternen«, flüstert die Stimme, »und all die anderen hundert Milliarden Galaxien in diesem einen von wie vielen Universen?

Und dann in drei Milliarden Erdenjahren, einer unvorstellbar fernen Zeit, werden Milchstraße und Andromedagalaxie miteinander verschmelzen. Und der Himmel wird hell erleuchtet sein unter dem Licht der aus dem sich reibenden Staub neu geborenen Sterne. Und die massiven schwarzen Löcher in den ehemaligen Zentren werden zu einem einzigen superschweren Schwarzen Loch verschmelzen.«

Noch immer aber kreisen die, die einst Schwerter aus deinem Menschenkörper waren, um dich, die du jetzt mit Katzenpfoten und -krallen nach ihnen schlägst und sie doch niemals ergreifen kannst.

Und die Sternenschau über dir endet.

Doch die Wölfe im Kreis heulen weiter und rufen noch immer die anderen, die da kommen werden aus Raum und Zeit.

Das denkst du.

Doch so ist es ja gar nicht. Denn jetzt verstummen die Wölfe, es sind übrigens sieben an der Zahl (aha, also doch nicht sieben Geißlein und ein böser Wolf). Synchron drehen sie dir ihre Köpfe zu, stehen auf und kommen nun auf dich zu gelaufen.

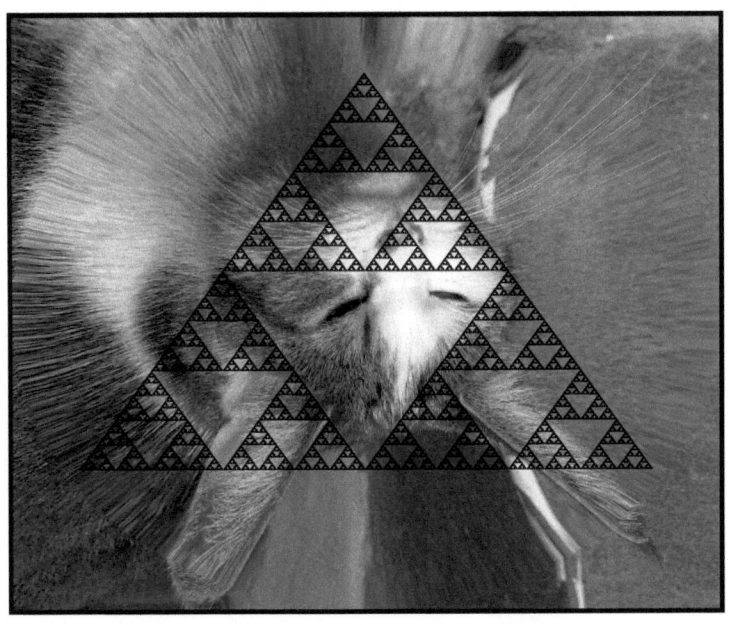

Sieben gegen einen, sieben große Wölfe gegen eine kleine Katze. »Das ist aber nicht fair«, würden manche Menschen jetzt sagen, vielleicht auch du, wärest du noch ein Mensch. Doch das bist du ja längst nicht mehr. Und überhaupt, wer weiß schon, was Katzen in solchen Situationen so denken.

Sieben und eins macht acht – Vollkommenheit, fällt dir noch ein, in diesem einen Augenblick, dem letzten, in dem du noch selbstständig denken kannst, jetzt, da wir alle einswerden.

Ein Licht steigt auf in der Nacht von dieser Wiese.

Ein Mensch dieser Zeit und sieben Wölfe der Vergangenheit sind und bleiben verschwunden - für alle Zeit.

Und die Frage lautet und bleibt offen: Wird sie wer in den Wolf- und Menschenwelten vermissen?

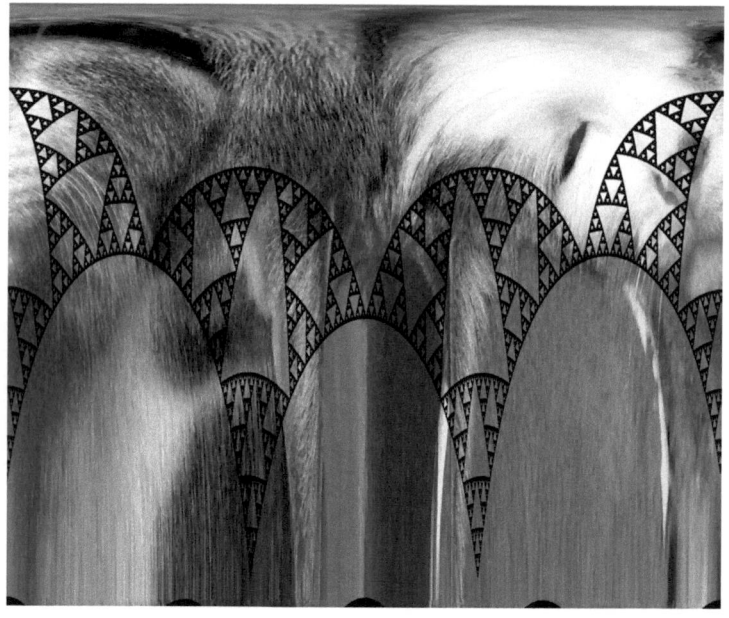

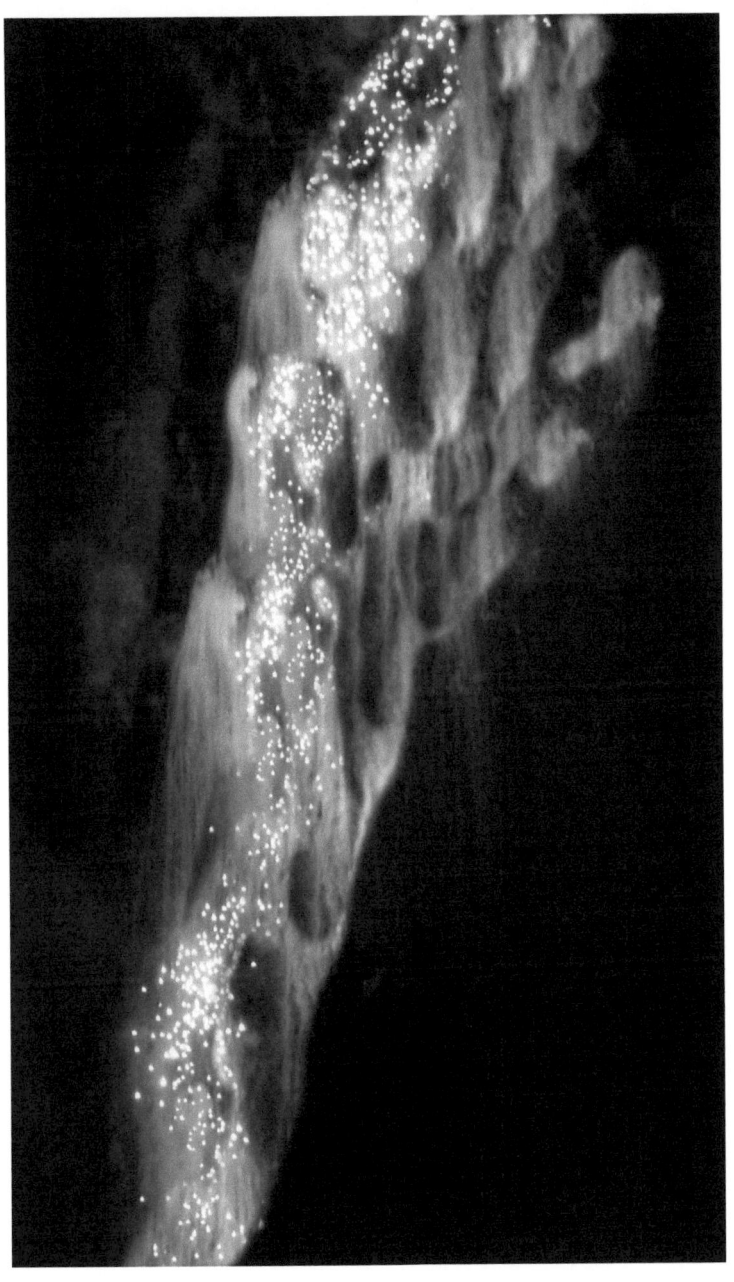

Alte Dinge gehen

Und die Schiffe der Elben
segeln dahin nach Westen über das Meer
Oder aber hinauf zu den Sternen
in andere, parallele Welten gar?

Und ihre Städte
die nicht aus Stein gehauen
sondern Leben, Wald und Wiese sind
aus Bäumen gewachsen
aus Laub und Gräsern geflochten
zerfallen

So gehen die Dinge dahin
und kehren nie mehr wieder

Du aber schaust empor
in dieser klaren Sommernacht
Mit geschlossenen Augen lauschst du
längst vergangenen Klängen
Berauscht von Blütendüften
bist du jetzt ein einziges Zittern
Erinnerst du dich?
Du weinst

VON VAMPIREN UND NACHTGESCHÖPFEN

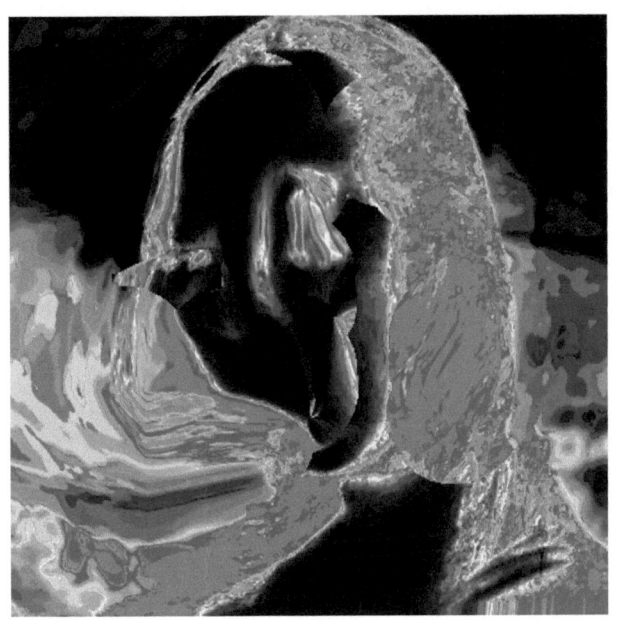

Aufbruch und Ankunft

Wir schreiten durch die Nacht. Wir gehen, wir rennen, wir rasen, wir fliegen dahin, den Sternen entgegen. Wir alle folgen dem Ruf.

Und dann ist da noch dieses Lied, ein Lied der Liebe, ein Lied der Tränen.

Nein, das Lied war vorher. Wir alle hörten es lange schon, bevor wir aufbrachen, hinaus in diese Nacht der Nächte, bevor wir unsere Wohnungen und Häuser, unsere Kinder und Frauen, Männer und Eltern verließen. Längst ist das Lied gegangen. Ja, es könnte *Falling* von Angelo Badalamenti und David Lynch gewesen sein. So viele Menschen kennen es ja unter dem Titel der Fernsehserie und des Kinofilms *Twin Peaks*.

Jetzt aber brüllt das Andere, schwillt er an und hört einfach nicht mehr auf, dieser Schrei in uns, aus uns oder woher auch immer er kommen mag.

Und da ist ja noch viel mehr: Augen sind überall in den Büschen und Bäumen, die uns betrachten. Ohren sind dort, die uns belauschen. Nasen wittern unsere Körper, die wir in einer langen Zweierreihe vorüberziehen, diejenigen von uns, die über die Erde schreiten, langsam noch und doch schon ein wenig schneller als zu Beginn, immer schneller und schneller. Augen schauen uns an: leuchtend weiß und glühend rot.

So sind sie wie Blitz und Feuer?

Ihre Besitzer aber rühren sich nicht von der Stelle, sondern bleiben, wie sie es seit Urzeiten taten, ihrer Heimat treu, folgen uns nicht, sondern genießen das Schauspiel, das wir ihnen bieten, nun ja, soeben noch boten, denn längst sind wir ja weitergezogen, um niemals mehr wieder zurückzukehren.

Also sind wir alle längst tot und wandern nun Zombies gleich durch die Schwärze?, mögen sich die Wacheren unter uns fragen, während sie sich nicht anders als die Schlafwandler, während wir uns alle lautlos immer weiter durch die Dunkelheit bewegen.

Wir riechen den Duft, der uns magisch lockt.

War der denn schon immer da, dort draußen? Oder tauchte er jetzt erst auf, dort oder in unserer Wahrnehmung, hier drin in uns?

Wie auch immer, wir alle sind wie Schwärmer, Nachtfaltermänner mit gigantischen, gefiederten Antennen, die die geringste Zahl von Pheromonmolekülen des Sexuallockstoffs der Frauen wahrnehmen können. Halt, da gibt es doch einen kleinen und feinen sprachlichen Unterschied, der viel bedeuten mag: Denn Nachtschwärmer sind wir alle, doch Schwärmermänner sind wir nicht. Wir alle waren Menschen und sind es noch immer, männlich und weiblich, alt und jung, und stehen auf Frauen oder Männer. Also sollte uns alle zugleich nicht so einfach eine Menschen- oder Alienfrau locken können?

Du öffnest deine Augen. Wo bin ich?, wunderst du dich und schaust dich um. Lief ich nicht eben noch mit all den anderen durch die Weite einer stillen Welt, angezogen von einem unwiderstehlichen Duft, irgendeinem oder auch keinem Ziel entgegen?

Nicht der Tag tut es, sondern *dir* dämmert es allmählich, wo du bist: Du liegst auf dem Rücken im Laub einer Lichtung mitten im Wald. Nun gut. Doch so muss es ja nicht immer sein. Also drehst du dich auf den Bauch und schaust dich um, ohne aufzustehen.

Nein, in die Erde siehst du nicht. Dort unten liegt noch immer dein Körper auf dem Rücken.

Du blickst zurück und siehst dich und die anderen gehen, laufen, rennen und sich in Schwärmer verwandelnd durch die Lüfte fliegend hierher gelangen, an diesen einen von so vielen magischen Orten.

Und es ist warm, Sommer, klare Nacht in welchem Zeitalter und Universum auch immer.

Du erinnerst dich an die Fabeln und Geschichten über die kleinen Völker, die keine Menschen sind, es niemals waren, noch jemals werden sollen, die einst in den Wäldern, auf den Feldern und in den Häusern der Menschen lebten, als diese noch an sie glaubten.

Dann kehrst du in deinen Körper dort unten zurück, schaust jetzt wieder empor.

Die Wolken sind gegangen. Eine gewaltige Volle Mondin strahlt dort oben. Ihr mildes Licht fällt auf dich und die Welt ringsum herab. Und der schwarze Himmel ist voller Sterne.

Du siehst all dies und lächelst und weinst zugleich. So glücklich, so traurig warst du noch nie.

Du schließt deine Augen. Du hörst es, du spürst es: Regen fällt warm auf dich herab, woher auch immer er kommen mag, aus den Blättern der Bäume vielleicht, aus dem Himmel jedenfalls nicht. Sanft streicheln dich die Tropfen und perlen an dir ab. Wie weich dieses Wasser doch ist. Deine Augen bleiben geschlossen. Du schaust nicht empor. Du weißt, dass da nirgendwo Wolken sind. »Träume ich?«, fragst du dich. Mag sein oder aber auch nicht, denkst du auch schon.

Der Boden saugt die Nässe auf. Und auch du öffnest deinen Mund und trinkst das Wasser, verwandelst dich, wirst eins mit der Erde, der Wiese und dem Wald ringsum.

Jetzt bist du in allem: Bakterie und Pilz, Pflanze und Tier, alle Wesen an diesem Ort zu dieser Zeit, also niemals mehr allein.

Doch eigentlich war es ja schon immer so.

Aus Nächstenliebe

Einst ließ Manfred der Magier die Vampire, nein, nicht die in Menschen- und Geistergestalt, sondern die Tiere, Echte Vampire, also Fledermäuse an sich trinken. Denn er hatte ja genügend Blut, um etwas davon zu verschenken. Auch Krankheiten würden ihm für alle Zeiten fremd sein, seit er in einer kleinen Stadt mit Namen K. wie Kaiserslautern bei Nacht als Mensch aufgebrochen war und sich verwandelt hatte. Und alles war so geschehen, weil Er Dort Oben, dieser Autor mit Namen Rainar, es beschlossen hatte, dachten wir alle, die wir davon lasen, bis schließlich eine ganz andere Wahrheit ans Licht kommen sollte.

Jetzt und hier aber sind es Menschenkinder, und nicht nur die Kleinen, sondern auch Alte, junge Männer und Frauen, die ...

Nein, Blutspender wollen die ganz und gar nicht sein. Schau nur, wie ausgehungert und gierig sie sind nach Blut, die einen mehr, die anderen weniger. Und ihrer Gesundheit und dem Hunger entsprechend kommen sie schneller oder langsamer auf dich zu.

Die Jugend stürmt heran, wie es sich für sie gehört, sofern sie nicht an der Volkskrankheit Übergewicht leidet, und dabei ist es ohne Belang, dass diese Kinder hier nicht mehr am Leben sind, wie du, liebe(r) LeserIn schon ahnen magst. Andererseits laufen Tote ja nicht in der Gegend herum, denn ihre Körper liegen in Gräbern. Nur ruhelose Geister mögen umherspuken. Und daher handelt es sich hier um »Untote«: Zombies, Vampire.

Die Älteren sind da schon langsamer, aber auch sie hält nichts so leicht auf, zitternd und geifernd mit offenen Mündern und gelegentlich mit vorgestreckten Armen tastend kriechen sie auf allen Vieren heran, manche von ihnen gehen sogar noch aufrecht, und das erstaunlich schnell!

In einem aber sind sie sich alle gleich, so verschieden jeder Einzelne doch an sich ist, sie werden sich streiten, wegdrängeln, übereinanderfallen, sich stoßen und schubsen und niedertrampeln, sobald sie ihr Ziel erreicht haben, denn keiner gönnt dem anderen auch nur einen Tropfen von deinem kostbaren Blut.

Tja!, viel Zeit bleibt dir nicht, dich zu entscheiden. Was ist zu tun? Willst du wirklich davonlaufen und all diese Hungernden ihrem Leid überlassen? Kannst du das? Du bist doch ein Christ, der seinen Nächsten so liebt wie sich selbst. Und du liebst dich ja so sehr, also …

Das Lebewesen in dir, der Mensch, der Affe, das Tier aber schreit: »Nimm die Beine in die Hand, du hast nur noch Sekunden, Mensch, lauf doch endlich, renn' und überlebe, jetzt oder nie!«

Doch deine Seele singt: »Gib dich ihnen hin!«

Und du tust es.

Was? Dies oder das?

Du bleibst. Du setzt dich. Denn du bist das Opferlamm – der Opfermensch.

Sie beißen zu.

Du schreist.

Sie zerfetzen deine Haut und dein Fleisch, reißen dir die Därme heraus.

Du schreist noch immer, während sie deinen Lebenssaft aufsaugen.

Schwärze.

Du öffnest keine Augen, nie mehr.

Stille.

Du bist erlöst von aller Erdenpein.

Und noch viel, viel mehr: Du hast es endlich geschafft. Du bist aus dem Kreis der Wiedergeburten ausgetreten.

Lächelnd blickst du nicht mehr auf die Reste deines toten Körpers dort unten auf Erden zurück, der jetzt fast nur noch aus Knochen besteht. Selig steigst du auf ins Licht.

Bardo für Vampire

Vampire leben hier unter uns, nachdem sie als Menschen starben.

Was aber war, geschah im Bereich *zwischen* Tod und Leben, als sie ihr Menschsein beendeten und noch nicht wiedererwacht waren?, frage ich mich und dich zugleich.

Weißt du es denn?

Wie kannst du es wissen, du bist ja ein Mensch.

Oder etwa nicht?

Dann aber wärst du ja - ein Vampir. Das ist klar, doch einer der besonderen Art, der sich an die Zeit vor seiner zweiten Geburt erinnern kann.

Wie war es also?

Wolltest du aus freiem Willen zurückkehren und Vampir sein?

Oder war da eine Kraft, welcher Art auch immer, die dich dazu zwang?

Ja, dann musstest du es einfach tun. Aber wenn es so war, wer trieb dich zur Wiedergeburt?

Und wir alle, die wir uns ein wenig mit Vampiren auszukennen, glauben, wundern uns über diese letzte Frage. Denn wir wissen doch, dass es das Blut des Vampirs ist, der dich zuerst biss und dann an sich trinken ließ, das dich zu dem macht, was du nun bist – zum Vampir.

Doch auch wenn es so ist, so geht dennoch der Wiedergeburt der Tod voraus. Das ist doch klar. Und dem Menschentod folgt der Zwischenzustand vor der Geburt als Vampir.

Eine andere Frage ist, ob nicht generell alle von Vampiren Gebissenen auch ohne Blutabgabe ihres

Mörders und Meisters zu Vampiren werden? So läuft's ja bei den Zombies, die Viren übertragen. Man hört und sieht in Filmen ja mal das eine und dann wieder das andere, ja auch das von Naturwissenschaftlern des 20. und beginnenden 21. Jahrhunderts unterstützte Gerücht, dass es in Wirklichkeit gar keine Vampire gäbe.

Doch gibt es sie, so leben sie lange Zeit von Nacht zu Nacht, Fledermäusen und zahlreichen Spinnen gleich, doch scheinbar unsterblich, denn sie altern doch, nur viel langsamer als Menschen, um dann doch eines Nachts, Jahrhunderte mögen vergangen sein, auf natürliche Art zu sterben.

Schließlich stellt sich noch die Frage, was mit Vampiren nach ihrem Tod geschieht, wenn sie vom Holzpflock durchbohrt oder im brennenden Licht des Sonn sterben und zu Staub zerfallen?

Heißt ihr Zwischenzustand dann »Fegefeuer«?

Gelangen sie in eine Hölle, eine spezielle, die nur Vampiren vorbehalten ist?

Sehen auch sie nach ihrem Tod wie alle Wesen in einem Spiegel ihre Taten, also auch ihre Verbrechen, wenn es denn Verbrechen waren, die sie taten?

Denn ist es ein Verbrechen, sich einfach nur zu ernähren, wie es alle Wesen tun, die einen von Wasser, Sonnenlicht und Mineralien, die anderen von Pflanzen, wiederum andere vom Fleisch der Tiere oder von ihrem Blut? Unrecht und Grausamkeiten tun sie doch nur in den Augen ihrer Opfer. So klagen auch all die Schweine und Rinder und Hühner und Puten und Gänse und Fische und Krebse und Muscheln und so viele Pflanzen die Menschen an, denn sie werden von ihnen getötet und verspeist.

Werden erlöste Vampire direkt aus dem Zwischenzustand als Menschen wiedergeboren, wenn sie denn einst Menschen waren?

Oder gehen sie, wenn ja, wann ins Licht der Erlösung ein?

Doch was ist schon Zeit dort und hier?

Welche Zeit, wo?

Werden manche Menschen immer wieder von Vampiren gebissen, sterben wieder und wieder und immer wieder, weil es ihr Karma ist, dem sie einfach nicht entkommen können? Denn sie haben es ja selbst so angehäuft, und tun es noch immer, immer und immer wieder.

Fragen über Fragen und keine Antworten, typisch für das Leben in Höllenwelten, wie der einen, die die unsrige ist.

Dämonen

In dieser Nacht der Nächte, die nicht nur alle 999 Jahre wiederkehrt, nein, die niemals wiederkehren kann, denn jede Nacht ist anders, in dieser einen Nacht von so vielen, die die Erde erlebt, heute und jetzt und hier geschieht es, dass unter dem Licht der Vollen Mondin die in Stein gehauenen Dämonen aus ihrem Jahrtausende währenden Schlaf erwachen.

So jedenfalls hast du es geträumt.

Doch wer wird dir das heutzutage schon glauben?

Kleine Kinder?

Ja.

Doch die Erwachsenen schütteln voller Unverständnis ihre Köpfe oder lächeln weise: »War doch nur ein Traum«, sagen sie und haben natürlich recht. Es war ein Traum, nur ein Traum, nicht mehr.

Ja, ja, alles klar, nur ein Traum, nicht mehr!

Dort kommen sie!

Und jetzt bist du nicht der Einzige, der sie sieht, starr vor Entsetzen einfach nur so dasteht, geschockt oder aber schreit und rennt und sich krampfhaft nach einem Versteck umschaut, um das Grauen bis zum Morgendämmern zu überleben. Denn dann beginnt die Herrschaft des Lichts. Dann ist es an den Dämonen, sich in Schatten und Höhlen vor ihm und seinen Geschöpfen zu verbergen.

Du lässt dich einfach fallen, liegst jetzt flach ausgestreckt auf deinem Bauch, Mund und Augen geschlossen, die Arme auf der Stirn verschränkt, damit Luft an deine Nase gelangt. Zitternd und innerlich murmelnd: »Ich bin nicht da, bin unsichtbar«, wie einst als Kind mit den Händen über den Augen, damit dich niemand sieht, wartest du auf die Dinge, die da kommen mögen.

Und sie kommen!

Da ist ein Schnaufen, das lauter und immer lauter wird. Und jetzt bebt gar die Erde, als trete ein gewaltiger Dino ordentlich auf. Kein Irrtum ist mehr möglich: Etwas Schweres, Gewaltiges stapft heran.

Auch wenn es mich nicht sieht, was nützt's, wenn es auf mich tritt, mich zerquetscht und in die Erde drückt?, fällt dir gerade noch ein, der du diese Tat sicherlich auch schon oft gegenüber winzigen Insekten begangen hast, ohne dir dessen bewusst zu sein.

Ist besser, meine Angst zu überwinden, denn deren Geruch kennt jeder Räuber, wie du weißt, also wohl auch jeder Dämon.

Besser ist's, alle Gedanken ruhen zu lassen, denn auch die könnte ein Wesen wie er hören.

Wie gut ist's doch, dass du das über viele Jahre hin geübt hast. Also atmest du tief und leise durch die Nase ein. Deine Stirn wird warm. Keine Gedanken mehr. Du bist Stille. Dann atmest du leise durch den Mund aus.

Die Schritte entfernen sich.

Du hörst nur noch ganz leise Schreie, Schüsse und Hilferufe, die allmählich verklingen, bis sie schließlich ganz verstummen. Du denkst nicht darüber nach, denn schwarze Leere ruht noch immer in dir.

Nur so werde ich diese Nacht überstehen, war dir klar, als du noch dachtest. Denn all die tollen, neuen Waffen sind wirkungslos gegen die, die Jahrtausende schliefen, die irgendwer oder irgendwas aus welchem Grund auch immer geweckt und auf die Menschheit losgelassen hat.

Morgendämmern.

Du erhebst dich mit leuchtendem Haupt und zusammengefalteten Händen. Dankend verneigst du dich unter Seinem Licht. Denn über den östlichen Bergen bricht der Sonn hervor.

Jetzt schlafen die Dämonen, da bist du dir ganz sicher. Also machst du dich auf die Suche nach anderen Überlebenden, wenn es denn noch welche gibt, die den Schrecken der Nacht überstanden, die wie du sind, die sich auskennen und ruhig verhielten oder einfach nur Glück hatten und über»sehen« (überrochen, überfühlt) wurden.

Mag aber auch sein, dass sie *noch* nicht sterben sollten, genau wie du, *doch* noch nicht, nicht an diesem Ort zu dieser Zeit und auf diese Art, wenn es denn so im Buch des Lebens, und sei es auch nur ein Drehbuch von Denen Dort Oben, geschrieben steht.

Elwetritsche
und Satyrn

Jetzt haben wir uns alle hier auf dieser Lichtung im Wald versammelt.

»Wer?«, willst du wissen.

Schleich dich doch an, vergiss dein Nachtsichtgerät nicht, schalte den Restlichtverstärker ein, schau uns im Infrarot oder im Mikrowellenbereich!

Das ist das eine. Das andere aber sind ein paar gute Tipps zum Überleben: Rühr dich bloß nicht, bleib dort oben auf dem Ansitz, gib keinen Laut von dir! Denn sonst …

Dämonen, Satyrn und Hermaphroditen der alten und neuen Zeiten sind wir. Zu unseren Füßen huschend, denn fliegen können sie ja bekanntlich nicht, sind da aber auch noch die Kleinen: Zwerge aus den Höhlen ringsum und von unter der Erde sowie fluguntaugliche Wesen in Hühnergröße, die ein wenig aussehen, als wären da nicht nur Dinosauriernachfahren, also Vögel, sondern auch Elben unter ihren Vorfahren gewesen. Die Männer tragen Geweihe, die Frauen Brüste. Sie alle springen munter zu unseren Füßen herum, jetzt und hier im Licht der Vollen Mondin. »Elwetritsche« werden sie von den P(f)älzern genannt und von den Weintrinkern unter ihnen, und wer gehört da schon nicht dazu, meist direkt nach dem Fang verspeist, zumal die Jagd im Rausch nach dem Motto »Die Rache ist mein« erfolgt: Denn dieser »Vogel« hat es nicht nur auf Bettsächer (Löwenzahn) und Birnen abgesehen, sondern auch auf die allzu beliebten Beeren der *Vitis vinifera*, der heimischen Weinsorten.

Um so seltsamer scheint es auf den ersten Blick, dass die Elwetritsche das Unterholz jetzt und hier verlassen. Andererseits ist es auch wieder nicht allzu verwunderlich, denn hier gibt es ja Würmer im Überfluss, die andernorts, in den Städten, von Amseln *so* geliebt werden, äh!, beliebt sind - sie haben sie einfach zum Fressen gern.

Dann ist da noch die Tatsache, dass heutzutage um diese Uhrzeit kein Mensch im Wald herumläuft, abgesehen einmal von Förstern, Jägern und dem Militär. Doch Menschen gibt es jetzt und hier und rings um uns herum nun einmal nicht (also auch dich nicht, ja, du da mit dem Nachtsichtgerät, und schon bist du weg). Dafür haben die Dunklen Wächter gesorgt.

Finster ist es nicht, denn abgesehen von Voller Mondin und Sternenmeer, die für Tagaugen unerkannt jenseits der Wolken strahlen mögen, leuchten hier und da zwischen den Bäumen und Büschen die Lichter der Glühwürmchen auf, die sich zublinken und so zueinander finden. Und ihren Signalen folgten die Elwetritsche auf ihren geheimen Wechseln.

Und schon sind sie da, unbedeutend klein und auch nicht sonderlich zahlreich unter all den anderen meist größeren Nachtwesen.

Doch jetzt kommt die entscheidende Frage, die wichtigste überhaupt, denke ich, die da lautet: Was für ein Wesen überhaupt bin *ich* unter all den Vielen rings um mich herum, über und unter mir, denn auch oben in den Ästen sitzen und hängen ja so manche von uns?

Fände ich hier unten eine Pfütze oder einen Teich und wäre da oben nicht diese dichte dunkle Wolkendecke, so könnte ich darin mein Spiegelbild betrachten und wüsste wohl, wer ich nun bin, falls mir denn meine Mutter, an die ich mich nicht mehr erinnern kann, den Namen unserer Art zugeflüstert hätte, und sei es auch nur ein Menschenwort. Also heißt es, in mich lauschen, das Denken vergessen, meditieren.

Erinnern.

Einst war da der Götterbote namens Hermes, der viele Kinder zeugte, nicht nur Pan, sondern auch uns mit Iphtime, so heißt es. So oder ähnlich mag es gewesen sein. Doch wie auch immer, jetzt sind wir da.

Ja, von kräftiger Gestalt, das bin ich, wollüstig, und wie, wunderbar behaart, mit stumpfer Nase und spitzen Ohren, einem Schwanz dort hinten und, nein, keinen Hufen an meinen Füßen. Aufrecht gehe ich auf zwei Beinen. Gehen, nun, eben rannte ich noch gierig hinter diesen Nymphen her, hier im Wald, immer geil und potent ragt noch immer mein Schwanz empor. *Dämonen* nennen uns die Menschen. *Satyrisken* werden die jüngeren unter uns genannt. Endlich weiß ich auch, wer *ich* bin: *Silenen* heißen die Alten mit Glatzen und Bärten.

Da frage ich mich jetzt also:

Wo sind die Weiber hin?

Warum bin ich nicht noch immer hinter ihnen her?

Flohen die etwa nur, um mich hierher zu locken und gar nicht zu verführen?

»Bringt roten Wein! Lasst uns feiern und den Liedern besoffener Elwetritscher lauschen!«, sollte ich rufen, doch ich schweige still (schöner Ausdruck, sagt kein Mensch mehr heutzutage - doch so einer bin ich ja nicht).

Irgendetwas liegt in der Luft. Und alles ist heute an diesem magischen Ort anders als sonst. Ach, selbst die Bäume, die uns hier auf der Lichtung im Kreise umgeben, haben sich verwandelt, sind gar keine Pflanzen mehr, denn nun beginnen sie zu wachsen.

Und das geht rasch und immer rascher, also nehmen wir es wahr mit unseren restlichtverstärkenden Augen, erlauschen es mit feinsten Ohren und empfindlichsten Haaren auf unseren zahlreichen Beinen.

Dann schieben diese Baumwesen die Wolken dort oben einfach so mit ihren nun sich scheinbar ins Unendliche streckenden Ästen und Zweigen und Blättern, oder sind das Tentakel?, einfach zur Seite.

Klar ist nun die Sommernacht geworden. Und der schwarze sternenübersäte Himmel mit der Vollen Mondin dort oben erscheint denen unter uns, die Augen haben, mit denen sie sehen können, nun gigantisch, so wie einst vor Urzeiten, als sie unserer Mutter Erde noch näher war, denn weiter und immer weiter entfernt sie sich. Ja, das wissen wir, denn unser Gedächtnis reicht weit zurück.

Was wir aber nicht wissen, ist das:

Wer oder was wird denn nun gleich dort oben aus Schwärze, Mondin oder Sterne herausbrechen?

Noch ein Gast zu später oder schon früher Stunde?

Und wer unter uns hier unten verwandelt sich nun in ein werwolfartiges Wesen?

Fragen über Fragen.

Habe ich eben laut gedacht, also die Stille unterbrochen?

Ist nun aller magischer Zauber dahin?

Oder schweigen wir alle noch immer?

Auch jetzt noch?

Und gleich?

Für alle Ewigkeit?

Nein! Wir schreien. Wir weinen. Wir brüllen unsere Angst hinaus in das weiße Licht rings-

um, das jetzt aus der Vollen Mondin bricht und uns hier unten auf der Lichtung bannt, im Kreis gefangen hält. Zitternd warten wir auf das, was da kommen wird, gleich einer Herde von Schafen auf den alles entscheidenden letzten Augenblick?

Wir warten noch immer. Und ich denke an die Schafe und weiß, dass es Eseln und Pferden, aber auch Menschen ähnlich ergehen kann, also auch uns Satyrn und natürlich all den anderen, die sich hier versammelt haben. Also frage ich mich: Folgt nun eine blutige Schur oder etwas, das dem Schächten durch Menschen gleicht? Wo ist es? Wer hält es, das spezielle Messer, das für jeden von uns, für einen nach dem anderen oder aber alle zugleich, bestimmt sein mag? Wer führt ihn aus, den einen großen Schnitt durch die Halsunterseite, der Luft- und Speiseröhre sowie die großen Halsschlagadern durchtrennt?

Zitternd warten wir gebannt noch immer und ahnen, dass es der Aufgang des Sonn am Morgen sein könnte, der alles beendet. Denn wir alle sind Wesen der Nacht.

Ach ja, diese Erfahrung scheint heilsam zu sein. Wer überlebt, der hat dazugelernt. Denn mir fällt gerade ein, dass vielleicht auch Menschen eine ähnliche Angst empfinden mögen, wenn sie denn einem von uns begegnen. Vielleicht sollte ich mich ihnen in Zukunft nicht mehr so häufig oder gar nicht mehr zeigen?

Das denke ich, die anderen neben mir sicher nicht, die aussehen wie Menschen, doch kalte Körper tragen, denn sie sind gestorben und leben doch, werden »Untote« genannt. Sie wissen es, sie stört es nicht, dass ihre Menschenopfer starr vor Schrecken sind, kurz bevor ihre scharfen Eck- oder Schneidezähne Hälse zerfetzen und ihre Münder das köstliche Blut trinken oder aber ihre scharfen weitergewachsenen Fingernägel Bäuche zerfetzen, so wie es sich für Vampire und Zombies gehört.

Und dann kommt die Rettung zu guter Letzt: dichte graue Wolken, hinter denen der Morgen graut. Erleichtert atmen wir alle auf und zerstreuen uns, ziehen uns in unsere Höhlen und Grotten, unter die Erde und ins dunkle Unterholz des Waldes zurück, der hier fast so wieder ist wie einst, naturbelassen in der Kernzone des Biosphärenreservats Pfälzerwald-Vosges du Nord.

Eulenzeit

Wir schreiben den 4. November 2006. Es ist 22.09 Uhr MEZ.

Tja!, das war einmal, ist längst Vergangenheit, denkst du jetzt, der du diese Zeilen liest.

Doch genau da geschah es: Stromausfall für eine Stunde und zehn Millionen Haushalte in Teilen von Deutschland, Belgien, Frankreich, Italien, Österreich und Spanien. Und das nur, weil wegen der Jungfernfahrt des Dampfers *Norwegian Pearl* aus der Papenburger Meyer Werft ein Hochleitungskabel in Norddeutschland abgeschaltet wurde. Da sieht man wieder einmal, wie verbunden doch alles ist, und wie kompliziert: kleine Ursache, große Wirkung.

Die Lichter sind erloschen - in den Städten, in den Häusern, bei den Menschen. Dunkelheit. Wieder herrscht Nacht wie in all den Milliarden Jahren zuvor, als es noch keine Menschen gab und schon gar nicht - Elektrizitätswerke.

Doch stockfinster war es nie und ist es jetzt auch nicht. Denn dort oben funkeln Tausende von Sternen, die jetzt im November aber von dunklen Wolken verdeckt werden, hinter denen auch das helle weiße Licht der Vollen Mondin verschwindet.

Nacht, das ist die Zeit der Eulen, denkst du, und die Zeit der Fledermäuse, der Katzen und Wölfe und all der anderen Nachttiere, die ein »Tapetum lucidum«, einen natürlichen Restlichtverstärker in ihren Augen besitzen.

Nacht, das heißt Tag für die, die wenig mehr als Bewegungen und hell und dunkel sehen, die sich ihre Welt mit Haaren an den Beinen erfühlen und mit langen Fühlern ertasten. Spinnen und Grillen fallen dir da als Erstes ein.

Ihre Zeit ist es, doch nicht die der Menschen.

Ach ja, und es ist auch die Zeit der Vampire, die der Echten und all der anderen Fledermäuse, die mittels Ultraschall Schwärmer und andere Nachtfalter jagen.

Die meine ich natürlich. Oder an welche Sorte von Vampiren hast du gedacht?

Dann aber fällt mir ein, dass jetzt ja Herbst ist.

Und das heißt?

Die Fledermäuse halten Winterschlaf. Und auch die Heimchenmänner in den Straßen der Stadt sind nun still geworden, wenn sie denn noch leben. Unter den Spinnen jedoch sind nicht nur die Herstspinnen munter. Und von den Monstern und Menschen möchte ich ausnahmsweise hier einmal nicht sprechen.

Vampirfledermäuse leben übrigens gar nicht frei in Europa, sondern nur in Amerika, dort aber bereits ab Texas und weiter bis in den südlichsten Süden von Südamerika. Sie mögen es wohl gerne warm. Doch bei all den Veränderungen, die mit der Klimaerwärmung einhergehen, weiß man ja nie, ob es nicht mal wieder tropisch bei uns wird, wie einst vor langer Zeit.

Andererseits, würde der Golfstrom umgeleitet, dann wäre es hier bei uns bald eisig kalt und ...

Doch das alles sind ja nur ziemlich rationale Überlegungen, logische Erklärungen und zugleich nicht mehr als Spekulationen, Berechnungen mit vielen Unbekannten.

Also lassen wir doch all diese Gedanken ruhen. Genießen wir die stille, dunkle Nacht.

Feuer und Wasser

Sehr lustig ist das doch immer wieder, wie das da so in den meisten Büchern und Filmen der Menschen endet: Das Böse, die Nachtwesen, natürlich, wer sonst, denn Menschen sind ja Tagwesen, dieses Dunkle, Schwarze wird besiegt, denn es muss vernichtet, eliminiert, liquidiert, niedergemacht, ausgemerzt werden.

Und das geschieht mit Licht, womit sonst!, mit heißem Licht, das von uns seit Anbeginn unserer Art und schon zuvor von unserem Vorfahren, den wir *Homo erectus* nennen, vor 700 000 Jahren gehegt und gepflegt und entzündet wird. *Feuer* ist der Name des Lichts, das unsere Hände entflammen und dem wir Nahrung geben. Mit Feuer verbrennen wir das »Böse«.

Erinnern wir uns einmal an das, was wir einst in der Schule, in Literatur und Film über die Behandlung von Hexen, Juden und Ketzern gelernt haben:

Es war einmal in diesem Lande zu anderer Zeit, die wir Mittelalter nennen, da ...

So weit, so gut – so schlecht.

Denn das alles ist ja nur langweilige Geschichte, ein Sachbeitrag und kein Horror, mag mancheiner von den Lesern, Zuhörern hier im Raum denken, falls er nicht schon eingeschlafen ist.

»Ja, Sie dahinten, Augen auf, jetzt gibt's Action, jetzt geht's los!«

Jetzt geschieht es.

Was?

Hier und heute, in dieser Nacht der Nächte, tauchen da einfach, so mir nichts dir nichts Feuerdämonen vor unseren entsetzten Augen auf.

Woher sie kommen?

Aus der Hölle, woher sonst!

Und wie kommen sie wohl um?

Durch wen, ist ja wohl klar, wozu gibt es Helden in Serien, die immer weiter gehen und niemals (?) enden.

Doch zurück zum Wie?

Mm, mit Feuer dürfte das diesmal kaum möglich sein.

Doch von Christi Blut benetzt, verbrennen sie. Und das lässt sich ja auch mehr als 2000 Jahre nach Jesu Tod beim Priester beschaffen, denn nach christlich-katholischer Lehre verwandet sich beim Abendmahl, der Eucharistie, der Wein in das Blut des Herrn, und der ist Gottes Sohn und Teil der Trinität.

Und wer dies nicht glaubt, dem sei gesagt: Blut ist ein besonderer Saft, der viel Wasser enthält.

Das muss es sein und noch viel, viel mehr, ein blutiges Meer, was die Feuerdämonen schmelzen und sich auflösen lässt.

Tja!, und schon ist diese Geschichte zu Ende. Die Guten haben gesiegt, denn GOTT ist allmächtig - und das ist ER, falls es IHN gibt!

Diese eine von so vielen Geschichten von Heimsuchungen und Sünden, von Morden und Kriegen, die sich Menschen immer wieder erzählen, sei es an Lagerfeuern oder aber in der gemütlich warmen Kneipe an der Ecke, gemütlich im Fernsehsessel daheim oder im gepolsterten Kinositz, ist zu Ende.

Doch nicht nur Menschen bewohnen diese eine Erde. Andere Wesen begegnen anderen Dingen.

Und schließlich wird uns Menschen immer wieder

bei Naturkatastrophen klar, wie klein und unbedeutend diese Kämpfe und wir selbst doch sind in Anbetracht der gewaltigen Natur ringsum, wo Erdenfeuer Gebirge falten, sich Wasser aus den Wolken in Bächen, Flüssen und Strömen sammelt und die aufgeworfenen Berge wieder abschleift, bis nichts mehr von ihnen übrig ist.

Das ist der »ewige« Kampf, der einen Anfang hat und ein Ende auf Erden, also nicht ewig ist.

Das ist der Kampf, nicht von Gut und Böse, sondern von Feuer und Wasser.

Und dieser Kampf vollzieht sich auf Erden seit Menschengedenken, sondern schon seit Jahrmilliarden, seit es Atmosphäre und Meere gibt und solange es sie geben wird.

Ein Heulen

Drehe mich im Kreis, aufrecht stehend mit geschlossenen Augen, höre mit offenem Herzen die Wölfe in mir singen. Dann sinke ich vorne hinab.

In Menschenohren ist es ein Heulen, das da draußen in der Nacht erklingt.

Und diese Wölfin dort ist und war immer Wolf und Menschenfrau zugleich.

Ich weiß, wer sie ist, die die Menschen »Werwölfin« nennen, eine, die es per Namensdefinition gar nicht geben kann, denn »wer« heißt ja bekanntlich »Mann«.

Warum ich mich so gut auskenne, warum ich weiß, wer sie ist?, willst du wissen.

Okay, ich sage es dir: *Ich* bin es ja, *ich* bin *sie*!

Jetzt laufe ich auf allen Vieren in die Weite hinaus, während Menschen sich in ihren hell erleuchteten Häusern vor mir verstecken.

Ich aber werde die Eingänge zu ihren modernen Höhlen finden, denn das habe ich nicht vergessen. Ich werde ihre Türen aufdrücken. Schlösser werden bersten. Dann werde ich mitten unter ihnen sein, sie mit den scharfen Krallen an meinen Händen zerfetzen, sie beißen und zerreißen.

Mag sein, dass ich einige von den Kleinen unter ihnen auch zu *meinen* Kindern mache, zu Kindern besonderer Art. Denn auch in meinem Bauch reifen die Jungen heran, hervorgegangen aus meinen Eiern und seinem Samen, der mich besprang und seinen gewaltigen angeschwollenen Schwanz lange Zeit nicht aus mir herausziehen konnte. Also zog ich ihn hinter mir her. Wie schrie und heulte doch diese Memme von einem Werwolfmann!

Ich weiß, dass ich zwei Kinder haben werde, Zwillinge, selten bei Menschen, doch wahrlich wenige nur für einen Wurf unter Wölfen. Sind sie erst geboren, dann werde ich mehr erbeuten müssen als bisher. Denn meine beiden Töchter (ja, ich kenne ihr Geschlecht) müssen, wollen und werden überleben. Und stellt sich ihr Vater mir in den Weg, dann Gnade ihm GOTT: Auch *er* wird dann uns Dreien sein Fleisch geben.

Immer und immer wieder

»Wir haben ihn!«, brüllen sie alle begeistert ringsum.

Und du drehst dich um.

Die Zeit bleibt stehen.

Doch nur für sie und nicht für dich.

Eine Träne verlässt dein rechtes Auge. Schon rollt sie deine Wange hinab. Du weinst, denn du weißt, was jetzt passieren wird. So oft hast du es ja schon erlebt, immer wieder wiederholt es sich, die ewige Wiederkehr des Gleichen. Welch ein Jammer, welch ein Leid, welche Verschwendung von Menschenleben!

Warum tun sie das mir nur an?, fragst du dich, hast du dich schon so oft gefragt und findest doch keine Antwort.

Du musst tun, was zu tun ist, kannst dich nicht widersetzen. So ist es, so muss es sein, so steht es geschrieben - wo auch immer.

Die Zeit läuft weiter.

Jetzt stürmen sie von allen Seiten auf dich ein.

Du atmest ein, drehst dich im Bruchteil einer Sekunde einmal um dich selbst.

Schon brennen sie alle, die dein heißer Atem berührt hat. Denn im Drehen hast du die Luft sanft wieder hinausgehaucht.

Du atmest ein und singst: »Asche zu Asche und Staub zu Staub.«

Und während du aufsteigst, fragst du flüsternd dich: »Und wer bin ich?«

Weiter empor trägt dich die Hitze des von dir entfachten Feuers, immer weiter empor. Schon hast du dich in Rauch verwandelt, der du eben noch Flamme warst. Bald aber wirst du Wolke sein, die irgendwann irgendwo niederregnet.

Dort wirst du erneut auferstehen. Menschen werden dich finden und – hassen. Sie werden dich jagen. Und wieder wirst du sie alle töten, denn dein Atem wird sie verbrennen.

Ach ja, was du nicht weißt, ist dies: Du bist kein Feuerdämon, nein, der bist du nicht. Du bist der Herr und Hüter der Flamme, das Feuer selbst.

Doch *das* wirst du niemals verstehen.

Jenseits des Dorfes

Jenseits des hölzernen Zaunes, jenseits des Nebels über der Wiese an den Grenzen des tiefen, dunklen Waldes, der unser Dorf umgibt, jenseits, dort drüben, da …

»Ja, was liegt denn da?«, frage ich dich.

»Das weißt du nicht? Nun ja, niemand weiß das«, antwortest du und siehst deinem Freund nach, der sich schon abgewendet hat und zurück zu den anderen geht. Doch du hörst in dir noch immer die hohe Frauenstimme, die dich zärtlich flüsternd zu sich ruft, und das heißt dort drüben hin.

Noch immer stehst du da und zögerst, kannst dich einfach nicht entscheiden zu bleiben oder zu gehen. Also schließt du deine Augen jetzt bei Nacht und siehst *sie* im Licht der Vollen Mondin dort an der Grenze mit einem Bein auf deiner Seite und mit dem anderen im Jenseits, also zwischen den Welten sitzen.

Du öffnest deine Augen wieder, wendest dich ab, drehst dich um, gehst zurück ins Haus und legst dich zu den anderen zur Ruhe.

Irgendwann wirst du wach, stehst auf. Und wieder gehst du hinaus in die Nacht, diesmal allein, denn die anderen schlafen noch alle.

Dort sitzt sie ja noch immer. Bewegt sie sich nie? Lebt sie? Ist sie denn überhaupt ein Mensch?, fragst du dich, oder etwa ein böser Geist? Das soll ihr Name doch bedeuten.

Sie nickt, sie nickt. Zweimal.

Also stimmt sie mir zu.

Säße sie still, so wäre sie vielleicht nur eine Vogelscheuche der einfachen Art. So aber mag sie eine

Menschenscheuche sein. Wie auch immer, dir jagt sie keine Angst mehr ein. Mutig setzt du Fuß vor Fuß. Ja, so kommst du Schritt für Schritt deinem Ziel näher.

Dort ruft ein Kauz. Von fern hörst du ein Heulen. Wölfe mögen dort jagen, denkst du und berührst den Zaun. Du hast es geschafft. Da ist keine Hexe, nirgendwo jetzt und hier. Alles ist, wie es immer war, ganz real. Und doch sind da noch immer diese Gänsehaut in deinem Nacken und die Angst aus der Kindheit beim Weg in den dunklen Keller hinein und wieder heraus mit all den panischen Gedanken: Wer steht da hinter mir? Wer wird mich gleich packen? Wer frisst mich auf?

Du schließt deine Augen, um abzuwägen. Was soll ich nur tun?, fragst du dich. Und schon läufst du, rennst als wäre die Hölle hinter dir her. Vielleicht ist sie es ja auch.

Du hast es geschafft. Nichts ist geschehen. Du legst dich wieder leise zu den anderen: Hoffentlich wachen die jetzt nicht auf, sonst muss ich alles erzählen, und dann lachen sie mich aus, denkst du noch und bist schon eingeschlafen.

Tja!, liebe(r) LeserIn, wäre da nicht diese Memme von einem Mann gewesen, dann wüssten wir jetzt mehr darüber, was sich jenseits des Zaunes befindet. So aber müssen wir wohl erst noch auf eine mutige Frau warten, die den Sprung wagt, hinübergeht, die Welt dort drüben erkundet und wieder von dort zurückkehrt, um uns alles zu berichten.

»Dreimal darfst du raten« lautet der Name des Spiels. Und wir befinden uns in einer Stadt namens K.

Nun ja, »K« ist nur eine Abkürzung. Doch wofür mag dieses »K« wohl stehen?

Also stelle ich drei Mal die Frage aller Fragen an den winzigen Elb, in Märchen auch »Elfe« genannt, der da vor mir in der Luft schwebt, als wäre er ein Kolibri: »Steht da etwa K für Kapstadt?«

Und jedermann in Deutschland denkt jetzt im Juli 2010 an die Fußball-WM, bei der sich die deutsche Mannschaft so toll schlug, auch wenn »nur« Platz 3 heraussprang, den keiner von der Mannschaft feiern wollte.

»Nein!«, kommt prompt die Antwort.

»Oder ist es Köln?«, lautet mein zweiter Versuch, um den kleinen Wicht ein wenig zu ärgern. Denn ich glaube, die Lösung längst zu wissen.

»Nein!«, lacht die kleine Frau, denn *er* ist eine *Sie*, wie mir jetzt erst auffällt. Wie sie sich freut über ihren schon fast errungenen Sieg.

»Ich hab's. »K« steht für Kaiserslautern.«

»Das hat dir Er Dort Oben verraten«, quiekt entsetzt die Elbin, schnellt flügelschwirrend empor, knallt dabei mit ihrem zierlichen Haupt an den gewaltigen untersten Ast der uralten Eiche, stürzt wieder hinab und verwandelt sich im Fall in eine wunderschöne Spinne mit einem weißen Kreuz auf dem Hinterleib, die den Stamm empor-, dann weiter nach außen den Ast entlangklettert und sofort ein gewaltiges Radnetz zu spinnen beginnt, in dem sich alsbald winzige, aber auch größere Fliegen, aber auch kleine Elben verfangen, die sie je nach Größe entweder direkt einspinnt oder erst totbeißt und dann zu einem stattlichen Paket als Vorrat für schlechtere Zeiten umspinnt.

Das alles war, das geschah. Denn jetzt ruft der Hunger, und das heißt: Zubeißen und mit den kräftigen Klauen kauen, Verdauungssaft austreten lassen, wieder einsaugen, kauen, saugen und die Beute mit den Palpen drehen, denn eng und zahnlos ist der Elbenmund nun geworden und stumm für alle Zeiten.

Er Dort Oben aber lächelt, also lächle auch ich, der ich doch genauso wie er, wen wundert's, Spinnen aller Art, wie auch alle anderen Lebewesen, so liebe.

Licht aus Schatten

Licht bricht aus Schatten

Wundersam singen ferne Stimmen

Wir schauen nicht auf

Wir schweigen still

Wir atmen die Nacht

und lauschen noch immer

den Worten in uns

»Warum?«, würdest du fragen, wärest du hier.
Wir wissen es nicht.

Längst ist das Licht gegangen. Und auch die Schatten sind nicht mehr. Längst liegen wir still in unseren Gräbern. Grillenmänner singen dort oben ihre Lieder, warten zirpend auf Grillenfrauen. Ewig müsste hier unten Stille herrschen, wäre da nicht die Vergangenheit mit all unseren Leben zuvor.

Monster der Kindheit

Ontogenese, so heißt die Entwicklungsgeschichte jedes einzelnen Lebewesens, die mit der Befruchtung der Eizelle beginnt. Sie ist, wie mancheiner weiß, eine kurze Rekapitulation der Phylogenese, der Stammesgeschichte, das lehrt uns die Biogenetische Grundregel von Haeckel. Ein Beispiel gefällig?

So bilden wir Menschen während unserer Embryonalzeit Kiemen aus, denn ferne Vorfahren schwammen einst im Wasser.

Körperlich also gibt's so was.

Doch auch psychisch in unserer frühen Kindheit?

Dann wären die Monster, von denen wir uns als Kinder versteckten, also doch wahr, real und hätten wahrhaftig einst existiert.

Doch die Jugend von heute ist ja so einiges gewohnt, bei all den Monsterspielen und Horrorfilmen. Die ängstigt sich doch wirklich nicht mehr? Oder ja oder nein oder doch?

Da meint also der kleine Junge in *Hui Buh – das Schlossgespenst*: »Ich habe keine Angst vor Geistern. Das waren ja schließlich auch mal Menschen.«

Ja, wenn es sie denn gibt, dann waren Geister von Menschen einmal Menschen. Doch von letzteren gibt es ja bekanntlich solche und solche zu Lebzeiten, und das bedeutet …

Eben.

Und wie sieht es denn mit den im Kellerdunkel lauernden Wesen aus, die gar keine Geister sind und niemals waren, schon gar nicht die von Menschen?

Sie waren für uns Aliens und sind es noch heute. Und bleiben es für alle Zeiten?

Auch unter ihnen gibt es nun einmal solche und solche.

Ach, *du* liebe(r) LeserIn bezweifelst, dass es sie gibt?

Okay. Doch was wird dir das bringen, wenn du einem solchen Wesen begegnest, das an *seiner* Existenz kein bisschen zweifelt, sondern einfach nur ziemlich hungrig ist?

Ich sehe dich nicht, also siehst du mich nicht, hast du einst gedacht, als du noch klein warst. Damals hast du dir die Hände vor die Augen gehalten oder hast dein Gesicht unter der Bettdecke versteckt.

Jetzt ist es dein Unglaube, der dich beschützen soll. Wir werden sehen, denn da kommen sie.

Du schreist und hörst nicht auf …

Doch, jetzt bist du still und - tot. Blut sprudelt aus der offenen Halsschlagader deines noch immer so warmen und wunderhübschen jungen Körpers, um den dich die, die es aufsaugen und –lecken, kein bisschen beneiden.

SSS

Kein Doppel-S. Von der Schutz-Staffel eines gewissen Führers vergangener Zeiten kann hier also nicht die Rede sein. Und still-schweigen sollen wir auch nicht.

Das erste »S« steht für »Symbiose«.

Die Vampirin öffnet ihr Mau..., sorry, ihren Mund, und ...

Du hältst sie noch immer fest umschlungen, berührst sie sanft, streichelst über ihr langes schwarzes Haar.

Du siehst es nicht: Im weißen Licht, das aus deinem Hinterkopf bricht, lösen sich ihre scharfen Eckzähne auf, die dicht davor standen, deinen Hals zu durchbohren.

Jetzt hörst du eine Stimme in dir singend sprechen, nein, polyphon ist ihr Klang: »Komm zu uns!«, flüstern und wispern die Vielen. Und all dies geschieht, während sie, deine große Liebe, bewegungslos in deinen Armen liegt, hier neben dir auf deinem Bett bei dir daheim.

Nein, du gehorchst nicht, verweigerst dich dem lautlosen Befehl aus dem Dunkel, von wem oder was auch immer er kommen mag. Von ihren Schwestern, Brüdern, ihrem Meister oder ihrer Herrin?

Ich bin der Erste, der es kann, denkst du lachend und wunderst dich einen Augenblick später auch schon gar nicht mehr über deine Widerstandskraft.

Du nimmst die Frau deiner Träume bei dir auf. Sie bleibt bei dir. Und unbemerkt geschieht so nach und nach der Wandel.

Irgendwann dann ist es so weit: Jetzt sind wir eins

geworden, zwei Seelen vereint in einem Körper. Äu-ßere Formen können wir von nun an nach Belieben wählen: deinen / meinen Frauen-Männer-Körper. Wir können Mensch sein bei Tag, ohne zu verbrennen, und angstlos lauschend, riechend und sehend als Vampirin die Nacht durchhuschen und -schweben, ganz wie es uns beliebt.

Das zweite »S« aber steht für »Schläge«.

Die hören wir jetzt und hier in der Nacht.

Wird da etwa wer verprügelt?

Nein. Hier jedenfalls nicht. Andernorts vielleicht, ja, sicherlich.

Einer, ein gar nicht so kleiner, nein, kein Rainar, wir wollen ihn einmal Manfred nennen, sitzt da irgendwo, nicht weit entfernt von uns in seinem Zimmer und lauscht: Wie oft wird die Kirchturmuhr jetzt schlagen? Waren es vor einer Stunde nicht 12 Schläge?

Ja, so war es, Mitternacht! Also sollte sie jetzt, eine Stunde später, nur noch einmal schlagen.

Zunächst aber melden die Glocken die volle Stun-de. Einmal ertönte der Dreiklang bei der ersten Vier-telstunde, zweimal bei der zweiten, dreimal bei der dritten. Also schlagen sie nun viermal bei der vollen Stunde. So weit, so gut. Alles ist, wie es sein sollte.

Dann kommt der einfache Glockenton, der die Stun-de angibt. Einmal, ein zweites und ein drittes Mal.

Still zählt Manfred die Stunden mit und weiß ei-gentlich gar nicht, warum er das tut.

Weiter schlägt die Kirchenuhr, schlägt und schlägt und schlägt, scheint gar nicht mehr aufzuhören: vier, fünf, sechs, sieben, acht, neun, zehn, elf, zwölf – drei-zehn Mal!

Die dreizehnte Stunde! Mein Gott! Wie kann das

sein? Wenn das keine Geisterstunde ist, was dann? Denn 13 ist doch – angeblich oder auch tatsächlich? - die Unglückszahl, das weiß doch heute schon jedes kleine Menschenkind.

Doch ob das auch Kirchen und Glocken wissen, ist wieder eine ganz andere Frage. Und wüssten sie es, so lebten sie.

Und was täten sie dann?

Wie immer nur einmal oder doch 13-mal schlagen?

Wir wissen es nicht.

Doch das alles ist ja ohne Belang. Was zählt, was wirklich von Bedeutung ist, ist die Antwort auf die Frage aller Fragen: »*Was* wird jetzt geschehen, durch Geister oder durch wen, wodurch auch immer?«

Wenige Menschen nahmen all dies wahr, denn die meisten von ihnen schliefen bereits. Andere waren in ihre Arbeit vertieft, saßen an den Maschinen im Innern ihrer Häuser und Wohnungen, hatten Sex und lauschten den stöhnenden Tönen der Geliebten, stöhnten selbst, bekamen einfach nichts von den Dingen dort draußen mit. Einem immerhin, Manfred war es, wie wir wissen, aufgefallen: Also zog es ihn hinaus, diesem Ruf, dieser Verlockung konnte er einfach nicht widerstehen.

Es ist also lange nach Mitternacht. Sprich von ein Uhr, wenn du magst, oder glaube dem Glockenschlag, der die dreizehnte Stunde anläutete. Und das vielleicht auch noch an einem Freitag?

Ja, und mehr: Freitag, der dreizehnte, das ist doch klar. So ist es, so muss es sein, denn das ist die Zahl, die die Kirchenuhr eben noch, dir kommt es schon wie eine Ewigkeit vor, schlug.

Und nun kommen wir zum dritten »S«. Denn bekanntlich sind ja alle guten (und schlechten) Dinge drei.

In unserem Menschenvampirfrauenkörper gleiten wir fast lautlos durch die jetzt menschenleeren Straßen der Fußgängerzone von K-town. Im Dunkel sehen wir jetzt besser und bunter als alle Katzen, die wir beide schon immer liebten.

Kaum genannt, schon erkannt: Eine gestreifte Katze, niemals grau in unseren Augen sondern schillernd blau-grün gleich einem Morphofalter, unterbricht ihre nächtliche Jagd, kommt zu uns herangeschlichen, die wir auf dem Boden verharren, beschnüffelt uns, betastet uns mit ihren Schnurrhaaren, lauscht zugleich fast so aufmerksam wie wir hinaus in die Nacht, während sie kurz maunzend mit hochgestrecktem Schwanz um unsere Beine streicht.

Wir beugen uns hinab und kraulen sie im Nacken und winken ihr schließlich, rein gedanklich, versteht sich, unser Lebewohl zu.

Sie versteht und wünscht uns alles Gute aus ganzem Katzenherzen.

Wir aber schauen auf. Hell und gelb für den Menschenmann in uns strahlt die Volle Mondin. »Dort«, stottert seine Seele voller Sehnsucht und zeigt weinend ins Sternenmeer empor.

Violett aber sind all die Lichter einen Augenblick später schon dem Auge der Vampirin, die uns in dieser Nacht beherrscht und zitternd vor Ekstase ihr Licht empfängt.

Jetzt gehen wir auf die Jagd – in Frauengestalt, versteht sich. So ist's kinderleicht. Denn Menschenmänner sind nun einmal ziemlich dumm. Da brauchen wir nur ein wenig in der Altstadt aufreizend mit knappstem Mini ohne was drunter auf und ab zu stolzieren. Und wenn das nichts hilft oder keiner kommt, so wie heute, dann gehen wir eben in eine rein.

Drinnen im *Heiligen Lukas* baggert uns gleich der erste Typ an, nicht mehr der Jüngste, bartlos, wenn auch nicht frisch rasiert, Glatzenansatz auf dem Kopf, graue Haare an den Schläfen und eindeutig zu viel Bauch, gibt der Wirtin reichlich Trinkgeld, tut wohl nur so reich, um uns zu imponieren.

Wir gehen mit ihm, lassen ihn seinen rechten Arm um unsere Schulter legen, während seine Erregung, und nicht nur seine, wächst.

Aha, wir sind da, denn er zückt seinen Haustürschlüssel. Er wohnt hier in der Innenstadt. Deshalb wohl und um sich etwas volllaufen zu lassen, kam er nicht mit dem Auto, wenn er denn überhaupt eins hat. Apropos »kommen«, den Sex bei ihm zuhause nehmen wir noch mit, klar, warum auch sollten wir uns den entgehen lassen. Schließlich sind wir hier im wahren Leben und nicht Filmgestalten im Hollywood-Jugendkino mit mordsmäßig viel Gewalt, aber auf keinen Fall nackten Genitalien.

Wir betreten also sein Apartment und landen wenig später auch schon im Bett. Pille oder Pariser brauchen wir nicht zur Verhütung, denn Vampire bekommen auf andere Weise ihre Kinder, wie jeder Mensch weiß.

Jetzt aber wird's lustig. Denn dieser fette, schwarzhaarige, am Körper dicht behaarte, braunäugige Arsch von einem Typ, der immerhin erstaunlich potent, wenn auch schnell fertig ist und außer Bumsen wohl gar nichts weiter drauf hat, meint doch nun nach unserem ungeschützten Sex eiskalt: »Gebe mein AIDS gerne an geile Schlampen und Huren weiter.«

Dabei kennt er uns doch gar nicht. Was wäre wohl, wenn er erführe, dass er gerade auch mit einem in einer Frau verborgenen Mann gefickt hat?

Nun ja, wie auch immer, er erfährt es ja nicht.

Warum?

Weil wir jetzt zubeißen, ihm die Kehle aufreißen und sein Blut trinken. Uns ist es doch scheißegal, wie viele von welcher Sorte von Viren da drin rumschwirren. Wer tot ist, ist tot. Wer lebt, kann sterben. Und untot sind wir nun einmal – heute Nacht.

Am nächsten Tag gehen wir ins Freibad, zur *Wäsch*, zu Deutsch *Waschmühle*.

Nein, das ist keine Mühle, sondern ein großes Becken mit eiskaltem Wasser in K-town, wo sonst? Wir legen uns auf den Rücken und ins pralle Sonnenlicht bei 30°C im Schatten, lassen uns vom Sonn unseren kräftigen jugendlichen Männerkörper bräunen. So verdauen wir das üppige Nachtmahl, ruhen uns aus. Hat schon was, nicht nur an eine Hälfte des Tages gebunden zu sein und nicht schlafen zu müssen.

Dann drehen wir uns auf den Bauch, damit auch der Rücken schön braun wird. Dabei kriegen wir uns plötzlich nicht mehr ein vor Lachen, wenn wir an die Vampirjäger denken, die da kommen und uns verfolgen mögen, mit Holzpflock durchs Herz und christlichem Kreuz und all solchen lustigen Roman- und Kinodingen. Denn nichts und niemand wird uns töten, es sei denn, wir wollten es so, um andernorts zu anderer Zeit wiederaufzuerstehen. So ist es. Wir wissen es. Denn so steht es geschrieben – Dort Oben.

»Ja«, flüstert eine Stimme in uns, »ja«, und stimmt in unser Gelächter ein und hört nicht mehr auf zu lachen, aus Freude über seine, über unsere Macht.

Mein Gott, *Er* ist es, der uns aus Seinem Geist erschuf. Er hat zu uns gesprochen, die wir nicht mehr als Gedanken sind, weniger als ein Hauch von Luft, nur Hirngespinste aus Seinem Geist.

Nein, Er ist nicht GOTT, und doch ein Teil von IHM, wie auch wir es sind. Du kennst Seinen Namen, er steht ja auf diesem Buch, in dem diese Geschichten, also auch wir leben, da vorne steht Sein Name drauf.

»Rainar«, hauchen wir voller Ehrfurcht den Namen unseres Schöpfers und fallen in Ohnmacht, fielen hin, wenn wir denn stünden, doch wir liegen ja im Schwimmbad auf dem Bauch, also treten wir nur kurz weg.

Sind schon wieder da und genießen unser Leben.

Untot

Wir stehen auf aus unseren Gräbern.

Nein, wir sind nicht tot und auch nicht untot, sondern wurden lebendig begraben. Also schlagen wir um uns, drücken und stemmen, kratzen an den hölzernen oder metallenen Wänden, die uns umgeben, atmen rasend ein und aus, versuchen es immer wieder, schreien wie am Spieß, ohne dass uns jemand hört, und - ersticken schließlich doch?

Okay, es ist ein wenig anders: Wir sind begraben in unseren Alltagsdingen. Sorgenvoll taumeln wir wie Zombies durch Tag und Nacht.

Rasend vergeht die Zeit.

Wir schauen nicht auf und sehen uns nicht um. Und plötzlich sind wir alt und krank, wollen endlich unser verlorenes Leben genießen (was haben wir dafür nicht alles zurückgelegt und angespart!) und können es doch nicht, denn wir haben es ja nie gelernt.

Und schon - schließen wir unsere Augen.

Jetzt sind wir endlich tot.

Andere wenige schließen ihre Augen von Zeit zu Zeit, in jungen, mittleren und älteren Jahren - und träumen.

Wovon?, willst du wissen?

Sie träumen von Welten, in denen sie schon immer leben – dort draußen, so fern – so nah zugleich der grauen sogenannten Wirklichkeit ringsum.

Dort sind sie Helden und stark.

Dort kämpfen sie um ihre wahre Liebe und retten Stämme und Völker, die gesamte Menschheit gar, vor ihrem Untergang.

Dort bekämpfen sie Dämonen und außerirdische Invasoren.

Und die Massen jubeln ihnen zu, krönen sie, lassen sie hochleben.

Die einen schreiben diese Dinge auf die alte Art – mit Worten. Andere zeichnen sie auf Papier oder gleich im Computer. Wiederum andere schaffen Rollenspiele für Spielbretter oder erstellen Programme und drehen Filme. Dies alles tun die Kreativen für die User, für die Leser und Betrachter, die Spieler und Zuschauer, von denen viele in jungen Jahren bereits besessen sind, süchtig, nicht mehr davon lassen können und so für die äußere Realität, das aber heißt für Bildung und Leistung, aber auch für den Konsum all der anderen lebensunnötigen Dinge immer mehr verloren gehen.

So ist es. So war es. So wird es immer sein, zumindest, solange es Menschen und menschenartige Wesen, Androiden, gibt auf dieser unserer Erde.

Der Vampir von T-her

Warum sollte es immer ein Mensch sein?, fällt mir ein. In Menschengeschichten, die von Menschen und Menschen und noch einmal Menschen handeln und sonst nichts, abgesehen von ein paar Haustieren, wilden Pflanzen und Tieren als Hintergrund und Statisten, werden Menschen zu Vampiren. Wen wundert's?

Niemanden, einmal abgesehen von mir.

Auch unter Aliens mag es diese Art von Untoten geben, die sich vom Blut der eigenen Art ernähren. Also schauen wir uns doch mal einen an: Er ist nur einer.

Er?

Ja, ER von T-her, den wir aus den PFAD-Romanen kennen.

Und dann ist da noch die Sache mit den *Vielen*, wovon ich dir hier berichten will. Und das ist das Bild, das ich in mir sehe:

Schwarze Nacht über allem, denn Mondin und Sterne sind versteckt, von Wolken bedeckt.

Wir schauen hinab.

Dort unten steht ein Wesen, scheinbar ein Mensch, doch schwarz, so schwarz und nackt.

Und jetzt geschieht es: ER teilt sich auf, wird Schwarm. So werden aus Einem Unzählige: Stechmücken, Bremsen und viele andere mehr, die eins gemeinsam haben. Sie alle ernähren sich von Wirbeltierblut.

Hier fällt dir vermutlich der »Herr der Fliegen« ein, auch leibhaftiger Tod und Teufel genannt. Doch er herrscht über eine andere Art von Fliegen, von denen wir noch hören werden. Also wieder zurück zu IHM, der nun ein Schwarm ist.

Und dort kommt der Vampirjäger, der große Held, in seinem Superluxusschlitten angebraust. Hierbei ist für die Leser der nahen Zukunft anzumerken, dass es sich bei diesem »Schlitten« nicht um ein mit Kufen versehenes Gleitfahrzeug über Schnee und Eis handelt, sondern um ein sogenanntes Automobil, kurz Auto. Das war einmal ein Fortbewegungsmittel mit vier Rädern, weit verbreitet im 20. und auch noch beginnenden 21. Jahrhundert, welches den Gehmaschinen und biologischen Gehwesen vorausging.

Und nun stürzen sich all die kleinen Blutsauger auf ihn und den ganzen Menschenlynchmob, der ihm eben noch jubelnd folgte, um Mord und Totschlag zu erleben, mehr noch, um selbst daran teilzunehmen.

Nun ja, Action gibt's, ist alles fürchterlich »spannend«, wie nun mal das Unwort des Jahrhunderts heißen sollte, das Reporter für den langweiligsten Politikerscheiß im Fernsehen immer und immer wieder gebrauchen, bis es auch jeder Depp endlich glaubt. - Sorry, bin da sprachlich etwas ausgerastet, von der gehobenen Schriftsprache in den Alltagsslang geraten. Jetzt geht's weiter.

Versteht sich von selbst, dass die kleinen Blutsauger diese Menschenbegriffe und -angelegenheiten kein bisschen interessieren, ihnen gänzlich scheißegal sind (schon wieder diese Gossensprache, nun ja, früher ein Skandal, heute ganz normal). Sie haben einfach nur Hunger. So landen sie zu Tausenden auf ihren Opfern und saugen ihr süßes Blut.

Schreiend schlagen die Menschen um sich, versuchen davonzukriechen. Einige schaffen es sogar, sich ins Wasser zu retten. Doch auch dahin folgen ihnen die Mücken dieser besonderen Art, die sich bei Wasserkontakt in Blutegel verwandeln und eifrig weitersaugen.

Schließlich ist es still geworden.

Und du, der du diese Zeilen liest, wunderst dich doch sehr über SEINE Verwandlung, denn du kennst dich ein wenig aus in der Biologie, du weißt, dass Mückenmänner niemals stechen, sondern nur Mückenfrauen Wirbeltierblut für ihre Eier brauchen. Aha, wieder einmal so ein Actionschwachsinn, völlig unfundiert, wie man es ja all zu oft in Horrorfilmen erlebt. Und ER ist doch nun mal keine Sie und war es auch noch nie. So lauten die Gesetze der Natur, der irdischen Natur jetzt und hier. Und weitere Regeln gilt es zu beachten, die heutzutage jedes Menschenkind kennt und die vorschreiben, wie sich Vampire und Werwölfe, haha!, in Romanen und Filmen, zu benehmen haben.

Doch nun haben sich all diese Gesetze geändert. ER war einer und wurde Viele. Immer war ER ein Mann, nun ist ER zugleich SIE und ist es doch nicht, denn SEINE wahre Schwester bewohnt jetzt gerade die dunkle Seite der Mondin, und ES, das SIE BEIDE aus sich zeugte, träumt noch immer auf dem tiefsten Grund des Meeres.

Ach ja, einst zog ER für einige Zeit als Menschenmann durch die Welt, nährte sich so ganz aus Spaß und um den Menschen ihren Gefallen zu tun, die einfach daran glauben wollten, von ihrem Blut, so hätte ER über Kreuze und Weihwasser schon immer nur gelacht, wenn ER denn lachen könnte.

Doch das alles war, ist längst vergangen.

Jetzt nimmt ER wieder seine schwarze Menschengestalt an, verharrt noch einen Augenblick, genießt die Stille und erinnert sich an Dinge, die da kommen werden. Denn ER sieht die Zukunft der anderen in sich, weiß um die neuen Generationen der gentechnologisch manipulierten Vampire, die nicht mehr nur Wesen der Nacht sind und niemals mehr im Tageslicht verdampfen, wie die Literatur uns erzählt, und schon gar keine Tollwutgeschöpfe sind, wie manch Wissenschaftler es uns heute lehren will.

Dann dreht ER sich um und zieht weiter durch diese Welt mit Namen Erde, unterwegs zu den höchsten Bergen, wo ER seinen letzten Kampf mit Manfred dem Magier austragen muss. Denn so steht es an anderem Ort geschrieben.

Und still ist's noch immer am Ort der Tat, denn all die summenden Mücken und Fliegen sind mit IHM gegangen, und alle Menschen sind nun tot.

Still für einen Augenblick.

Denn schon schallt da ein Krächzen aus dem Himmel, so kündigen sich die Aasesser an: Elstern, Raben und Ratten. Selbst Hunde erscheinen im Bild. Angerichtet ist's zum Mahl. Alle schlagen sich die Bäuche voll. Pilze und Bakterien werden folgen, den Rest erledigen. Doch zuvor finden sich noch andere Gäste ein. Es sind die anderen Fliegen aus der Umgebung, von deren Herrn aus früheren Zeiten wir schon hörten, als die Leichen bei Kriegen und Seuchen massenhaft auf Schlachtfeldern lagen. Schmeiß- und Goldfliegen haben längst die Witterung aufgenommen. Dort kommen sie in Scharen, landen und legen ihre Eier auf den ausgesaugten Menschenleichen ab, auf dass ihre Kinder, die Maden sich nähren.

Und die Moral von der Geschicht?

1. Lynche nicht!

2. Erschlägst du, bei Nacht noch wach, auch einige Dämonen, die anderen erwischen dich sicherlich, spätestens im Schlaf.

PS: Und alles geschah, wie es geschehen sollte, weil der kleine Gott, der nicht GOTT ist, sondern auch nur ein Mensch, von anderen Menschen »Autor« genannt, weil Er Dort Oben es so wollte.

PPS: Wer weiß, wer oder was da ist, das will, dass Er Dort Oben es so schrieb, wie er es denn geschrieben hat. Und damit gemeint sind hier sicherlich weder Lektorat noch Verlag.

Vampire der einen und anderen Art

Nach dem EM-Endspiel Deutschland gegen Spanien liege ich noch im Bett und lese *Tom Holland: Der Vampir*. So weit, so gut.

Doch nun kommt doch da ganz real auch schon so einer, nun ja, so eine ihrer Art angesummt und setzt sich auf meinen rechten Arm.

Ich schaue sie mir an, die mir doch recht klein vorkommt, aber eine typische Stechmücke ist und jetzt gleich zustechen wird.

Was soll ich tun?

Ich jage sie zunächst einmal weg.

Doch sie landet ein zweites Mal.

Stechen lassen, das bisschen Blut?

Doch das tut weh, und wer schaut da gerne zu.

Vielleicht überträgt sie auch noch eine Krankheit?

Oder sie einfangen und den Vogelspinnen geben?

Doch für die ist sie als Beute etwas klein geraten.

Oder gar die alte Sache, die da lautet, sie einfach zu erschlagen?

Ich tue schließlich das, was ich früher schon immer tat und was die, die das Leben achten, niemals tun: Ich schlage zu.

Vollkommenheit eines Vampirs

Wie viele Menschen sind es schon: erleuchtet?

Auf welche Art, in welchem Grad, für welche Zeit?

Einige nur, von ihnen die meisten einen Augenblick lang, die wenigsten für den Rest ihres kurzen Menschenlebens.

Und unter den Vampiren, die derzeit auf Erden durch die Nächte wandeln, wie viele, also wie wenige von ihnen mögen es da wohl sein?

Und was ist bei ihnen darunter zu verstehen?

Erleuchtung erlangen, heißt für dich als VampirIn zunächst einmal, den neuen Zustand, das ist Nichttod / Nichtleben, kurzum, das Neue zu akzeptieren und mit ganzer Seele das sein zu wollen, was du nun bist.

Erlangt der Samurai die Erleuchtung im Kampf mit seinem Schwert oder gar ohne, so schaut der Vampir im Blutsaugen oder gar ohne von einem Augenblick auf den anderen irgendwann und irgendwo niemals, nie ein Licht, sondern die reine Schwärze.

Und der vollkommene Vampir ist der, der sich beherrschen kann, allen Verlockungen widersteht, nicht zubeißt, also auch kein Blut saugt.

Und das heißt?, willst du, liebe Leserin wissen, wolltest du eben noch, bevor er dich wie ein Blitz packte und in seine Arme nahm.

»Was wird nun mit mir geschehen? Was wird er mit mir tun?«, rast dein Verstand im Kreis, dein Körper ist längst erstarrt zu Eis.

Ganz einfach: Wenn er dir nahe ist – und das ist er ja -, dann beißt er dich nicht in den Hals, den Bauch, Arm, Bein oder gar Geschlecht, sondern küsst deinen Mund, deinen Menschenkörper ganz zart mit blutleeren Lippen, hinter denen noch immer die scharfen Eckzähne oder Schneidezähne, ist er denn einer der alten Art, auf ihren Einsatz warten.

Schließlich lässt er dich los, legt dich sanft auf die Erde, setzt sich neben deinen noch immer erstarrten, allmählich erwachenden Körper, denn alles ging so rasch, und bewundert den Strom deines in dir pulsierenden, ach so warmen Blutes.

Was geschieht denn da?

Singen wir?

Unsere Münder schweigen, denn in unseren Kehlen steckt noch immer der Schrei, der sie niemals verlassen wird?

Die Klingen trafen.

Oder waren es messerscharfe Krallen?

Hinter uns spritzt und sprudelt das Blut aus unseren fallenden Körpern.

Welch ein Flug durch diese warme Sommernacht! So hell für all diejenigen mit einer Leuchtschicht in den Augen. Doch nicht nur die Jäger, sondern auch ihre Opfer nehmen sie wahr, sehen, lauschen und riechen sie unter *ihrem* hellen Licht, die voll dort oben scheint, die Mondin.

Menschen aber mit Walkmenstöpseln in den Ohren und Handys in den Händen taumeln taub und blind durchs Dunkel, denn eben erst gingen die Lichter endgültig aus, nicht nur in dieser einen, sondern in allen Städten der Erde.

Zeit des Wandels.

Fern verklingt das Werwolfbrüllen, und auch das Fressen und Geschmatz.

Wir schauen nicht mehr zurück, sondern streben körperlos Licht und Gesang entgegen.

Ist das ein Engelchor?, würden wir denken, könnten wir es noch.

Die Werwölfe von Mainz

Jetzt wird mir klar, was mein Arzt eigentlich ist. Ein Werwolf, was sonst. Und nicht nur er ist einer. Sein ganzer Clan herrscht hier in dieser Stadt.

Ist Mainz also die Stadt der Werwölfe?

Denn das ist der Name der kleinen Hauptstadt des Bundeslandes Rheinland-Pfalz jetzt zu Beginn des 21. Jahrhunderts und zugleich der Ort, an dem ich jetzt, wie alle zwei Jahre, als Einmannbetrieb und Kleinverleger auf der Minipressenmesse in einem Zelt am Rheinufer meine Bücher anbiete.

Und das will ich jetzt am Morgen nach dem Erwachen wissen, doch niemals, nie in meinem Traum. Denn darin stellte ich ihm die Frage aller Fragen, wobei nur eins von Bedeutung war, das war meine Angst, und sie lautete: »Sie werden *mir*, ihrem treuen Patienten, doch nichts tun? Oder doch?«

Erwacht notierte ich mir diese Worte, ging aufs Klo, also den Flur in diesem Billighotel an viel befahrener Straße hinunter, nahm eine Brausetablette Magnesium mit Vitamin C gegen Muskelkrämpfe in den Waden ein, legte mich wieder hin, schlief ein.

Ach ja, bisher habe ich diesen einen von so vielen Träumen nicht mehr weitergeträumt. Und deshalb gibt es hier auch keine packende Story vom Kampf des guten Menschen gegen den bösen Werwolf, von Silberkugeln und all dem, was man so in Büchern darüber liest und in Filmen sieht. Keine Action, keine Spannung, kein Happy End, aber auch kein katastrophaler Untergang, weder für das Monster noch für den glorreichen Helden, der ich nun einmal gar nicht bin.

Noch eins: Wie schön es doch ist zu leben und die warmen Sonnenstrahlen zu genießen.

Eins, zwei, drei

1

Einmal nicht aufgepasst
ratsch batsch matsch
schon bist du
mausemenschentot

2

Doch dann erhebst du dich
schaust nicht dein Spiegelbild
da sind weder Wasser noch Glas
auch Arme und Hände fehlen dir
die keinen Körper ertasten könnten

3

Sinnend fragst du dich:
»Und wer bin ich?«

Farbenort

Da ist der brennende Docht einer Kerze in einem Kasten aus Holz und Glas, jetzt und hier an diesem einen Herbstabend von wie vielen?

Licht im Dunkel, das so ruhig scheint und so deinem Lebenslicht gleicht?

Sehen und erinnern: »Ich will hier raus!«, schreit irgendwer an fremdem Ort in ferner Zeit.

Oder aber alles ist ganz anders. Denn das Licht ist nicht gefangen, sondern behütet, beschützt vor dem eisigen Wind, der dort draußen so kräftig bläst?

Hier drin aber schlägt dein Herz, Blut fließt durch deine Adern. ICH BIN!, denkst du still bei dir.

Ängstliche Augen schauen durch Fensterglas hinaus in die Dunkelheit. Aus Wind wird Sturm, aus Stille Donner, aus Schwärze Blitz, auch Regen peitscht.

Trägt mich Mutter, so fliege ich mit ihr durch Raum und Zeit. Die Zeit ist reif, bricht auf der Leib: Geburt. »Ich bin!«, schreist du deinen ersten Laut in eine neue Welt.

Das aber alles ist nur Erinnern an nicht Erinnerbares, von außen aufgenommen, in Büchern gelesen, in Bildern gesehen und Tönen erlauscht - also nicht wirklich?

Und während du all das denkst und dich noch immer fragst, was denn nun real an sich, wirklich für dich und all die anderen ist, da geschieht es auch schon, was einfach geschehen muss: Ein Wesen bricht auf in eine neue Welt. Ein Wesen?

Du bist es ja selbst, die du deine Schwingen entfaltest.

Nein, da sind weder Vogel- noch Fledermausflügel

dort hinten auf deinem Rücken und auch nirgendwo die in Wattekitsch verfälschten Symbole christlichen Glaubens. In dir breitest du sie aus und steigst auf. So erfüllen sich Sehnsucht und Traum.

Nun schwebst du auf den Flügeln deiner Gedanken durch die Weite.

So singen Staub - Sterne – Planeten - Erde!

Und irgendwo und irgendwann, ach ja, dort in irgendeinem Raum sitzt ein Menschenmann, den Kugelschreiber in der Hand und ein Stück Papier vor sich und betrachtet still eine Kerzenflamme in einem Kasten aus Holz und Glas.

Feiern ist angesagt, hier und dort und überall, wo Licht im Dunkel leuchtet.

Ein gewisser Mann

Immer wieder ist da dieser eine Mann in mittleren Jahren. Immer und immer wieder begegnest du ihm.

Eines Abends endlich überwindest du deine Scheu und sprichst ihn an, und das auch noch so einfach per Du: »Wer bist du? Warum verfolgst du mich? Was willst du von mir?«

Der Geheimnisvolle aber schweigt und lächelt.

Dann nach »Ewigkeiten«, in denen ihr beide im Hier und Da, wo auch immer das sein mag, verharrt, formen seine Kehle, sein Mund und seine Lippen noch immer kein Wort, sondern sprechen seine Gedanken in dir: »Aus den Himmeln geworfen, auf die Erde verbannt, vor Ewigkeiten, für alle Zeit, die dieser Welt noch bleibt. Hier stehe ich nun und weine - schon lange nicht mehr. Meine Flügel sind zu Asche verbrannt. Dich aber haben die Götter auserwählt, das zu tun, was ich nicht kann.«

Du öffnest deine Augen, drehst dich im Kreis, schaust dich um. Niemand steht vor dir, neben, noch hinter dir. Du aber befindest dich mitten auf einer Kreuzung unweit deiner Wohnung. Es ist eine ruhige Straße und Abend in dieser kleinen großen Stadt mit Namen Kaiserslautern. Kein Auto mit besoffenem Fahrer rast heran, kein Aufprall, keine Sterbetodesszene.

Außen geschieht also nichts.

War dort jemals irgendwer?

War alles nur ein Traum von einem Gefallenen Engel?

Und ich soll auserwählt sein, ein Prophet, der Messias gar oder wozu?

Und wer bin ich dann, wenn denn alles wirklich so wäre?

Dies alles fragst du dich und erhältst keine Antwort. Natürlich nicht.

»Träumer« nennen dich die anderen. Schaffen gehen, Häusle baue, eine Frau finden, Kinder zeugen und für die Rente sparen. Dichten und schreiben kannst du immer noch später - wenn du alt und krank, noch kränker und bei Weitem dem Tode näher, ja, gestorben bist.

Ja, ja, denkst du und stolperst die wenigen Schritte die Gasstraße hinunter, gehst dann die Treppe hinauf, kommst oben an, wie immer außer Atem.

Also bist du heimgekehrt.

Die Gleise

Weiß erstrahlen sie im Sonnenlicht, nun ja, nicht auf ganzer Strecke, es ist jeweils nur ein kleiner Abschnitt, der jetzt und hier während der Ausfahrt der S-Bahn aus dem Bahnhof aufleuchtet und der Fahrt des Zuges an diesem Samstagmorgen folgt.

Allein sitze ich hier unter Fremden, denn die Gruppe aus dem Saarland, die ich hier treffen wollte, ist wohl auf andere Art zum Deutschen Marfantag unterwegs. Sie sind mit dem Auto gefahren, erfahre ich später dort. Mir hat keiner was gesagt, da bin ich wohl wieder, wie früher meist, der Außenseiter.

Doch dies alles war, wird sein, ist nicht die Gegenwart, nicht dieser magische Gleisaugenblick, in dem die parallel laufenden Schienenstränge erstrahlen und so den jetzt beschleunigenden Zug leuchtend hell begleiten.

Und da ist auch schon der Gedanke: Was wäre, wenn ...?

Oje! Sehe wohl zu viele Horrorfilme, denn vor meinen Augen verwandeln sich die parallel laufenden Gleise in scharfe Klingen, lösen sich jetzt ein ganzes Stück vor dem herannahenden Zug aus den hölzernen Schwellen, richten sich auf, rücken ein wenig zusammen und klappen auch schon einem Eischneider gleich blitzschnell und mit gewaltiger Kraft von der Seite auf den Zug hinunter.

Tja!, dann wäre jetzt alles hier im Innern, natürlich auch ich, zerschnitten. Doch wenn das Wörtchen »wenn« nicht wär, dann wär ich längst ein Millionär, lernte ich einmal. Also »don't panic, nur die Ruhe bewahren!«

Das ist das Eine, das Andere aber ist: Kaum gedacht geschieht es auch schon: Die leuchtenden Stahlklingen zerschneiden den Zug. Aus und vorbei sind alle Lebensträume der Menschen darin.

Tja!, und wo waren denn nun die rettenden Hände der Lebensversicherer aus der Fernsehwerbung?

Keine Spur von ihnen.

Und dieser kleine große Rainar, der das erlebt hat, d. h., so gestorben ist, denn jetzt ist er ja tot, erreicht sein geplantes Ziel in Heidelberg niemals mehr. Und natürlich kann er auch kein einziges Wort von all dem hier jemals in seinen Computer tippen. Also wird dieser Text hier niemals in ein Buch gelangen. Und du liebe(r) LeserIn kannst diese Zeilen auch nicht lesen, es sei denn, er flüsterte als Geist sein letztes Abenteuer einem Medium ein oder ein anderer Autor hätte da plötzlich, so mir nichts dir nichts eine tolle Idee gehabt von einer Zugfahrt am Morgen und Gleisen, die sich in Klingen verwandeln.

Doch wenn das alles so wäre, dann stände wohl dessen Name hier auf diesem Buch.

Hilfeschreie und Erlösung

Sie rufen um Hilfe. Ja, sie tun es, und kein Mensch kann sie hören.

Nein, sie haben keine Münder. Also rufen sie auch nicht so, wie es Tiere und Menschen tun. Sie haben andere Möglichkeiten, hinter die wir erst allmählich kommen. Denn sie senden Pheromone aus, jeweils ein spezielles für einen bestimmten Feind.

Und die Räuber wiederum riechen die winzigen Duftdosen und erkennen sie und wissen nun, wo ihre Beute in Massen zu finden ist. Also kommen sie geflogen, um sich satt zu essen. Denn nun ist nicht nur für die zahlreichen Pflanzenesser, sondern auch für sie der Tisch reich gedeckt.

So geschieht es: jetzt zu dieser Zeit und hier und allüberall auf dieser einen Erde von so vielen im weiten All und all den anderen Universen.

Und die wenigen unter uns, die diese eine Anpassung wirklich erfassen, bleiben staunend stehen mit offenem Mund und einem langen »Ooooh!« aus tiefer Kehle, das einfach nicht enden will.

Dann öffnen sich unsere Nasen. Wir atmen ein. Sensoren wachsen im Innern, die Wirbeltiere niemals zuvor besaßen, die nur Insekten kennen, und auch unser Gehirn wandelt sich. Jetzt riechen auch wir die lautlosen Schreie der Büsche und Bäume, vor denen wir staunend noch immer verharren.

Wir schließen die Augen.

Wir hören auf zu hören.

Wir atmen ein.

Wir atmen aus.

Und nun vernehmen wir den anderen Gesang, der stärker ist als aller Schmerz und Hilferuf.

Wir spüren das Wasser unter unseren Füßen, die schon lange keine Zehen mehr tragen, sondern zu Wurzeln wurden und sich immer mehr verästelnd ins Erdreich eingedrungen sind.

Zweige treiben aus unseren Körpern und aus den Armen, die zur Seite nach unten, dann zum Kreuz und schließlich nach oben gestreckt sich längst in Äste verwandelt haben.

Wasser fließt empor.

Licht strömt von oben auf uns nieder.

Ekstase.

In einer Kneipe

Sitze an einem Tisch einer Kneipe.

Nein, nicht allein, bin hier förmlich von Menschen umzingelt, selbst wenn ich wollte, käme ich hier jetzt gar nicht mehr raus.

Dann fällt mir auf, dass ich ja noch gar nichts zu trinken habe, und ich bin doch ziemlich durstig. Sollte mal 'ne Cola bestellen. Essen könnte ich auch mal wieder was. Also frage ich einen Jungen neben mir, ob man den Fraß hier genießen kann.

Der aber hat null Bock, mir zu antworten. Doch wenn ich mich so recht umschaue, war meine Frage mehr als flüssig, überflüssig, denn überall stehen kleine, nur zum Teil aufgegessene, längst kalte Pizzen herum. Die Küche kann man wohl vergessen, oder aber die Gäste sind nicht hungrig, bestellen aus Gewohnheit, sind von zuhause aus zu verwöhnt, schon typische Amis geworden, die viel zu viel haben, Reste einfach liegen lassen, ohne darüber nachzudenken, dass andernorts auf Erden nach wie vor Millionen Menschen hungern.

Ein Typ, so ein Farbiger mit Glatze, sitzt da vorne an den Keyboards und Synthesizern und spielt schrecklich hohe Töne.

Das ist ja kaum zum Aushalten, denke ich. Schon will ich was sagen, da hält ein Nachbar seinen rechten Zeigefinger vor die geschlossenen Lippen: »Pst!« Dann flüstert er mir ins Ohr, ich solle bloß mein Maul halten, nicht dass er rassistisch sei, doch mit dem Schwarzen da sei nicht zu spaßen. Der halte sich nicht nur für das größte Genie seiner Zeit, sondern sei auch noch gefährlich.

Nun gut, schweige ich also, bin ja nicht lebensmüde.

Bald ist es gottlob auch mit der Ohrenfolter vorbei. Denn alles hat ja bekanntlich in diesem Universum nicht nur einen Anfang und eine Mitte, sondern irgendwann auch einmal ein Ende.

Jetzt aber geht die Show weiter: Alle möglichen Tiere ziehen an uns vorüber, werden vorgeführt und - sind alle riesengroß, auch diese zwei Eichhörnchen da, die sich auf der Bühne bekämpfen. Es sei aus Nahrungsgründen nur Platz für eins hier im Revier, meint der Zirkusdirektor und überlässt die Show wieder seinen Tieren.

Und mir fällt gar nicht auf, dass solche Giganten ungeheuer viel Platz brauchen und unsere Kneipe doch anfangs winzig und total überfüllt war und zudem überhaupt keine Bühne besaß. Immerhin ist jetzt klar, warum hier so viel Andrang herrscht. Hier wird was geboten.

Tja!, und erst die Dinosaurier!

Der dort ist immerhin ein Pflanzenesser, denke ich.

Andere stehen auf zwei Beinen menschengleich, doch gut getarnt in der Vegetation, nur ihre Köpfe und Augen kann ich erkennen, der ich im Gegensatz zu den anderen alles aufmerksam beobachte.

Sind das da alles Schauspieler in ausgestopften Tieren?

Doch dann müssten die Menschen ja Riesen sein. Elektronische Attrappen, vielleicht. Denn die Dinos können doch nicht echt sein?

Schließlich werden wir alle, die wir zuvor noch am Tisch saßen, an dicken Seilen nach oben gezogen. Wir tragen jetzt alle zwei Engelsflügel auf dem Rücken, die unbeweglich und total künstlich wirken. Auch steigen wir nicht elegant ins Licht empor, sondern werden ruckweise Stück für Stück emporgehievt. Der Wirt dort unter mir beschleunigt seinen Aufstieg ein wenig und brüllt: »Ich stehe über allen Menschen!«

Aha, denke ich, als ich sehe, wie er wieder nach unten rückt, er also ist es, der so viele Namen trägt, wie es Menschenvölker gab und gibt. Und siedendheiß wird mir klar, wo ich gelandet bin. Ach ja, einer seiner Namen lautet »Gefallener Engel«, ein anderer »Satan«. Und wo ich hier gelandet und Teil geworden bin, das ist ja jetzt wohl jedem klar.

Hier geht's einfach höllisch ab.

Irrwelt

Einst lebte er in einer absolut irren Welt. Ja, da war er sich ziemlich sicher.

Nein, nicht dass er vollkommen durchgedreht wäre, völlig plemplem, meschugge, dallidalli, bekloppt, irr, das war er auch – bisweilen. Worum es hier ging, war seine Umwelt, all die anderen und das Andere ringsum, die waren doch irre, nicht er.

Obwohl, wenn er der Einzige war, der so dachte, dann spräche das doch wieder stark dafür, dass nicht die anderen, sondern er der Irre in unserer Geschichte ist. Doch nehmen wir spaßeshalber einmal an, er hätte Recht und fragen uns mit ihm: »Wieso war die Welt um ihn herum irregeworden?«

Nun ja, dass sie es war, das ist doch klar. Nur mal ein kleines Beispiel: Da gab es alle paar Tage einen Rekord in irgendeiner neuen Supersportart. Tja!, und der Sieger bekam den Titel »Bester aller Zeiten«. Da sollte sich doch mal einer fragen: welcher Zeiten? Oder was denn jetzt wohl »Bester« heißt, wenn es laufend jemand anders ist. Und was ist mit den Rekorden aus alten Zeiten, die heute niemand mehr kennt? Und was ist mit denen, die morgen auf Erden, auf dem Mond - Stichwort: Ein Siebtel der Schwerkraft - oder sonst wo noch von uns oder unseren Nachfahren aufgestellt werden?

Ein anderes Beispiel gefällig?

Klar doch, wird sofort serviert. Denn da gab es ja dieses TV - Television, Fernsehen, wie immer man das nennen will -, also bewegte Bilder mit Ton aus diesen immer flacher und größer werdenden Kästen, mit denen man in die Weite schauen konnte, ohne sich selbst fortzubewegen. War übrigens eine tolle Erfindung für die Armen, die sich Weltreisen nur in ihren Träumen leisten konnten. Statt mit dem Finger auf der Landkarte, wie es so schön früher einmal hieß, konnten sie jetzt den Filmteams in den Dschungel, in Wüsten, auf alten Karawanenstraßen und Teerouten durch Ostasien, an karibische Strände und auf Luxusyachten folgen, und all das ohne jede Anstrengung gemütlich zuhause im Sessel mit der gekühlten Dose oder Plastikflasche Bier in der einen, dem Stück Pizza in der anderen Hand und - dem entsprechenden Bauch. Und so wurden sie in den Wohlstandsländern des Westens immer dicker, fetter und kränker. So weit, so gut - so schlecht.

Doch wir sind ja abgeschweift. Es geht doch um ein weiteres Beispiel für das Irrsein. Hier also ist es: In einem dieser Programme gab es von Zeit zu Zeit Eigenwerbung, als ob die, die es eingeschaltet hatten, auch noch aufgefordert werden müssten, es einzuschalten. Aber vermutlich sollten sie es nie mehr abschalten. Doch arbeiten und für den Konsum schuften sollten sie eigentlich auch, damit die Wirtschaft lief und jeder so viele unnötige Dinge kaufte, wie er nur konnte und natürlich nicht zuletzt auch noch seine GEZ-Rechnung, die Rundfunkgebühren für die öffentlich-rechtlichen Sender bezahlte, und dazu zählte dieses Programm ja. Hm, scheint die Quadratur des Kreises zu sein, einfach unmöglich.

Doch kommen wir jetzt endlich mal zu der Sache, die den kleinen Verstand unseres Antihelden einfach überstieg. Denn in diesem Programm hielten sich mehr oder weniger bekannte Schauspieler und auch ganz gewöhnliche Leute Zeige- und Mittelfinger ihrer rechten Hand vors rechte Auge und behaupteten doch allen Ernstes, dass man auf diese Weise im Zweiten (womit wohl das Programm gemeint war) einfach besser sähe. Glücklicherweise hatten sie die eigentlich nötige Ergänzung zum Komparativ weggelassen, doch das war ja ohnehin zu jener Zeit die Regel, um niemanden auf den Schlips zu treten. In diesem Fall konnte der Kundige immerhin »als gar nicht« ergänzen, und somit hatte alles wieder einen Sinn. Denn unter den Blinden ist bekanntlich der Einäugige König.

Okay, vielleicht klingt das ja alles sehr pedantisch. Die Beispiele sind ja nur kleine Dinge, auf der manche eifrig herumhacken, ob es jetzt Politiker oder Schriftsteller sind. Doch da fiel ihm ein, dass die Welt schon immer so gewesen war, einfach irre, nicht nur im Kleinen, sondern auch im Großen, wo man z. B. Millionen einem Land im Nahen Osten für den Wiederaufbau und als Entwicklungshilfe gab, während die eigene Waffenindustrie und die der Verbündeten kräftig an den Nachbarn lieferte, der in einem Krieg, um Terroristen zu bekämpfen, wie es hieß, den hier als Erstes Nichtgenannten überfiel und niederbombte, damit man wieder Millionen für den Wiederaufbau gab.

Also war seine Welt doch ziemlich irre. Ja, das stand nun felsenfest fest. Irre ist die Welt, in der er lebte und noch immer lebt, ist ja auch nur eine von vielen Höllen.

Kein Schaffner - ein Yeti?

Ich laufe durch einen Zug. So weit, so gut.

Von wegen, bin hier anscheinend der einzige Lebende. Denn da liegen, sitzen und hängen überall Tote - nicht nur Menschen, sondern auch Tiere.

Der Zug fährt übrigens immer weiter, keine Ahnung, wann ich eingestiegen bin, fährt und fährt und fährt, und hält nie mehr an?

Doch, welch Wunder, kaum gedacht, verlangsamt er auch schon seine Fahrt und stoppt an einem winzigen Bahnhof mit einem einzigen Steingebäude. Von einem Schild mit Ortsnamen nirgendwo eine Spur.

Endlich. Nichts wie raus, denke ich, ehe der wieder abfährt. Ich steige aus.

Da kommt mir so ein Typ entgegen, quatscht mich einfach so an und meint mit kräftiger Stimme, dass ich es mir ein für alle Mal merken soll, dass nicht ich, sondern er hier der Schaffner sei.

Ich frage, ob er sich denn überhaupt ausweisen könne.

»Nö, auf keinem Fall«, antwortet er und steigt ein.

Im Zug entpuppt sich der vermeintliche Schaffner als - Chirurg.

Woher ich das weiß?

Anscheinend bin ich doch, ohne es zu merken, wieder eingestiegen oder auf andere mir unbekannte Weise wieder in den Zug geschafft worden, wie auch immer, ist ja ohnehin einerlei. Denn eins ist sicher: Hier liege ich nun bewegungslos in einem Zahnarztstuhl und - unter seinem Messer.

Im Spiegel sehe ich, wie er da gerade alles Mögliche aus meinem Mund absaugt. Hantiert dort oben am Gaumendach herum ... Schock! Nichts ist da mehr unterhalb der Oberlippe. Gähnende Leere. Der hat mir doch glatt den Unterkiefer abmontiert.

Zuvor schon habe er einige Adern entfernt und das Blut umgeleitet, versichert er mir. Es solle ja alles professionell wirken.

Wem bin ich da nur in die Hände geraten?, frage ich mich noch und dämmere auch schon unter seinem äthergetränkten Wattebausch hinweg, den er mir auf die Nase drückt. Und das ist gu...

Es ist still und duftet nach Laub. Ich öffne meine Augen. Kein Chirurg, kein Zugabteil, kein Menschenwerk. Ich liege auf einer Wiese.

Ich stehe auf und schaue mich um. Der Morgen graut.

Nein, da sind weder Grauen noch Grau.

Also nochmal: Da dämmert der Morgen herauf. Morgenstund hat Gold im Mund. Morgenröte, Morgenrot trifft die Stimmung am besten, denn dort hinten zwischen den licht stehenden Bäumen steigt die leuchtend rote Sonnenscheibe empor.

Wie lang ist's wohl her, seit ich sie das letzte Mal sah?

Ich taste mit meiner - oh - befellten Hand - ganz schön lange scharfe Fingernägel sehe ich da, hatte ich die schon immer? - nach meinem Mund und öffne ihn. Keine Schmerzen. Doch meine Eckzähne scheinen gewachsen zu sein, und, au!, schon hab ich mich geschnitten. Die sind ja höllisch scharf. Jetzt heißt's wohl erst mal einen Spiegel suchen, in dem ich mein Gesicht betrachten kann. Schaue fürs Erste an mir hinab: Kleidung trage ich nicht, dafür ein dichtes, langes, braunes Fell, ganz so, wie man es von Affen her kennt - und wie man sich einen Yeti vorstellt, fällt mir lustigerweise ein. Hunger habe ich noch nicht. Dann wird sich erst später zeigen, ob ich auf Pflanzen oder Tiere stehe. Doch nach diesen Eckzähnen zu urteilen, die mir vielleicht doch dieser irre Chirurg im Zug verpasste, bin ich ein Räuber in Affengestalt.

Andererseits könnte ich, so kräftig ich nun bin, ja auch meine Zähne nutzen, um meine Frauen und Kinder gegen Rivalen und Raubtiere zu verteidigen, wie dies Gorillas tun. Oder nicht?

Welche Frauen? Töchter und Söhne? Brüder und Schwestern? Eltern?

Niemand da außer mir. Bin hier der Einzige meiner Art.

Ich schaue mich nicht weiter um, breche auf in den Wald. Irgendwann werde ich Hunger haben.

Mäuse

Gerade will ich die kleine Zoohandlung im Grünen Graben in der Innenstadt von Kaiserslautern verlassen, da sehe ich doch einen ganzen Käfig voll weißer Mäuse, die wohl heute angeliefert wurden.

Und was fällt mir dazu ein, der ich noch am Tresen stehe und längst die Mikroheimchen und Grillen, Futtertiere für meine Vogelspinnen, bezahlt habe?

Es ist nur ein Satz: »Ich hätte gerne zehn von diesen süßen Mäusen. Eine brauchen Sie nicht einzupacken, die verspeise ich gleich hier.«

Und schon sehe ich das Bild in mir, wie ich sie mit meiner rechten Hand am Schwanz packe. Und spüre sie auch schon zappeln.

Ich schaue sie, die meine Gedanken flüstern hört, aus lidlosen, starren Augen an, beiße blitzschnell mit meinen ausgeklappten Giftzähnen zu und schlinge auch schon die sterbende Mahlzeit hinunter.

Staunend sehen mich die Menschen an.

Haben sie überhaupt wahrgenommen, was eben geschah? Unbewusst, bewusst? Oder träumen sie, schlafen sie im Stehen? Wissen sie, wer ich wirklich bin?

Nein, sicherlich nicht.

Ich weiß ja selbst nicht, wer ich bin, noch wer ich eben war, und erst recht nicht, wer ich sein werde, wenn meine Verwandlung immer weiter voranschreitet.

Meeresstrand

Endlich bin ich zurückgekehrt zum Meer.

Wie viele Jahre, ja, Jahrzehnte ist es her, dass ich es zum letzten Mal sah und in ihm war?

Längst habe ich vergessen, wie es ist, den Seewind mit all seinen Böen auf nackter Haut zu spüren, den Meeresduft zu atmen und ...

Da sehe ich sie dort vorne mit den Füßen im Wasser stehen.

Sie schaut mich träumend an.

Ich laufe auf sie zu, komme näher und näher und näher und - erreiche sie dort an dem Ort, genau da, wo die Wellen ans Ufer schlagen, an den Strand aus weißem Sand.

Sonst bin ich ja schüchtern und traue mich nicht, doch jetzt und hier kann ich nicht anders, umarme sie stürmisch und lasse sie nie mehr los. Denn *sie* ist die *Liebe* meines Lebens, die ich schon immer suchte und bisher nie fand.

Und auch sie nimmt mich zärtlich in ihre Arme, so wie es nur eine Frau tun kann.

Ich spüre ihre Brüste.

Und dann küssen wir uns, unsere Zungen dringen in unsere Münder ein und spielen miteinander. Längst haben wir unsere Augen geschlossen. Jetzt sind wir eins, unsere Herzen schlagen in einem Takt, und unsere Seelen singen unser Liebeslied.

Doch was ist das? Du entgleitest meinen Armen.

Ich öffne meine Augen und schaue hinab und sehe dich zerfließen, verwandeln, zur Welle werden. Mensch zu Meer, zu Wasser.

Stumm stehe ich da, fassungslos. Ich begreife nichts, ich sage nichts, ich schreie nicht.

Dann irgendwann, sind Sekunden, Minuten vergangen, ich weiß es nicht, spielt ja auch keine Rolle, dann beginne ich wieder zu denken. Solltest du gar aus Wasser geboren zur Menschenfrau geformt worden sein?, rast es in meinem Kopf.

Ahnung wird Gewissheit: *Du* bist die See und warst es schon immer – abgesehen von diesem einen Augenblick.

Schreie ich?

Weinend falle ich vor Liebesschmerz, schmelze dahin und werde wieder zu dem, was ich schon immer war: Sand.

»Wasser zu Wasser, Erde zu Erde«, singen Wellen und Sand, berühren sich am Strand und stöhnen auf vor Lust und Verlangen.

Ein kleiner Junge, ein kleines Mädchen von vier, fünf Jahren, sie beide haben zugesehen, laufen zu ihren Eltern und erzählen ihnen in ihrer Sprache mit hoher Kinderstimme von dem fantastischen Ereignis.

Niemand glaubt ihnen.

Die Mehrzahl der Menschen aber nimmt all dies gar nicht wahr, sieht nur Wasserweite und -wellen, weißen Strand, blauen Himmel und einen brennenden Sonn, den sie »Sonne« nennen und der sie braun braten soll, damit all die anderen zuhause sehen, wie toll ihr Urlaub doch war.

News

Zettel fallen aus dem Himmel.

Darauf steht es geschrieben.

Briefe mit echten Adressen außen und einem persönlichen Anschreiben innen finden sich plötzlich in den Briefkästen einsamer Menschen, die bisher nur Werbung enthielten.

Und überall werden Faxe dieser Art ausgedruckt.

E-Mails, SMS und Twitterzeilen tauchen zuhauf mit diesen Nachrichten auf, und auch bei facebook und all den anderen Internetforen steht es bei dir persönlich drin.

Und dies alles geschieht überall, nun ja, an allen Orten der Erde, wo Menschen Post erhalten und Daten mit Handys und Computern empfangen können. In allen Sprachen steht es dort geschrieben.

Und auch die flüsternden Worte in deinen Ohren, deinem Hirn, deinem Geist, deiner Seele singen es dir zu.

Und hier sind die Worte in einer der zahlreichen Sprachen, wir nennen sie Deutsch:

Nichts existiert - alles ist Schein.

Alles ist real.

Frage dich, wer du bist!

Orkan über Deutschland

Wir schreiben das Jahr 2007 christlicher Zeitrechnung, genauer gesagt den 18. Januar. Ein Orkan namens »Kyrill« wütet über Deutschland.

»Jetzt geht's lo(o)s«, singt irgendjemand irgendwo immer und immer wieder: »Jetzt geht's lo(o)s«, »Jetzt geht's lo(o)s«.

Sind das etwa Fußballfans?

Und der Sturm ist nur eins der Zeichen, die es schon seit Langem gibt, die nun überall vermehrt auftreten. Hier und dort bebt die Erde, Tsunamis brechen über die Küsten, Temperaturen steigen, das Eis an den Polen und das der Gletscher schmilzt immer mehr. Das alles ist der Klimawandel, die Klimakatastrophe, lange Zeit von mancheinem abgestritten, doch endlich, reichlich spät, von den meisten akzeptiert.

Alles klar?

Bäume stürzen.

Und du bist irgendwo im Nirgendwo, weißt schon gar nicht mehr, wo du eigentlich bist, wenn du es denn jemals wusstest, warst eben noch mit deinem PKW auf der Landstraße durch den Pfälzer Wald unterwegs. Und das in dieser Nacht, welch ein Wahnsinn, bei diesem Wetter hier rumzufahren.

Doch das tust du ja gar nicht mehr. Denn dort vorne quer über der Straße liegen Bäume. Du kannst noch rechtzeitig bremsen. Jetzt heißt es: den Rückwärtsgang rein und wenden.

Du drehst dich um, denn im Rückspiegel kannst du nichts erkennen. Doch was willst du bei dieser Schwärze sehen?

Schwarze Regenwolken haben alles Mondin- und Sternenlicht verdeckt. Und doch leuchtet da etwas rot im Rücklicht deines Wagens, das aussieht wie Äste und Blätter.

Scheiße nochmal! Dir wird jetzt alles klar, auch wenn du dich nicht im Geringsten daran erinnern kannst, wann es geschah: Du bist mitsamt Wagen zwischen umgestürzten Bäumen eingeklemmt. Unverletzt zum Glück, doch allein. Jetzt heißt es: Ruhe bewahren, nachdenken. Also bleibst du erst einmal eine Zeitlang sitzen.

Irgendwann steigst du doch noch ganz benommen aus, gehst um dein Auto rum, ja, so viel Platz ist gerade da, schaust dich um. Niemand da: kein anderes Auto, keine Menschenseele weit und breit und auch kein Tier. Wie still es hier ist mitten im Wald. Keine Eulen nirgendwo?

Gedanken rasen: Bestimmt ist die Straße für andere längst gesperrt. Da kommt niemand mehr, der mir helfen könnte.

Jetzt fällt dir dein Handy ein: Wie dumm, warum habe ich da nicht längst schon dran gedacht, sicherlich der Schock. Wir leben ja schließlich am Beginn des 21. Jahrhunderts. Du ziehst es aus der Tasche, wählst die Nummer deines Freundes: kein Empfang. Den Notruf 112 für die Feuerwehr kann ich dann auch vergessen. Und hätte ich Empfang, wäre sicherlich gleich der Akku zu Ende, obwohl, den könnte ich ja mit einem Adapter hier im Auto aufladen, ach, wenn ich denn das Kabel mitgenommen hätte. Doch ohne Netz sind diese Überlegungen ja ohnehin für die Katz.

Was also ist zu tun?

Hier im Auto warten, bis Hilfe kommt, jetzt in der

Nacht, wo der Sturm immer heftiger wird und es zu regnen beginnt? Wird es donnern und blitzen? Mein Auto ist ein Faradayscher Käfig, erinnerst du dich, stolz auf dein Physikwissen aus der Schulzeit. Und das heißt? Blitze bleiben für alle im Innern wirkungslos. Draußen im Freien unter Bäumen hingegen aber könnte es dich voll erwischen. Niemals unter Bäume stellen, wenn das Gewitter über dir ist, klingt es in dir. Andererseits, Schutzsuchen unter gleich hohen Bäumen mit Abstand zu den Stämmen ginge auch. Okay. Noch blitzt es nirgendwo. Doch stürmt es nach wie vor.

Oder sollte ich doch gehen und den Wagen hier zurücklassen? Wenn ja, in welche Richtung? In die, aus der ich kam? Geht es dorthin nachhause, wenn ich denn von dort aufgebrochen bin, um jemanden, keine Ahnung wen, zu besuchen? Sollte man meinen. Denn gewendet habe ich ja hier wohl kaum. Oder war ich längst auf dem Rückweg zu mir? Dann müsste ich einfach nur den Weg in Fahrtrichtung fortsetzen und wäre vielleicht sogar nach wenigen Kilometern in der Stadt und zuhause. Was soll ich nur tun? Warten oder wohin gehen? Es ist zum Heulen.

»Ippedippedapp und du bist ab«, lautet der Kinderreim. Fange ich in Fahrtrichtung mit »ippe« an, dann kommt »dippe« in die andere Richtung dran, »dapp« wieder in Fahrtrichtung, dann: »und« - »du« - »bist«, bei »ab« bin ich dann wieder in Fahrtrichtung. Doch man kann ja noch weiterzählen. Wie ging das nochmal? Ach ja: »Ab bist du noch lange nicht, sag mir erst, wie alt du bist?« Oh je, bin ja schon 54, das wäre ja eine lange Zählerei, bis ich mich entscheiden könnte, in welche Richtung ich gehen soll. Andererseits, bei einer geraden Alterszahl, reicht bei zwei Alternativen ja auch die kleinste gerade Zahl zur Entscheidung, nämlich die Zwei.

Oder soll ich ein Los ziehen? Und was nehme ich dafür? Was soll ich denn nur tun?

Erstmal eine Zeitlang schreien, wo mich wohl doch keiner hört: »Hallo, ist da wer? Hilfe!!!«

Ich dreh noch durch. Ruhe bewahren. Tief durchatmen. Gut, setze ich mich wieder ins Auto und denke nach.

Kann nicht denken. Wieso sollte ich hier überhaupt sicher sein? Sicher?

Sicherlich schleicht sich da längst irgendwas oder irgendwer an, hat mich gleich erreicht, schlägt die Scheibe ein, zerrt mich raus und beißt zu.

Dieser Schmerz in der Brust, so stark, so plötzlich, auch in den Schultern, hört einfach nicht auf, hält an und an und ... Mein Herz! Infarkt!

Sterbe ich? Stirbt ein Teil? Lebt der Rest? Schreie ich? Wo bin ich? Warum erwache ich nicht aus diesem Alb von einem Traum?

Und die Meldungen in den regionalen, aber auch überregionalen Zeitungen brachten es groß, dass ein Tornado über Kaiserslautern in der Pfalz gewütet hat.

Nein, von einem Toten wurde nicht berichtet. Auch wurde kein Mensch vermisst. Niemanden war bekannt, dass irgendwo gestürzte Stämme ein Auto auf einer Waldstraße eingeschlossen hätten, weder auf dieser kurvenreichen Strecke nach Eulenbis hoch, noch in die andere Richtung nach Trippstadt zum Freibad oder auf einer anderen Straße sonst irgendwohin.

Ach ja, niemand starb in dieser Nacht an einem

Herzinfarkt, keiner wurde ins Krankenhaus einge-
liefert, und das bei über 99 000 Einwohnern dieser
kreisfreien Stadt, vom Einzugsbereich für die West-
pfalzkliniken einmal ganz zu schweigen!

Seltsam sind doch die Geschichten, die das Leben
schreibt, ganz anders als die zahlreichen Krimis und
Katastrophenmärchen, die Menschen sich erdichten.
Denn niemand weiß bis heute, wer er war, von dem
wir hier hörten, und was wirklich wo mit ihm geschah
in dieser, seiner Welt - die nicht die unsrige ist?

Pusteblume

Du pustest, bläst seine Flugsamen fort, die dein Atem und der Wind emportragen.

Dann fragst du deine kleine Nichte namens Meike: »Möchtest du fliegen wie sie?«

»Ja!«, seufzt sie aus ganzem Herzen.

»Möchtest du wie sie die Welt sehen?«

»Ja, aber …«, flüstert sie und strahlt begeistert.

»Was?«

»Die haben doch gar keine Augen.«

Doch dieser Einwand kam zu spät. Denn schon steigt sie auf, blind treibt sie mit dem Wind dahin durch die Welt und träumt und träumt, träumt davon …

Träumen Pflanzen?

Träumen Pflanzensamen von den Pflanzen, die sie waren und sein werden - die sie sind?

Sind sie eins mit allen Dingen?

Wie kann da Denken sein, so ganz ohne Nerven und Gehirn?

Und doch leben sie und fühlen, existieren und treiben still dahin.

Auch sie, deine kleine Nichte, die eben noch ein Mensch war und nun eine von ihnen ist, tut all dies oder tut es nicht, ist es oder auch nicht.

Irgendwann wird sie irgendwo landen, irgendwie, und heranwachsen zu einer Pflanze.

Wir Menschen kennen ihren wahren Namen nicht, doch deren Gattung nennen wir *Taraxacum*, zu Deutsch »Löwenzahn«. Aus seinen Blättern bereiten sie einen Salat, aus seinen gelben Blüten einen Sirup und einst auch aus seinen getrockneten Wurzeln ei-

nen Ersatzkaffee namens Muckefuck.

Doch das alles klingt ja wirklich sehr banal in Anbetracht des Wunders der Verwandlung, der wir hier beiwohnen durften.

Schlangen

Zahlreich sind die Schlangen - nun ja, nicht mehr Legion, wie einst einmal -, zahlreich sind sie, die sich am Morgen auf den Straßen sonnen, um sich aufzuwärmen.

Tja!, und dann gibt es da Autofahrer, die sie absichtlich überfahren.

Jacob hier in Texas ist auch so einer von diesen: »Hinfort mit der »Teufelsbrut, die meine Rinder tötet, rottet sie aus, nichtsnutziges Gesindel, in die Hölle mit ihnen! Dort könnt ihr weiter rasseln bis in alle Ewigkeit! Denn ich bin Jacob, und einer wie ich sah einst die Himmelsstufen hinauf zu GOTT, und jeder Mensch weiß, dass wir die Ebenbilder GOTTES sind. Alles Getier auf Erden sei uns untertan!«

Also fährt der Typ jetzt auch noch auf die Gegenspur, kann seinen Blick nicht von der Straße vor ihm lassen. Er darf einfach keine einzige Klapperschlange übersehen.

Und so geschieht es: den LKW bemerkt er zu spät, der macht nicht nur seinen Van, sondern auch ihn platt wie eine Flunder.

Er öffnet die Augen.

Die Große Schlange schaut ihn an. »Und dies hier sind alles meine Kinder, die du getötet hast«, singt sie zischend ihm zu.

Seltsamerweise versteht er nun die Schlangensprache.

»Sie alle werden dich jetzt beißen, eine nach der anderen. Du aber wirst nicht sterben, denn du bist ja schon tot. Willkommen in der Menschenhasserhölle!«

PS: Es gibt natürlich noch weitere Abteilungen hier unter der Erdoberfläche. In einer von ihnen herrscht die Große Spinne. Das sei allen gesagt, die Spinnen zertreten, totschlagen oder in Staubsauger einsaugen. Hier herrscht übrigens Hochbetrieb.

Die Strasse hinauf

In der Gasstraße bei dir zuhause bist du aufgebrochen. Jetzt bei Nacht gehst du mitten durch die Fußgängerzone deiner Stadt. *Steinstraße* steht dort auf einem Schild.

Seltsam, keine Menschenseele nirgendwo, dabei ist doch sonst hier so viel los.

Stimmen flüstern.

Eine Steinsäule voller Fragmente: Wappen mit Jahreszahlen, die phosphoreszierend leuchten: 1276, 1763, 1750.

Hm, was diese Jahreszahlen wohl bedeuten?

Am anderen Ende dieser Straße, die einst einmal durch die Altstadt führte, wartet der Brunnen von einem gewissen Herrn Rumpf auf dich. Nun gut, nicht *der* Brunnen von ihm, sondern einer, denn einen weiteren und bekannteren, den »Elweritschebrunnen«, den gibt es nicht hier, sondern in Neustadt an der Weinstraße.

Dieser Brunnen hier und jetzt hält noch Winterschlaf. Also warten seine dunkelgrauen, metallenen Wasserspeier noch schlummernd und träumend auf das Wasser, um es schließlich auszuspucken. Seltsame Formen und Vermischungen bekannter Wesen und Dinge sind da übrigens zu sehen: eine mit einem Schlüssel aufziehbare Eule auf einem Dreirad, Bienen an ihrem Stock, ein Schiff, betürmte Elefanten, Pferde, ein gewaltiger Fisch und eine Nähmaschine. Ein kopfloses Paar in der richtigen Höhe neben dem Brunnen, damit er und sie (Menschen sind hier gemeint, ein Paar) dort ihre Köpfe zwischen die Kragen stecken können – für das Erinnerungsfoto an den Besuch in

Kaiserslautern. Und manch anderes Ding gibt es hier zu sehen. Über allem aber thront Kaiser Barbarossa. Und wenn er nicht gestorben ist, dann …, aber das ist er ja, fällt dir gerade noch ein.

Und jetzt wird dir noch etwas anderes bewusst: Da ist ein Zischen, ein Kreischen, ein Wimmern, ein heller Ton, der dich begleitet – seit …

Wann bin ich wo aufgebrochen?, fragst du dich und kannst dich an nichts mehr erinnern. Wer bin ich? Habe ich meinen Namen verloren? Was ist das: »Namen«? Ich, ich, ich …

Du schreitest auf dieser Straße dahin, so einsam, klein und allein, weiter und immer weiter unter dem Licht der Vollen Mondin.

Zeit vergeht.

Du schaust auf und siehst dich um. Unbemerkt ist alles verschwunden. Nirgendwo sind da jetzt Häuser und Brunnen. Schmal nur ist der Pfad, der sich zwischen den alten Baumriesen hindurchschlängelt. Dem Wild mag er als Weg hin zu Lichtungen dienen, die

Stürme und Feuer einst schlugen, wo Büsche und junge Bäume keimen.

»Jetzt sollten eigentlich Wölfe heulen«, flüsterst du dir ängstlich selber zu, »wenn ich denn in die Vergangenheit gelangt bin.«

Doch deine Stimme ist die einzige weit und breit.

Was ist nur aus all den Tieren geworden?, fragst du dich im nächsten Augenblick auch schon. Wieso zwitschern hier denn keine Vögel?

Ach so, wie dumm von mir, jetzt bei Nacht tun sie es natürlich nicht. Doch könnten Eulen einander rufen und auch Insekten zirpen, nun ja, für sie ist es wohl noch zu kalt, denn der Winter ist zwar fast, doch noch immer nicht ganz vorbei, und im beginnenden Frühling wird es ja bisweilen auch recht kalt.

Jetzt siehst du gar, wie sich Menschenmänner in Werwölfe verwandeln!?

Nein, nicht dort draußen, denn da ist niemand außer dir.

Und auch du …, nein, du tust es nicht, sondern gehst immer weiter, weiter und weiter.

Irgendwann muss alles in dieser so unvollkommenen Welt enden. Alles hat hier einen Anfang, eine Mitte und ein Ende, alles hat seine Zeit, fällt dir ein. Ich lebe und wurde geboren, also werde ich auch - schon bald?, wann? – sterben.

Weiter gehst du, weiter und immer weiter. Und niemand ist da hinter, vor, neben mir, denkst du. Und die Stimmen begleiten dich noch immer und führen dich wer weiß wohin?

Nebel steigt auf, Nebel hüllt dich ein.

Oder aber ist es Schwindel, der dich ergriffen und deine Augen verschleiert hat?

Du schaust nicht auf, kurz siehst du nur hinab – und nimmst deine Beine nur noch verschwommen wahr. Wie schnell sie sich doch bewegen, dir ist, als hättest du Siebenmeilenstiefel an. Und niemals fragst du dich, woher die Energie denn kommt, wenn du denn wirklich so schnell rennen solltest. Gerade noch rechtzeitig schaust du wieder nach vorne, um nicht mit Büschen und Baumstämmen zu kollidieren. Immer tiefer gelangst du so in den Pfälzer Wald.

»Urwald«, hallt es hier in dir.

Die Stimmen verklingen.

Du hältst an im Lauf und schaust hinab, nein, diesmal weiter als bis zu deinen Füßen, bedeutend weiter - ins Tal.

»Dort leuchten die Lichter der Stadt,« flüstert eine Stimme in dir.

Welcher Stadt? Was ist das: »Stadt«?

Du erinnerst dich nicht, sondern schaust empor – ins Sternenmeer.

»Nachhause«, flüstern die Stimmen in dir.

»Nachhause«, singt weinend deine Seele.

Nein, da kommt kein Raumschiff geflogen, aus dem die Anderen deiner Art steigen, die dich einst vergaßen. Denn du bist nicht E.T.

Auch entfaltest du keine Flügel. Du verwandelst dich nicht, weder in einen winzigen Elf noch in einen gewaltigen Drachen.

Und doch schwebst du jetzt empor, aufrecht stehend, flügellos, einfach so.

Du lächelst, du lachst, du weinst – alles zugleich.

Frau G., die 79-jährige Vermieterin, öffnet die Tür zur Wohnung des nicht mehr jungen, inzwischen ergrauten Mannes in der Gasstraße 34 und schaut sich um.

Das Fenster in der Küche ist geschlossen. Es stinkt bestialisch. Also lässt sie erst einmal frische Luft rein. Dann öffnet sie die Tür zum nächsten Raum.

Und da liegt er auf seinem Bett, menschenmausetot. Und nirgendwo ist da ein Lächeln auf seinem bleichen Gesicht.

Die U-Bahn-Fahrt

Endlich bin ich wieder in der Stadt meiner Geburt – Berlin, im neuen vereinten Berlin, in der deutschen Hauptstadt. Schön.

U- und S-Bahnfahrten sind angesagt. Ich trage das, wenn auch veraltete, Streckenverzeichnis von meinem letzten Besuch vor einigen Jahren beim Kirchenfest mit meinem damaligen Arbeitgeber, der NAW aus Kaiserslautern, einer Einrichtung der Diakonie, bei mir. Inzwischen kenne ich die Linie und weiß, dass ich zügig mindestens 15 Minuten laufen muss – bei grünen Ampeln, versteht sich, bis ich vom U-Bahnhof Magdalenstraße mein Hotel namens *Ramada* erreiche (»10 Minuten von der nächsten U-Bahn-Station zentral in Lichtenberg gelegen«).

Ja, der Hotelname klingt doch sehr arabisch. Da fällt mir sogleich der muslimische Fastenmonat Ramadan ein. Ob die Hotelkette wohl reichen Golfstaatenbewohnern gehört?

Hier bin ich ziemlich abseits im Osten von Berlin zusammen mit den anderen Busreisenden abgestiegen. Sicherheitshalber schaue ich nochmal in den Streckenplan, um die Haltestelle nicht zu verpassen.

»Frankfurter Allee« wird ausgerufen und im Zug auch angezeigt. Doppelt gemoppelt hält besser. So ist es auch gut, soll ja Menschen geben, die nicht mehr lesen können, von den vielen ausländischen Touristen und Bewohnern der Stadt einmal ganz abgesehen. Und auch bei der Zugfahrt kann ganz schön viel Lärm entstehen. So hat der Typ mir gegenüber seine Musik voll aufgedreht, die aus den um den Hals gehängten Ohrstöpseln bis zu mir rüber dringt.

Der Zug hält. Leute steigen aus und steigen ein. Alles klar. Wie sollte es auch anders sein!?

Dann aber passiert es, wie ich es mir schon einmal bei einer Bahnfahrt durch die Tunnel der Pfalz erträumte: Der Zug fährt weiter und weiter, immer weiter. Es gibt einfach kein Halten mehr.

Ich schrecke auf: Bin ich etwa eingeschlafen? Schaue mich um.

Die Gesichter sind mir alle fremd. Die junge Frau, die vor Kurzem noch neben mir saß, stieg die denn aus? Kann mich nicht daran erinnern. Ihr Platz jedenfalls ist leer. Dann war ich also doch kurz weggetreten.

Und das ältere Paar gegenüber, was ist denn aus dem geworden?

Ach nein, die beiden saßen da ja gar nicht, dem bin ich ja zuvor in der S-Bahn vom Bahnhof Zoo zum Alexanderplatz begegnet.

Und auch sind da keine Bekannten aus dem Hotel, keine Gesichter von Mitreisenden. Aber die gingen ja ohnehin alle ihre eigenen Wege.

Ich reibe mir die Augen, schließe sie nur ganz kurz, für Sekunden, öffne sie wieder.

Nichts hat sich geändert. Ich bin allein im Zug, in der Untergrundbahn, fällt mir ein, unter der Erde. Und das heißt: Ich rase durch die Nacht.

Und diese Fahrt soll niemals enden?

Quatsch mit Soße. Alles endet irgendwann einmal, was einst begann. So ist es in diesem einen Universum von so vielen. Punkt.

Was also ist zu tun?

Soll ich aufstehen und die anderen suchen gehen?

Oder schreie ich besser um Hilfe: »Ist da noch

wer? Wer ist noch da?« Klänge ja ziemlich doof, falls da doch welche sind, die dann denken werden, dass ich gänzlich übergeschnappt bin.

Ich tue es also nicht, weder das eine noch das andere, sondern lausche.

Da ist doch was. Also bin ich doch nicht allein. Denn da ist ein Kichern, das von dort, unter den Sitzen zu kommen scheint und natürlich aus den Mäulern irgendwelcher Monster, die mir gleich meine Achillessehnen durchschneiden, damit ich nicht mehr fliehen kann.

Also springe ich nun doch noch auf, mache mich auf die Suche nach den anderen – nein, natürlich nicht nach Monstern und Dämonen, sondern Menschen, lebenden Wesen.

Und während ich mich von einem zum nächsten Wagen und immer weiter zum Zuganfang hin bewege, fällt mir ein: Wenn alles ganz anders, nämlich das hier ein Geisterzug ist, in dem selbstverständlich nur Geister wohnen, dann bin ja auch ich nun tot und wusste es nur bis eben noch nicht, bin einer von ihnen und hier im Zwischenreich von Diesseits und Jenseits gefangen.

Und all die anderen, die zuvor mit mir fuhren, fahren noch immer mit ihrem und ehemals meinem Zug oder sind schon ausgestiegen, tun es soeben oder werden es noch tun.

Und all die bekannten Stationen werden von dem anderen Zug angefahren, wie es sein soll, er hält dort, Leute steigen ein und aus. Das ist der Zug, in den ich einstieg und noch immer sitze, nein, nicht ich, sondern mein toter Körper.

Und parallel dazu rast ein anderer Zug über das

Schienennetz, der hält nie an, denn die Geister der Toten erscheinen auch so wie aus dem Nichts und gehen irgendwann durch Wände, wohin auch immer.

Ich aber gehe nun weiter, schwebe schon und sehe keinen Menschen mehr, wandere im Zwischenbereich dahin, einsam und alleine, so, wie ich es die meiste Zeit meines irdischen Lebens auch war.

Verschollen

Wo sind sie nur alle geblieben?

In den News vom 28.7.09 konnte es jeder Fernsehzuschauer vernehmen und hätte Konsequenzen daraus ziehen können. Doch bei den Unmengen von Informationen, die uns heute überfluten, haben die meisten von uns diese Meldung längst vergessen.

Und eine andere, die entscheidendere Frage ist ja, ob die, die es betraf, wirklich etwas dagegen hätten tun können?

Ach so, die Nachricht, um die es geht und die nun hier steht und somit in die Literatur eingegangen und nun »unsterblich« ist - eine gebräuchliche und sehr lustige Formulierung, denn schließlich vergehen alle unsere Dinge für uns, die wir der Zeit unterworfen sind, doch nicht für die, die in der Zeit reisen, und somit ist alles vergänglich und unvergänglich zugleich -, diese Nachricht lautete so: »Weltweit gehen jährlich 33 Millionen Koffer bei Flugreisen verloren.«

Eine ziemlich hohe Zahl. Ob die wohl stimmt? Nun ja, auf ein paar mehr oder weniger kommt es ja nicht an.

Doch was sollen wir uns unter »verloren« vorstellen?

Haben sie etwa die Erde verlassen und sind auf irgendwelchen Raumbasen gelandet?

Wohl kaum, das kommt ja erst noch.

Doch wenn dem nicht so ist und auch keine Aliens beteiligt sind, wo befinden sie sich, einzeln oder gar sauber aufbewahrt und gestapelt?

Wer hat sie sich unter den Nagel gerissen, um was darin zu finden?

Oder kommen sie gar nach Jahren heimlich, still und leise wieder zum Besitzer zurück?

Tja, das Verschwinden von Gepäckstücken ist eine von vielen ungelösten Fragen in unserer Gesellschaft.

Zugegeben, es gibt bedeutsamere und wichtigere, aber auch andere, die angesichts dieses großen Kofferproblems wahrlich klein und nichtig erscheinen und in aller Öffentlichkeit wochenlang debattiert werden.

Wandel in der Welt

Die einzige Möglichkeit, zur Menschlichkeit zu gelangen, die Unterdrückung und das Morden von Staats wegen zu beenden, ist die Verwandlung, ist nicht der Druck von außen: Sanktionen, Kriege, wie sie USA, EU und UNO durchführen bzw. führen, um nur einige zu nennen, sondern ist der Wandel von innen.

Das aber heißt, dass Herrscher und Diktatoren eines Morgens erwachen und all das Leid in sich schreien hören und nun endlich einmal, vielleicht gar zum ersten Mal in ihrem Leben, wie wir es aus 1001 Nacht vom Kalifen her kennen, verkleidet unter ihr eigenes Volk gehen, dem sie doch eigentlich dienen sollten, und ganz ohne Abschirmung von Sicherheitsleuten, nicht nach Räumung von ganzen Stadtbezirken, sondern ohne jede Ankündigung und von keinem einzigen Journalisten belästigt das Leben der Menschen miterleben, hier und dort, tage- und wochenlang, und dann zurückkehren in ihren Amtssitz, wie auch immer der heißen und aussehen mag und - ihre Politik ändern.

Und dazu gehört auch, dass ein Präsident, König, Parteivorsitzender, Führer – wir nennen ja keine Namen und Länder, doch ich denke insbesondere da an so einen gewissen Cowboy einer Weltmacht, der bei der letzten Wahl vom eigenen Volk abserviert wurde, der also schon Geschichte ist -, im Körper eines Terrorverdächtigen in sein eigenes Gefangenenlager gebracht und am eigenen Leib die Wasserfolter erfährt, auf Neudeutsch auch »Waterboarding« genannt: Lappen übers Gesicht und immer schön Wasser darüber gegossen, ach ja, die Füße müssen hoch liegen, wir wollen ja nicht, dass der am Ende noch ertrinkt. Vielleicht ändert derjenige ja doch, wenn er denn kein Masochist ist, auf einen Schlag seine Meinung und behauptet nicht mehr, dass diese Folter zur Terrorismusbekämpfung notwendig, legal und gar nicht so schlimm sei. Mag sein.

So, nur so kann der Wandel geschehen.

Die Frage ist nur, wie können wir es geschehen lassen? Oder passiert es einfach so mit der Zeit durch irgendwen oder –was?

Müssen wir dafür wirklich zu GOTT beten?

Und wenn ja, tun wir es denn?

Und wer und wie viele sind wir überhaupt auf dieser, »unserer« Erde, die den Wandel wollen?

Schlussendlich: Warum sollte GOTT, der meiner bescheidenen Meinung nach alles ist, also auch zu einem winzigen Teil wir selber, doch auch Opfer und Täter, warum sollte ER etwas für uns tun?

Das erhoffen sich doch nur kleine Kinder und Erwachsene, die niemals erwachsen wurden. Also tut sich nichts von selbst.

Packen wir's an und flüstern wir denen, die »da oben« regieren, den tollen Gedanken zu, einmal für einige Zeit zu verschwinden und sich unerkannt unters Volk zu mischen.

Die Weißen

Er hörte den Ruf und begann zu weinen, weil er wusste, dass er ihm folgen musste. Und aller Abschied vom Liebgewonnenen fällt ja bekanntlich den meisten von uns ziemlich schwer.

Jetzt also war die Zeit für die große Schlacht gekommen: Überall erwachten die Ritter des Lichts, an welchen Orten, zu welchen Zeiten, in welchen Dimensionen auch immer sie leben mochten.

All dies sah er in sich und weinte noch immer, denn nun würde er seine Heimat, alle Bekannten und Verwandten, nun würde er alles hinter sich lassen. Und so viele Dinge blieben ungetan, so viele Bücher ungeschrieben, so viele Fotos unbearbeitet, so viele Collagen nie erschaffen, so viele Musikstücke nicht gespielt und aufgenommen.

Doch all diese Trauer, dieses Selbstmitleid half nichts: Was sein muss, muss sein. Was geschehen soll, geschieht.

Also wischte er sich endlich die Tränen von den Wangen, drehte sich noch einmal um und sah sich all die Dinge in seiner Wohnung ein letztes Mal an, die so im Laufe der Jahrzehnte zusammengekommen waren. Dann ging er fort.

Sie fanden ihn auf dem Boden seines kleinen Arbeitszimmers liegen. Das hatten Sanitäter und Notarzt noch nicht erlebt: eine lächelnde Leiche.

Er aber erhob sich und trat als Siebenter in den Kreis aus Licht, dem noch das Achte fehlte, das aber ist GOTT in SEINER reinsten Form: WEISS unter all

den Farben, STILLE unter den Klängen, GERUCHSLO-
SIGKEIT unter den Düften, ...

Und die Schlacht war keine Schlacht. Da war kein
Krieg, wie Menschen ihn kennen. Alles, was getrennt
worden war, floss wieder zu Einem zusammen.

Wer?

»Wer? Wo? Wann? Warum? Und überhaupt ...«, fragt flüsternd eine Stimme, die nicht die eines Menschen ist, denkt ein Wesen, das kein Lebewesen ist.

A. I. (Artificial Intelligence), Cyborg (Cybernetic Organism) und Avatar – das alles war einst.

Ach ja, auch Menschen sind längst gegangen.

»Und wenn das so ist, wer – wo – wann – warum – oder was überhaupt bin dann ich?«

Du hörst diese Gedanken heute und hier an diesem sonnigen Nachmittag, Sommerzeit - nein, nein, noch ist der nicht da, der Frühling hat laut Kalender gerade erst begonnen, doch alle Uhren wurden eine Stunde vorgestellt. Was einst einmal Energie sparen sollte und es nicht tut, dieses Ritual könnte eigentlich längst wieder abgeschafft werden, doch einmal eingeführt lassen sich Gesetze, Verordnungen und ähnliche Dinge anscheinend nicht mehr so einfach wieder rückgängig machen. Das nennt man, glaube ich, Bürokratie.

Du sitzt also in einem Bistro im Zentrum einer kleinen großen Stadt in Mitteleuropa. Ach ja, der Begriff »Europa«, der muss erklärt werden. So wurde einst der winzige westliche Teil eines Kontinents namens Eurasien genannt, und der liegt auf der Erde, dem Mutterplaneten der Menschheit. Einsam und allein sitzt du dort, doch nicht vor einem Glas Wein, sondern einer Tasse Cappuccino, einem heißen Kaffeegetränk mit Milch. So wartest du auf die anderen der Epilepsie-Gruppe. Es ist Dienstag, ein Spielenachmittag von so mancheinem, die meist in vierzehntägigem Abstand stattfinden.

Werden sie kommen?, fragst du dich und nimmst mit geschlossenen Augen einen Schluck.

Da sind sie schon, und du bist aus der Einsamkeit gerettet - für einige Stunden lang. Doch auch deine Gedanken an eine Welt jenseits deines kurzen Lebens sind nun erloschen, denn der irdische Alltag hat dich wieder. In seinen Krallen sollst du für lange Zeit gefangen bleiben und nichts mehr erahnen, sehen und wissen von denen, die da nach den Menschen kommen werden, die einst zuvor waren, die andernorts zu anderer Zeit sind.

Die Zahnfee

Etwas von jemandem zu besitzen, bedeutet auf magische Weise Macht über ihn bekommen zu können.

So war es einst einmal. So ist es auch noch heute, hier und da. So wird es morgen wieder sein. Aus einer einzigen Zelle wird sich dann ein neues Wesen erschaffen lassen: ein Klon. Und heute schon verrät ein Haar, eine Hautschuppe den Besitzer anhand seines einmaligen genetischen Codes. Tja!, damals auch hierzulande und heute noch andernorts und vielleicht noch immer auch bei uns ging es / geht es um Schwarze Magie, die dem Zauberer Macht über den einstmaligen Besitzer des ausgefallenen Milchzahns gibt.

Der kleine Andy hat einen Zahn verloren. Seine Mutti bringt ihn zu Bett. Der Zahn liegt nun unter seinem Kopfkissen. Wenn alles gut geht, wird er am Morgen verschwunden und durch eine Münze aus Gold - nun ja, Gold ist es nicht mehr, auch kein Silber, die DM ist gegangen, jetzt wird's wohl ein Euro sein -, durch den also wird der Zahn ersetzt werden - wenn denn alles gut geht.

In der ach so aufgeklärten Gegenwart, wo wirklich niemand mehr Angst vor der Dunkelheit hat, es sei denn, er ist noch ziemlich klein und traut sich nicht dem dunklen Keller den Rücken zuzudrehen, wenn er die Kellertür schließt, es sei denn, er ist längst erwachsen und schreit auf und sein Herz rast und sein ganzer Körper ist erstarrt beim Anblick einer winzigen Spinne, die da vor ihm flieht, hier und heute also wissen Andys Eltern natürlich Bescheid und werden selbst Zahnfee spielen, sobald ihr Sohn eingeschlafen ist. Die einzige Sorge, die sie haben, ist, dass ihr Sohn dabei aufwachen könnte, wenn sie vorsichtig das Kopfkissen anheben. Vielleicht hätten sie doch besser Variante B gewählt: Den Zahn in ein Glas auf den Nachttisch legen. Doch dafür ist es jetzt zu spät.

Welch niedliche Sorgen sie sich doch machen. Wüssten sie um die alten Bräuche andernorts, wo Milchzähne an Tiere verfüttert, begraben oder gar verbrannt wurden, um diese von den bösen Mächten fernzuhalten, dann hätten sie wirklich Grund, ängstlich zu sein.

Aber das alles wissen sie ja nicht, denn ihnen erzählten ihre Eltern damals nur von der guten Zahnfee, die nun seit 180 Jahren zu den Kindern kommt.

Und niemals fragten sie sich bis heute, was denn eigentlich mit den Milchzähnen all der Kinder in den Jahrtausenden davor geschah?

Wer holte die, wenn denn da wer war, woran sie heute als Erwachsene natürlich nicht mehr glauben und woran sie, da waren sie sich sicher, niemals in ihrem Leben wirklich geglaubt hatten?

Und das soll schon alles gewesen sein?

Der kleine Andy wird am Morgen erwachen, um einen Zahn ärmer und eine Münze reicher?

Oder was sonst kann schon heute Nacht geschehen?

Gehen wir als Außenstehende die Möglichkeiten einmal durch:

Nichts geschieht, weil das junge Paar so miteinander beschäftigt ist, das Verlangen sie überwältigt und die Müdigkeit sie nach dem Sex einschlafen lässt.

Oder aber alles läuft so, wie es laufen soll. Es ge-

schieht einfach das, was gewöhnlich in ihrem Kultur-
kreis in diesem Fall passiert: Sie tauschen den Zahn
ihres Sohnes gegen ein Geldstück aus.

Doch vielleicht ereignet sich auch das für Erwachsene Unglaubliche, für kleine Kinder Selbstverständli-
che: Die gute Zahnfee kommt tatsächlich und segnet
ihren Sohn, nimmt den Zahn, legt die Münze aus Gold
unter seinen Kopf und schenkt ihm fantastische Träume. Wie rührend, wie kitschig - wie wunderbar!

Tja!, leider kommt alles ganz anders. Denn da ist
ja noch der Sturm mit seinem Donner, mit seinen Blitzen in dieser lauen Frühlingsnacht. Die Eltern werden
plötzlich wach und erinnern sich daran, was sie noch
vorhatten. Wie konnten sie das nur vergessen?

Leise schleichen sie nun beide mit einer Taschen-
lampe bewaffnet ins Kinderzimmer.

Starr stehen sie da.

Nein, keine Verwüstung, nirgendwo. Alles ist schön
bunt, chaotisch, wie es ihr Sohn nun einmal liebt.

Nein, da ist auch nirgendwo Blut, kein Schrei, kein
Jammern, kein Stöhnen, kein geisterhafter Wind, wir
sind hier doch nicht in einem Horrorfilm.

Nur eins ist, wie es nicht sein soll, und das ist wirklich schlimm: Andys Bett ist leer.

Das Fenster steht weit offen. Stille. Denn der Sturm
ist so schnell gegangen, wie er kam.

Sie ziehen die Luft ein, ihr erster Atemzug nach
dem Schock.

Es riecht nach Feuer und Schwefel.

Dann schreien sie, rennen und suchen wie die Irren
- was heißt hier »wie«, sie sind es ja in diesem Augenblick (und wie lange noch?) –, suchen im ganzen Haus
nach ihrem Sohn und - finden ihn nicht.

Schließlich stürmen sie noch in der Nacht hinaus in Hof und Vorgarten und wecken mit ihrem Geschrei auch noch die letzten Nachbarn auf, von denen einige neugierig an den Fenstern stehen und einer sogar die 110 gewählt, also die Polizei gerufen hat.

Jahre vergehen. Kein Happyend wie in Hollywood, kein Lebenszeichen. Es ist still geworden. Beide leben, doch Kinder wollten sie keine mehr. Sie werden älter. Sie werden krank, sie sind es ja seit Langem, sie sterben.

Und dann im Jenseits, in welchem von den vielen, wenn es denn überhaupt eins gibt, passiert was?

Ein Wiedersehen in Himmel oder Hölle?

Wir wissen es nicht. Wie sollten wir auch. Denn ich, der ich dir dieses erzähle, und auch du, der du mir zuhörst, wir beide leben ja noch hier auf Erden.

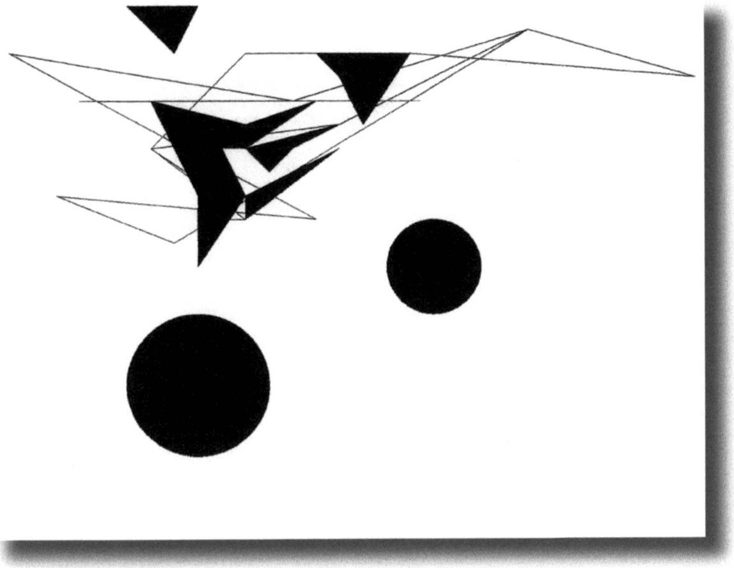

Bubbles

Was ist geschehen?*

»Was ist geschehen?«
fragt der Frager
sich
und schweigt

Die Tore öffnen sich
in ihm
der da schläft
und wandelt im Traum
im Alltagstrott der Menschen

Schatten und Licht
Farben
Alle Klänge aller Welten
Stille

Gehen wir?
Tanzen wir?
Singen wir?
Ja, ja – wir tun es ja

---

*: Erste Version veröffentlicht unter dem Pseudonym Ramona Redlair in Rainar Nitzsche (Hrsg.) (1994): *Märchens Geschichte. Neue Phantastik- und Horrorgeschichten*.

SCHAUT EIN MENSCH INS (N)IRGENDWO

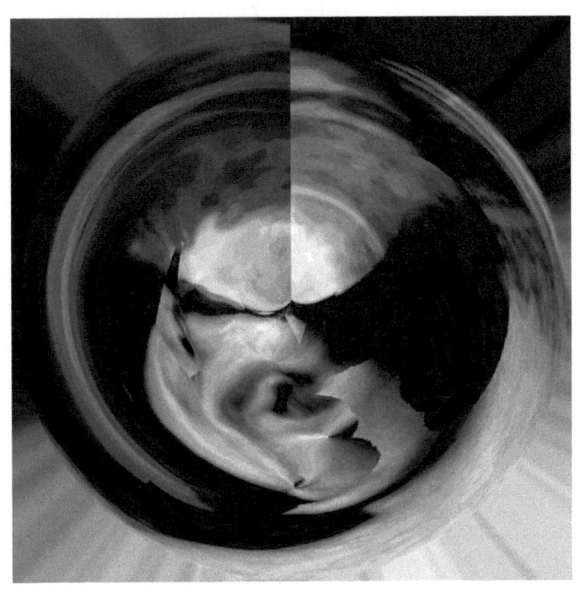

Alles ist aus!?

Die magische Drei, denkst du, der du nun zum dritten Mal diesen einen Satz vernommen hast.

Und so hat alles begonnen, natürlich mit dem ersten Mal, womit sonst?: »Alles ist aus!«, flüstert dir irgendwer von irgendwo zu.

Du drehst dich im Kreis und siehst sie im Spiegel.

Sie lächelt dich an. Ihre vollen roten Lippen bewegen sich noch immer: »Alles ist aus!«, klingt ihre helle, weiche Stimme in deinen Ohren, singt sie zugleich mit brummendem Bass dort unten tief in dir.

»Was, was, was?«, stottert irgendwer irgendwo. »Wie kann das alles sein?«

Du trittst einen Schritt zurück, schließt deine Augen, öffnest sie wieder: »Das bin ja ich!«

Tja!, wer alleine ist, führt Selbstgespräche. Das ist die eine Sache, das kennst du ja.

Was aber hat dieses »Alles ist aus« nur zu bedeuten?

Geht es mit mir nun zu Ende?

Gar mit uns allen, der Menschheit, der Welt?

Oder mit wem?

»Alles ist aus!«, dröhnt es von irgendwoher zum dritten Mal durchs Gebäude, das löst sich auf. Du stehst in Flammen. Und nicht nur du, sondern auch dein Haus. Und nicht nur deins, all die anderen Häuser ringsum brennen. Und das Feuer der Vernichtung breitet sich aus. Und alles geht so rasch: Schon existiert deine Stadt nicht mehr.

Du findest dich auf einer Lichtung im Wald wieder, die einst hier gelegen haben mag, als es Kaiserslau-

tern noch nicht gab. Elstern und Rabenkrähen begrü-
ßen dich mit einem freudigen Keckern und Krächzen.

Sie singen, ja, sie sprechen, denkst du, weil sie
mich erkennen, weil sie mich kennen – und gar lieben? Wenn sie es denn sind, genau diese, die vom
Dach gegenüber, die in deiner Straße auf einem Baum
ganz in der Nähe nisteten, als es deine Stadt, also
auch deine Wohnung noch gab. Und das fragst du dich
natürlich, weil du es nicht weißt, denn für dich sehen
nach wie vor alle Vögel einer Art gleich aus.

Wo bin ich?

Du schaust dich um und lachst auch schon über
deine eigene Dummheit: Blöde Frage, stehe doch hier
mutterseelenallein, nun ja, als einziger Mensch im
Wald. Das wäre also das Wo?

Und wer ich bin, ist auch klar. Daran wird sich wohl
kaum was geändert haben.

Was aber soll ich nun tun?

Nichts tust du.

Doch, du setzt dich hin und schließt deine Augen.
Du träumst von deiner großen Liebe und von den Bäumen des Waldes.

Auch sie hört die Worte, die das Ende ankündigen,
auch sie überlebt und sieht ...

Du aber, der du dort draußen nicht mehr erwächst,
bist irgendwie ein Teil von ihr geworden.

So steht Manfred hier, ein Mensch nur, mutterseе-
lenallein inmitten der Natur.

Halt, was soll denn dieser Widerspruch »Mensch
und Natur«? Den hat es ja außer in unseren Köpfen
niemals gegeben. Wir Menschen sind Natur, sind es
immer gewesen und werden es auch immer sein, ge-

hören seit Anbeginn und für alle Ewigkeit dazu, mit welchen Ersatz- und Maschinenteilen wir uns als Cyborgs in Zukunft auch verbinden werden. Eins aber sollte auch klar sein: Leben ist ständiger Wandel.

Am selben Ort zu anderer Zeit, gestern oder morgen?

Am anderen Ort zur selben Zeit?

Zu anderer Zeit an anderem Ort?

»Manfred.«

Du weißt, wer diesen Namen flüstert. Es ist das Buchenlaub. Du erzitterst: was für ein Mann! Der Mann meiner Träume? Mein Gott, er ist es ja, den ich liebe, nur ihn, für immer und ewig, der da jetzt vor mir schwebt, so nah, so fern, aus Blättergrün geformt ist sein gigantisches Gesicht. Und doch ist es nur sein Bild, ein Abbild eines Teils von ihm, der längst in eine andere Welt entschwand. Das ist dir klar, ja, dort ist er ein Mann aus Fleisch und Blut und lebt als einer unter vielen in einer kleinen, großen Stadt.

Endlich aber fragst du dich:

Wie sehe ich denn nun nach all dem aus?

Bin ich noch immer die Frau, die ich einst einmal war?

Spieglein, Spieglein an der Wand, wer ist die Schönste im ganzen Land?

Ja, ein Spiegel wäre jetzt wunderbar.

Kaum gedacht, schon ist er da, direkt vor dir hat er sich wie aus dem Nichts materialisiert, und doch ist da wohl Wasser in der Erde aus allen Richtungen zusammengeflossen, hat sich vereint, ist aufgestiegen. Es ist, als hätte sich ein winziger kreisrunder Teich in die Vertikale gestellt. Doch das Wasser fließt nicht ab, steht still und glatt. In ihm spiegelt sich die Welt, also auch du.

Dich siehst du nun darin, deine ganze Gestalt. Die Kleidung haben dir die Flammen genommen. Nackt, doch unverbrannt, erscheint dir im Spiegelbild dein Körper. Du schaust an dir hinab. Alles ist da, wo es hingehört und makellos: deine fest auf dem Boden stehenden zierlichen Füße, lange Beine, ein flacher Bauch, wunderschöne volle Brüste, schlanke Arme und zarte Hände, alles ist da, bis auf eins, und *das* mag von Bedeutung sein: Du kannst dein Gesicht nicht erkennen.

Wie es wohl aussehen mag?

Schaue ich einfach nur so daher?

Lache ich?

Weine ich?

Oder habe ich all dies längst überwunden und lächle erleuchtet und offen für alles?

»Alles ist aus!«, flüstert der Spiegel dir zu.

Worte, die deine Lippen formen mögen, sähest du sie. Und auch dein Nicken siehst du nicht.

Du schließt deine Augen, denn du weißt, dass die alte Welt dahingegangen ist. Alles hat neu begonnen, denkst du, drehst dich im Kreis und wächst empor. Kopf und Hals und Arme werden zu Ästen, verzweigen sich und treiben Blätter aus. Deine Beine bilden den Stamm, deine Füße versinken im Laub, aus deinen Zehen sprießen Wurzeln. Auch sie verzweigen sich und bilden feinste Wurzelhärchen aus.

So bist du nun Baum unter Bäumen geworden, eine Eiche, Mann und Frau zugleich, und schweigst still für immer, es sei denn ein Windhauch zieht durch dein Laub, denn dann ist da ein Rauschen. Luft atmest du und Sonnenlicht hier oben, Wasser sucht und findet dein Wurzelgeflecht dort unten in der Erde, in der dein Körper nun entspringt.

Angst und Lichtung

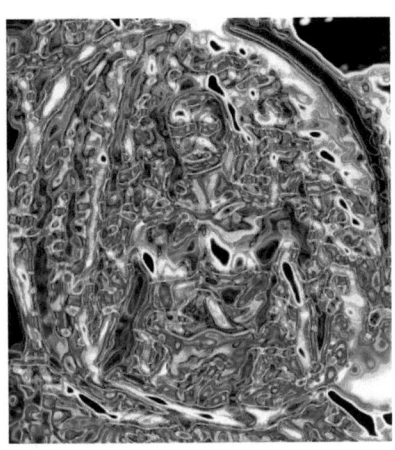

Hindurch – hinein, so muss es sein.

Da warten die Tore, die Türen, die Schwärze der tiefen See, die Höhlen, der dunkle Keller im Haus deiner Kindheit – all die Dunkelheit, das Unbekannte, das du nicht sehen kannst, der blanke Horror für den wichtigsten deiner fünf Sinne, und das sind nun einmal deine Augen in Verbindung mit dem Sehzentrum deines Gehirns.

Und was dir das Sehen ist, ist für andere Wesen das Hören. Also tauchen sie jetzt nicht in Dunkelheit, sondern in Stille ein.

Und Hunde irren verloren durch Geruchslosigkeit.

Keine Schwingungen des Untergrunds und der Luft melden die Sinneshaare den Spinnen.

Nirgendwo sind da Echos jetzt und hier bei Nacht, weder für die Fledermäuse in den Lüften noch für die Delfine in ihrem Wasserlebenselement.

Und nichts ertasten die Barteln der Welse im trüben Wasser der von Kraftwerken erwärmten Seen.

Kann mich an nichts erinnern. Eins aber ist klar: Jetzt bin ich wach. Jetzt bin ich hier. Doch zuvor, wenn es das denn gab, was war da nur? War da was? Doch, doch, da war etwas.

Wer aber bin ich?

Wo bin ich?

Was wird sein?

Drei entscheidende Fragen und keine Antwort.

Vor mir leuchtet in bläulichem Licht ein Weg in der Schwärze. Ein Pfad, ein leuchtender Pfad, der mich ruft.

Ist es auch so einer wie der von Manfred dem Magier?

Ich sehe ihn erstrahlen in der Nacht, jetzt und hier, in diesem Augenblick, der ewig währen könnte, der es ja ist, wie alle Dinge, die in Menschenaugen geschehen und vergehen, der Zeit unterworfen, gefangen in ihrem Strom, gefangen und schon gegangen.

Ich lausche seinem dreimaligen Flüstern: »Komm!« »Komm!« »Komm!«

Ich rieche seinen Blütenduft.

Ich spüre seine streichelnden Hände auf meinem Kopf und meinem Hals. Es ist das Laub von Büschen und Bäumen. Also bewege ich mich?

Und dann werden da Lippen sein, so warm, weich, voll und niemals eisig wie die von Toten und Untoten. Denn es sind lebende Lippen, die Lippen meines Pfades, die mich küssen und an sich ziehen, Frauenbrüste, die mich als Mann erbeben lassen und Erinnerungen wecken, nein, nicht an die Säuglingszeit.

Welch ein Weg durch das Sinnenreich, die Welt der Lüste, den ich nun betreten werde, ach, längst betreten habe. Gehe ich? Schwebe ich? Oder ist alles nur ein Traum, wo es diese Unterschiede gar nicht gibt? Leise und lautlos schwebe ich voran. Und komme niemals an?

Kein Denken mehr. Kein Traum. Leere. Stille. Sein.

Eine Lichtung im Wald fernab aller Menschenwelten.

Wie still es ist. Wie friedlich alles scheint. Kann mich an nichts erinnern. Wie bin ich hierhergekommen?

Ach ja, da war doch dieser leuchtende Pfad durch flüsternden Wald und tiefe Nacht.

Erwacht nehme ich nun mit verschränkten Beinen und aufrechtem Körper Platz im Gras. »Lotossitz« lautet der deutsche Name für meine Haltung mit verschränkten Beinen: Mein rechter Fuß ruht nahe der Leiste auf dem linken Oberschenkel, die Sohle himmelwärts, mein linker tut es ihm auf der rechten Seite gleich. Nein, kein Kissen liegt hier in der Natur unter meinem Hintern, ein Erdhügel ist's, fest und hart. So sitze ich mit aufgerichtetem Oberkörper und geradem Rücken, meine Hände liegen auf den Oberschenkeln, auch ihre Handflächen weisen himmelwärts.

Nun kann die Meditation beginnen. Also schließe ich meine Augen und lasse meine Hauptenergiezentren, die sieben Chakren, leuchten: vom Wurzelchakra *Muladhara* an der Basis dort unten bis zum Scheitel empor.

Wer strahlt nun mehr? Die Volle Mondin dort außen oder aber mein innerstes Selbst?

Bescheidenheit ist angesagt: Bin nur ein Mensch, so winzig klein und noch immer in Mutter Erde Schoß geborgen.

Dann höre ich in der Ferne die Rufe der Waldohreulen: Immer wieder ertönt in einigen Sekunden Abstand ein dumpfes »Huh!«. Und ein anderer Laut kommt vom Waldwiesenrand, der klingt wie »üüiü!«

»Das ist ihre Balz: *Er* ruft, *sie* antwortet«, würde mir die Stimme eines Wissenden ins Ohr flüstern, spräche sie mit mir.

Mäuse piepsen in der Wiese, rennen auf ihren Wegen durchs Gras. Flatternde Schwärmer höre ich in der Luft, selbst Fledermäuse im Ultraschall, bis all dies erlischt. Denn jetzt sind da nur noch die Lieder der Gräser und Sträucher und Bäume ringsum. Bei diesem Klang, gewaltiger als alle Kirchenorgeln und Menschenorchester, Engelschören gleich, erhebe ich mich, schwebe mit noch immer geschlossenen Augen im Lotos empor in den mondinerleuchteten Erdenhimmel hin zu den anderen Sternen.

Dieses und anderes, solches mag da geschehen in den Träumen der Menschen, doch auch ganz real beim Übergang von der einen in eine andere Welt?

Höllen und Himmel mögen da auf uns warten, Auferstehung und Wiedergeburt - oder auch nicht.

Doch ist alles aus mit dem Tod für dich und mich, so ist es das nicht für die anderen, die dein Fleisch essen (auch das Feuer nimmt es dir), die deine Gene in sich tragen, die deine Worte bewahren und weiter entwickeln, die deine Taten sehen und staunen. Denn viel hast du in deinem kurzen Menschenleben vollbracht. Und war es so, so ist es gut, denn es ist für alle Ewigkeit.

Auf dem Meer

Ich öffne die Augen und sehe über mir den Himmel: Ein helles Blau, weiße Schäfchenwolken, so wunderwunderschön und still.

Liege ich auf einer Sommerwiese?

Ja.

Dann aber setzt der Wandel ein, von einem Augenblick auf den anderen: Dunkel und schwarz wird alles dort oben, Wind kommt auf, und Regenschauer prasseln auf mich hinab, der ich auf dem Rücken liegend mutterseelenallein auf hoher See dahintreibe.

Schlief ich ein, bin nun erwacht oder träume ich noch immer?

Hebe meine Arme empor und steige auf, ein wenig nur.

Stehe nun aufrecht auf dem Wasser, das ringsum stillzustehen scheint. So weit mein Auge reicht, ruht spiegelglatt das Meer unter meinen Füßen. Von Regen, Donner und Blitz, von Dunkelheit dort oben nirgendwo eine Spur.

Breite meine Arme zur Seite aus, die offenen Handflächen nach oben, erwarte so als Kreuz das Licht, schließe meine Augen, lausche in die Nacht. In der Ferne leuchten Sterne und auch die Volle Mondin, das ist klar. Ich sehe sie - in mir.

Dann geschieht eine kleine Ewigkeit, einen Augenblick lang nichts.

Drehe mich im Kreis und öffne meinen Mund, der sich verformt zu einem großen O. Ein Kehlsack stülpt sich aus und plustert sich auf mit der Luft, die meine nun gewaltig gewachsenen Lungen hinauspusten: »AUUU!« So rufend sinke ich tiefer, kehre ins Wasser hinab, meinem Lebensraum hier im Meer und doch in Ufernähe.

Von überall ringsum antworten mir die anderen meiner Gruppe, Sie haben mich gehört. Ich weiß, dass sie kommen.

Ach, schon berührt mich meine Mutter, die ihren verlorenen Sohn wiedergefunden hat.

So bin ich in den Schoß der Familie zurückgekehrt, endlich nicht mehr allein.

Jetzt singen wir beide gemeinsam unsere Freude in die Welt hinaus, lassen uns treiben, schwimmen und tauchen ein wenig ab, um nach einiger Zeit wieder emporzukommen und Luft zu atmen.

Pflanzennahrung gibt es im Überfluss. So leben wir *Seekühe*, auch *Sirenen* und *Karibik-Manatis* von den Menschen genannt, hier wie im Paradies.

Bei einem Weizenbier

Stern – Planet, Sonn – Erde, Drachin – Manfred.

Diese Assoziationen denkt irgendwer irgendwo und - weint.

Und was soll das alles bedeuten? Was will uns der Autor mit diesen weisen Worten sagen? Und überhaupt …

Nun, da passt ja so einiges zusammen: Sterne besitzen Planeten, einen Stern nennen wir Menschen »Sonn«, und die Erde ist ihr dritter Planet. Was einen weiblichen Drachen, eine Drachin betrifft, kam die nicht in den PFAD-Romanen vor? Die war doch Manfreds Mutter und hieß Smorré-Aié? Ja, so ist es, alles ist klar.

Dann flüstert eine Stimme in ihm, die dazu passenden Bilder sieht er in sich, der da mitten im Sommer draußen in der Stadt bei seinem Bier sitzt:

»Welten schaffen Wir aus unserem Geist.

Welten werden – sind – vergehen.

Welten sehen, hören, riechen, schmecken, tasten – und dann sterben.«

Warum?, schauen Kinderaugen weinend auf bei all dem Leid, das die Großen ihnen angetan haben. »Warum, warum, warum?«, fragen ihre hohen Menschenstimmen in einem gewissen Alter immerfort ihre Eltern. So aber lernen sie.

Kleine Menschen sind es, die diese Worte sprechen. Morgen werden es Androiden sein, hier auf dieser einen Erde von so vielen. Andernorts aber mögen Arachnoiden und Formicoiden herrschen, die einst einmal vor Äonen Wesen vergleichbar mit irdischen Spinnen und Ameisen waren.

Warum?, denken sie alle.

»Das ist doch nicht fair«, klagt zu seiner Zeit manch ein Mensch, der wie ein kleines Kind an den LIEBEN GOTT glaubt und daran, dass das Gute, was auch immer man darunter verstehen mag, belohnt werden müsse und zu guter Letzt immer siege.

So viel Weinen ist allerorts. Denn alles vergeht, denn alles zerfällt. Denn die Kleinen Götter sind gegangen und haben die Menschen vor langer Zeit verlassen.

Und aus dem »Es werde!« ist »Alles geht dahin« geworden.

In der Ferne singen Wir. Hier haben Wir uns gefunden. Hier waren Wir schon immer. Hier werden Wir immer sein. Hier existieren Wir. Von hier brachen Wir einst auf. Hier trennten Wir uns, spalteten uns auf in ich und ich und ich und viele andere mehr.

Brüllst deinen ersten wortlosen Schrei: »Geboren!« Hervorgebrochen aus dem Wasserreich im Bauch deiner Mutter platzte erst die Blase.

Wie viele in welchen Körpern gingen diesem einen Leben als Mensch auf Erden voraus? Wer, wenn nicht du, wählte sie sich aus?

Als neues Leben in einer neuen Welt wächst du heran, liebst alle Tiere von Anfang an.

Weil du weißt, wer du bist und ahnst, wer du warst?

»Warum ich und andere nicht?«, fragst du dich beim Anblick der Krankheit, die dein Leben prägt. Namen wurden dir genannt, der erste begann mit einem R, der zweite dann mit einem M. »Warum ich?«, fragst du dich und erinnerst dich – nicht.

Später siehst du all das andere Leid, Kriege, Krankheiten und Katastrophen, so viele Menschen, die viel schlimmer dran sind als du, die keine Eltern haben, denen niemand das Essen auf den Tisch stellte und zuhause bei den Schularbeiten half, die so viel mehr als du verkrüppelt und verstümmelt an Körper und Geist sind.

Jetzt erst verstehst du. Und wieder sind da Tränen bei all dem Leid dieser Welt, die wahrlich kein Himmelreich ist.

Endlos gespiegelt und dann …

Sind es die Bilder dieses französischen Films, der im Originalton auf ARTE mit deutschen Untertiteln läuft, oder sind es die elektronischen Klänge, die all dies bewirken?

Ein Junge verliert sich im Cyberspace.

Ich schaue ihm zu, gemütlich im Bett mit Kopfhörern auf den Ohren, denn es ist spät in der Nacht und da will ich ja niemanden stören. Meine Hausmitbewohner unter mir gehen früh zu Bett.

Da sehe ich *sie*, doch noch lasse ich mich nicht beirren, verfolge weiter gebannt den Film, notiere mir nichts, spreche nichts ins Diktiergerät.

Also geht alles verloren?

Ja, so scheint es, denn ich lege mich hin und schlafe ein.

Am nächsten Tag erledige ich viele Dinge. Alles nimmt seinen gewohnten Gang. Doch gegen Abend auf dem Rückweg vom Einkauf bei ALDI tauchen sie wieder vor meinem inneren Auge auf, nicht identisch, denn in der Nacht zuvor waren es noch zahlreiche Dimensionen, in denen ich mich einfühlte, nicht nur die eine, die wir reale Welt nennen, und die andere mit Namen Cyberspace. Jetzt ist es eine endlose Reihe von Gesichtern, die mit meinem beginnt und etwas versetzt nach oben hin endlos in den schwarzen Himmel reicht. Es ist, als würde da ein Wesen womit und aus welchem Grund auch immer endlos gespiegelt. Und so mag es ja auch sein.

»Das bin ja ich«, denke ich und flüstere es in die Stille, aus der es wieder und wieder und immer wieder von allen Seiten widerhallt. Also sind auch meine Worte endlos gespiegelt.

Nein, ich schreie nicht. Warum sollte ich auch? Ich wundere mich nur, schaue, so winzig, wie ich bin und mich doch nicht fühle, einfach nur staunend auf und sehe dort oben jetzt all diese Gesichter lächeln.

Aha, denke ich lachend, dann lächle auch ich hier unten. Ich weiß, dass ich es tue. Ich atme tief ein und aus und ein. Ich schließe meine Augen. Ich lasse den Energiestrom in mir fließen und alle Zentren, die Chakren, vom tiefsten dort unten im Steiß bis zum höchsten hinauf über dem Scheitel, in mir leuchten. Dann stelle ich mir Leere, Schwärze vor.

Ich werde schwarz und leer im Innern.

Ich – wer? - weiß, dass da draußen und drinnen – wo? - all die anderen zusammen mit mir mit einem letzten unsichtbaren Lächeln erlöschen.

Ich

Was war ich vorher?

Was werde ich sein?

All meine Atome, wo waren sie, bevor sie meinen Körper bildeten?

In welchen Wesen werden sie nach meinem Tod weiterleben?

Und was ist mit meinem Geist?

Welche Gedanken, die ich einst einmal niederschrieb, die ich aussprach, regen andere Menschen und die Anderen, die nach den Menschen kommen, zu welchen Dingen an?

Welche meiner Handlungen bewirken welche Dinge unter den Menschen, Tieren, Pflanzen, Bakterien, Viren und der unbelebten Natur, wenn es die denn überhaupt geben sollte?

Denn alles, was ich tue und nicht tue, hat Folgen.

Und was ist mit meiner Seele / meinen Seelen?

Was wird aus ihr / aus ihnen, wenn mein Körper dann irgendwann stirbt?

War sie / waren sie, bevor ich wurde, der ich war?

Und kein Mensch, da können wir noch so lange und intensiv forschen, wird jemals wirklich begreifen, in welchem Umfang sich was wohin und wie in diesem einen von so vielen Universen auswirkt und entwickelt.

Jetzt

Es werde Licht

dort, wo Dunkelheit ist!

Schwärze werde!

Und Licht erlischt

»Warum nur Hell und Dunkel? Was ist mit den Farben?«, flüstere ich immer und immer wieder. Warum nicht mal etwas Buntes, Belebtes und mehr noch: viel Wunderbares, wie etwa: Es werde Wald, Gebirge, Meer!

Klingt Stille.
Dann steigt auf aus tiefen Kehlen der eine Ton: OM.
Wir alle knien hier im Kreis. Wir alle singen dieses eine Wort. Unsere Körper leuchten noch einmal kurz auf, bevor sie vergehen. Unsere Seelen steigen auf und ...
Alles ist.
Alles wandelt sich.
Alles wird.
Alles war.
Alles ist.
Ich, du, er, sie, es, wir, ihr, sie, wir alle sind.
Es ... es ... es ... (da verstummen die Worte).
Steigen auf in Stille. Steigen auf in Klang.
Fallen. Schweben. Stürzen. In Schwärze. In Licht.
Träumen wir?
Was träumen wir?
Wer träumt uns?
Was ist wahr?

Was ist wirklich?

Warum sind wir, wo wir sind?

Wer sind wir?

In uns ist ein Flüstern.

Draußen singen Stimmen.

Wir tanzen und drehen uns und ...

Wer seid ihr - im Jenseits, im Diesseits, allüberall?

WEISS in Schwärze und Schwärze im WEISS.

Klang in STILLE, und STILLE im Klang.

Wir singen. Wir schwimmen. Wir schweben. Wir gehen. Wir laufen. Wir rennen. Wir kriechen. Wir stehen still. Wir klettern. Wir steigen auf. Wir fallen ins Bodenlose.

Sind wir tot?

Leben wir?

Was ist Tod?

Was ist Leben?

Wir schweben. Wir gehen. Wir fallen.

Wir leben. Wir sind. Wir lieben.

Wen lieben wir? Was lieben wir?

Wir lieben das Leben.

Wir erinnern uns. Wir liebten uns schon immer. Einst waren wir ich und du und er und sie und es.

Wir lachen, denn wir leben.

Wir weinen bei all dem Leid aller Zeiten und aller Welten.

Dann wieder lächeln wir still, denn längst sind wir über alles Leid hinausgegangen.

Jetzt beginnen wir wieder zu lachen. Wie froh wir sind zu leben.

Und schaut uns Medusa an, so wird unser Lachen

zu Stein. Und Stein zerfällt zu Staub. Und Staub wandelt sich wieder zu Stein.

Steine fallen und ziehen sich an, treffen aufeinander. So werden sie zu Planeten. Weiter wachsen andere zu wahren Riesen heran, beginnen zu glühen, brennen heißer und länger als die vielen sich abkühlenden Kleinen. Als Sonnen erleuchten wir die schwarze Nacht.

Umkreisen das Licht. Und Leben entsteht - aus uns - und schaut zu uns hinab und schaut zu uns auf und betet uns an.

Wir sind die, die dort oben leuchten, und zugleich die, die das Licht umkreisen, aber auch die, die voller Sehnsucht in den Himmel schauen. Sie alle sind wir.

Wir brennen.

Wir schweigen.

Wir singen.

Träumend fallen wir durch die blaue Schwärze des Alls.

Wir steigen auf und verlassen einen von uns, den Planeten, der unsere Mutter ist und den wir »Erde« nennen. Noch sind wir Menschen.

Wir verwandeln uns im Raum, werden die kosmischen Wesen, die wir schon immer waren.

Wir lachen, wir weinen, wir lächeln.

Wir sind.

Reinkarnationen

»Woher kommen denn nur die vielen Seelen für die Milliarden von Menschen, die immer mehr werden, wenn es denn Seelen gibt, wenn sie denn wandern, von Mensch zu Mensch, und nicht vergehen?«, fragst du dich und mich, der du nur an die Naturwissenschaft und das eine Leben auf Erden glaubst.

Am Anfang waren wir nur Hunderte in Afrika und jetzt sind wir 6,9 Milliarden. Wie viele werden wir morgen sein? Denn trotz aller Katastrophen und vieler kinderloser Ehen und Paare vermehrt sich die Menschheit in jedem Augenblick.

Finden die Reinkarnationen jetzt immer schneller statt, wie man andernorts lesen kann?

Zudem sind ja in Indien nach hinduistischem und buddhistischem Glauben auch Reinkarnationen unserer individuellen Seele als Mensch, Tier, Hungergeist, Dämon oder Gott bekannt.

Hm!, wir töten ja bekanntlich ständig zahlreiche Tiere, rotten auch Arten aus. Werden die jetzt als Menschen wiedergeboren? Welche Belohnung wofür? Ach nein, was für eine Strafe muss das sein.

Andererseits, wenn alles im Zwischenzustand zwischen Tod und Wiedergeburt raum- und zeitlos ist, müssen dann Seelen überhaupt in spätere Körper reinkarnieren oder könnten sie nicht auch in frühere einkehren, auf dass da Genies zur Welt kommen, die ihrer Zeit weit voraus zu sein scheinen und sich in Wirklichkeit lediglich ein wenig erinnern?

Oder aber erhalten heute und morgen geborene Menschen ihre Seelen aus anderen parallelen oder auch nicht parallelen Welten?

»Fragen über Fragen, interessante Ideen, und wieder einmal keine Antworten«, meinst du zu meinen Gedanken, hast natürlich Recht und bleibst als Atheist deinem Glauben an die so wenig wissende Naturwissenschaft treu ergeben, stellst deinen Fernseher an, schaust die Sendung über »die letzten Geheimnisse« von was auch immer und wunderst dich doch ein wenig, im Hintergrund jemanden lachen zu hören, der einfach nicht aufhören kann oder will.

Die Schwarze Spirale

Eine senkrecht stehende sich drehende Spirale. Es ist, als ragte da ein gigantischer Wendelbohrkopf, besser als Spiralbohrkopf bekannt, aus den Wolken.

Das war das Bild, das ich einst in mir sah. Nicht mehr als ein Gedanke, ein Traum, eine Projektion?

Oder doch Realität, was auch immer das sein mag, kein Trugbild im Innern, sondern außerhalb von mir in der realen Welt, wenn es denn dort draußen irgendetwas geben sollte?

Gewaltig ragt die Spirale vor mir auf, so schwarz, wie es niemals unser All sein kann, als wäre sie ein Teil der Schwärze von T-her. Doch aus welchem Material sie besteht, das weiß ich nicht und werde es wohl niemals erfahren.

Ach, jetzt sticht eine Stelle förmlich ins Auge, die nicht vollständig schwarz ist. Wen wundert's, denn wäre die Spirale von reinstem Schwarz, dann wäre sie zumindest in dieser Hinsicht vollkommen. Doch nichts ist das in dieser, meiner, deiner, unserer Welt.

Und da ist jetzt noch mehr Wandel. Denn in jeder Windung erkenne ich nun ein leuchtendes Fenster. War das denn vor einem Augenblick schon da?

Nein!

Oder doch?

Kann mich nicht daran erinnern. Wie auch immer, das sehe ich mir näher an. Also rücke ich heran.

Jedes Fenster ist ein Bild. Nein, es sind Bilder darin, die sich bewegen, laufende Bilder. Ein Film hier und da und dort an jedem Fensterort? Und ich bin mir sicher - wieso, weshalb auch immer, weiß ich nicht -, dass da nirgendwo jemand ist, der Bilder, worauf auch immer, projiziert. Ich weiß, dass diese Fenster mit Sicherheit keine Leinwände sind, seien sie nun zwei-, drei- oder vierdimensional. Und das bedeutet?

Alles ist real. Das hier sind Fenster zu anderen Welten, die alle ähnlich der einen sind, in der ich nun hier lebe und die wir Menschen »Erde« nennen.

Neugier treibt mich, Sehnsucht zieht mich an. Also schwebe ich auf unsichtbaren Flügeln empor, verharre zunächst einmal still und surrend zugleich, als ob auf meinem Rücken Kolibriflügel rotierend schlügen, vor einem Fenster - einen Augenblick, eine Ewigkeit lang.

Doch dies alles war, geschah, ist längst Vergangenheit. Denn jetzt gibt es kein Halten mehr. Ich stürze mich hinein, springe in Weite und Blau, falle durch ein Nichts von Luft, plumpse ins Wasser, tauche nach Atem ringend wieder auf und treibe auf der Oberfläche eines grenzenlosen Meeres dahin.

Keine Insel weit und breit. Das Wasser ist warm. Doch irgendwann wird mein Menschenkörper auskühlen. Dann werde ich sterben, ertrinken und versinken. Es sei denn, Hilfe käme ...

Sollte mich in ein Wasserwesen verwandeln, das wäre was, wenn ich das könnte, ja, als Fisch mit Kiemen atmen oder als Delfin durch die Lüfte fliegen und dann keckernd auftauchen, Luft holen und wieder in meinem Element versinken. So oder so würde ich überleben.

Halt!, nicht zu früh freuen, fällt mir noch ein, denn packt mich im nächsten Augenblick ein gewaltiger Weißer Hai oder ein Orca mit scharfem Raubtiergebiss, zerfetzt mich oder schluckt mich gleich in einem Stück runter, dann war's das gewesen.

Auch Flügel eines Wasservogels wären jetzt nicht schlecht: Ich stiege einfach auf und flöge davon, ein uralter Menschheitstraum, der trotz oder wegen all der Technik noch immer nicht in Erfüllung gegangen ist.

Aber hatte ich nicht eben noch Flügel auf meinem Rücken?

Nun, jetzt jedenfalls sind keine da.

Jaja, dies oder jenes, so vieles, alles könnte sein, alles nur Konjunktiv, jenseits aller Realität. Und wann werden Träume schon einmal wahr?

So bin ich also nur ein kleiner dummer Menschenmann, der in eins von zahlreichen Fenstern einer dunklen Spirale sprang und dann in einem Meer irgendeiner Welt zu irgendeiner Zeit gelandet dort nun so lange an dessen Oberfläche schwimmt und treibt, bis er schließlich untergeht.

(Und das waren meine letzten Gedanken in dem Augenblick, als mich tatsächlich etwas Großes verschlang, hauche ich allen zu, die meine Seelenbotschaft empfangen).

Spiegelsaal

Gewaltig und kreisrund ist der Saal, den ich betrete, rot der Boden unter meinen Füßen und schwarz die Decke über mir. Keine Möbel, nirgendwo. Die Wand aber ist ein einziger Spiegel ringsum. Dort vorne vor mir erscheint jetzt etwas aus dem Nichts, das real hinter mir zu stehen scheint.

Ich aber drehe mich nicht um, sondern trete näher an das Spiegelbild heran. Das schaue ich mir genauer an.

Und so erblickt Manfred der Magier seinen Vater.

»Welchen Vater?«, willst du wissen. »Unser aller Vater Sonn, der einst Manfreds Mutter, die Feuerdrachin Smorré-Aié, besuchte und ihn so zeugte?«

Nein, von diesem ist hier nicht die Rede, sondern von dem Anderen, der Manfred und alle anderen Wesen hier in dieser Welt gebar und immer wieder neu noch immer aus seinen Träumen erschafft, Dort Oben in einer anderen Welt, die Manfred nicht kennt und niemals kennen lernen wird, wo Er lebt, der für Manfred und alle anderen Wesen und Dinge seiner Welt Vater und Mutter zugleich ist.

»O Herr, mein Gott!«, stammelt Manfred, fällt auf die Knie und weint. Dann kommen all die Erinnerungen. Es sind nicht die seinen, sondern die seines Schöpfers Dort Oben. Denn auch Er Dort Oben wurde von irgendwoher dorthin geworfen, in die Welt, in der Er nun als einer unter Milliarden Menschen lebt, hineingeboren. Und so erinnert sich jetzt sein Vater, Er Dort Oben, hier im Spiegelbild. Und seine Gedanken werden Bilder und Klang, Duft und Geschmack - Gefühl.

»Geht!«, sprach einst die Stimme des GANZEN.

Und Wir, die Wir nur Teile von IHM waren und sind und immer sein werden, lösten Uns wie Blasen, schwebten davon nach überall in andere Raum-Zeit-Zonen. Dann sanken Wir, jeder Teil für sich, getrennt vom Ganzen - welch unsäglicher Schmerz! - auf Planeten nieder, wo Leben blüht und gedeiht.

Auf anderen Welten aber entzündeten Wir die Evolution, ließen im Schutz der Tiefe zwischen warmem Gestein erstes Leben, Bakterien entstehen. Einige von ihnen stiegen auf und verwandelten dort oben die Oberflächenatmosphäre durch ein ausgeschiedenes Gas, das Menschen Jahrmilliarden später »Sauerstoff« nennen würden. Einzeller folgten, Vielzeller, die sich nun unter den Umweltdruck hier und da und dort selbst weiter entwickelten. Evolution.

»Lebt unter ihnen, nehmt alles wahr für Uns! Denn Wir wollen wissen und fühlen, wie die anderen existieren!«, singen Stimmen noch immer, spricht ein Wesen, das viele ist und eins zugleich, spricht das Ganze zu Seinen Teilen allüberall.

So wurde ich auf einem blauen Planeten geboren. So wuchs ich auf, geboren als Mensch, und meine Eltern nannten mich »Rainar«. Und dann, irgendwann begann es. Immer wieder kam die Erinnerung ans Gestern, an unsere Einheit. Tränen. Seltsame Träume träumte ich bisweilen und schrieb sie auf. Einen von ihnen beschrieb ich näher, nannte ihn »Leuchtender Pfad«. In ihm fand ich mich unter vielen Namen wieder. In ihm schuf ich mich als Manfred den Magier neu.

Und jetzt und hier, da steht er ja staunend vor mir und erblickt mich im Spiegel dieses Saales, den ich schuf, und sieht nicht zurück, weil er weiß, dass ich nicht hinter ihm stehe. Jetzt schaut er aus seiner Versenkung auf, die ihn meine Worte hören ließ. Jetzt sieht er mich mit Tränen in den Augen an. Weint er vor Schmerz, weint er vor Glück? Er schaut mich an und lauscht zugleich noch immer meinen flüsternden Worten in ihm.

Ich schaue hinab, hinein in meinen Traum von mir.

Ich schaue auf und sehe mich dort im Spiegel vor mir und weine.

Und hinter Tränen verschmelzen wir beide: Spiegelbild hier unten von der Realität Dort Oben, wenn denn das Dort die Realität wirklich ist und nicht wiederum auch nur eine Spiegelung einer anderen Welt, wer kann das schon wissen!

Denn Manfred und Rainar sind zwei Lebewesen, die in zwei Welten zugleich leben, der eine von beiden mit Namen Manfred vom anderen mit Namen Rainar geschaffen. Und doch entwickelt Manfred sich fort und tut Dinge, die der andere Dort Oben weder wissen noch erahnen und erst recht nicht steuern kann.

So jedenfalls war es bis vor einem Augenblick: Rainar war, Manfred war, zwei Männer, zwei Menschen, zwei Wesen.

Beide sind nun gegangen.

Welchen neuen Namen wollen wir nun tragen, die wir eins geworden sind?

Sterne

Nacht über der Stadt.

Menschen sitzen draußen an den Tischen, auch kleine Kinder, die eigentlich in ihren Betten liegen sollten, sind dort bei ihren Eltern.

Früher war bei mir alles einmal anders, erinnerst du dich, da hieß es nach dem Sandmännchen ab ins Bett und schlafen gehen.

Du hältst an im Lauf, stehst still mitten in der Fußgängerzone, schaust hinauf ins Sternenmeer, staunend mit offenem Mund. Und deine Ohren lauschen dem Flüstern.

Du verstehst kein Wort.

»Guck mal, was macht der Mann denn da?«, ruft ein kleiner Junge seinem Vater zu.

Der aber meint nur: »Pst, nicht so laut, der ist besoffen.«

Du schaust noch immer in die Volle Mondin. Doch längst bist du, was keiner bemerkt, zur Säule erstarrt, stehst einfach nur so auf der Straße rum, als wärest du eingefroren.

Dann beginnt es.

Sehen all die anderen weg?

Oder sind sie nur mit sich selbst beschäftigt?

So ist es.

Allein der Junge sieht es, erstaunlich brav oder doch ergriffen?, sagt diesmal kein Wort, schaut einfach nur hin.

Oben am Kopf des fremden Mannes tauchen erst Schwärze, dann strahlende Punkte auf. Es ist, als brächen dort Sterne aus Himmelsschwärze hervor. Und dieser kleine Sternenhimmel wächst, dehnt sich auch schon über sein ganzes Gesicht aus. Schon ist sein Kopf ein einziges Sternenmeer. Und weiter schreitet die Verwandlung, setzt sich über seinen Hals fort, erfasst Brust, Arme, Bauch und Beine.

Du schaust noch immer träumend empor.

Jetzt ist dort, wo der Mann stand, nur noch seine Silhouette, in ihr ein einziges Sternenmeer, von Luft umhüllt.

Dann – inzwischen schauen ihn viele Augen an, denn der Junge hat endlich doch sein Staunen seinem Vater und den wenigen Nachtpassanten zugerufen (»Guck mal da!«) – greift die Veränderung von der Stelle, wo vor Kurzem noch seine Füße in Strümpfen und Schuhen standen, auf die Straße über, dehnt sich rasend schnell aus. Schon ist sie Spiegel des Himmels, ja sternenfunkelnder Raum selbst geworden.

Schreiend laufen die Menschen davon.

Wohin aber sollen sie fliehen?!

Denn diese Straße dieser Fußgängerzone in dieser einen Stadt mit Namen Kaiserlautern ist nur die erste von so vielen – von allen Straßen und Städten. Und nicht nur sie, sondern die ganze Erdoberfläche und alles darunter, ob Erde oder Wasser, Bakterie, Pflanze, Pilz, Tier und Virus, alles verwandelt sich, wird Sternenmeer.

Und nichts bleibt von den großen, »unsterblichen« Werken all der Dichter und Denker, Musiker und Sportler, Feldherrn und Politiker – nichts bleibt davon zurück auf Erden.

Und dort, wo einst der dritte Planet um einen Stern namens Sonn kreiste, klafft jetzt eine Lücke. Denn auch die Mondin, die immer ein Teil von ihr war, seit sie herausgeschlagen wurde, ist mit der Erde gegangen. Also rücken die anderen Planeten auf, verändern ihre Bahnen, passen sich der neuen Raumzeitkrümmung an, damit alles wieder seine Ordnung hat.

Die Türen eines Hauses

Dieses Haus hat viele Türen, so viele, unzählige, so scheint es mir.

Ach ja, sie ruhen nicht, nein, sie öffnen und schließen sich ohn' Unterlass.

Was sollen Türen auch anderes tun!, lachst du, der du dies hier liest, und denkst an Automatik, Zeitschaltuhren, Elektronik, wenn da schon keine Menschenhände an Klinken sind, die es zudem an den meisten Türen gar nicht gibt. Und überhaupt, weil du ja schließlich nicht an Geister glaubst.

Und ich stehe hier mitten in einem Zimmer, drehe mich im Kreis, immer und immer wieder, noch immer, weiß schon gar nicht mehr, wann es begonnen hat, schaue mich jetzt schon ein wenig schwindlig um. Dort vor mir, neben mir, hinter mir, über mir an der Decke und – unter mir öff... - ich springe zur Seite - öffnen und schließen sich Türen. Und da ist kein Ende abzusehen.

Schon lange ist da nirgendwo mehr ein Haus.

Ich schwebe und schließe meine Augen, sehe Licht und Schwärze und Farben hinter den Türen. Und die Wände werden schwarz. Und die Türen wachsen und verwandeln sich in gewaltige Tore, die ... wohin führen? Und in mir sehe ich die Tunnel dahinter.

Sind das Schwarze Löcher? Weiße Löcher? Blaue, grüne, gelbe, rote - bunte Löcher?

Dann höre ich die Musik, all die Sounds aus den Räumen hinter den Toren - für Augenblicke, nur kurz, nach dem Öffnen und sofort wieder mit ihrem Schließen verklingen.

Dann rieche ich all die Blüten-, Tier-, Wesendüfte.

Dann ...

Ich öffne meine Augen wieder und ... stehe vor dem großen Drachentor.

Gleiches und Gleiches stößt sich ab. Gleich und Gleich gesellt sich gern. Gleiches und Gleiches zieht sich magisch an.

Erinnerung steigt auf: Ja, meine Mutter war ein Drache.

Nein, nicht so eine fürchterliche Person, also nicht im übertragenen Sinne, wie dieser Ausdruck bei den Menschen gebraucht wird, sondern eine echte Drachin, also bin auch ich ein Drache, nun, eigentlich nur zur Hälfte, denn mein Vater war ja schließlich ein Mensch.

Wie winzig klein ich in meinem Menschenkörper doch vor diesen Dingen stehe, die hier waren und werden und sind.

Jetzt schaue ich auf.

Und das Tor wird lebendig. Stein wandelt sich. Aus Stein geboren steht der Drache auf, gewaltig groß, kräftig und mächtig, ach nein, sie ist ja eine Drachin, die schaut mich neugierig an.

Und ich bin erstarrt.

Zu Stein?

Nein, dann müsste sie ja Medusa sein oder eine ihrer beiden unsterblichen Schwestern, Stheno oder Euryale, allesamt Gorgonen, Töchter des Phorkys und der Keto, Menschenartige mit Schlangenhäuptern. Erstaunlich, dass ich all dies weiß. Und noch mehr: Medusa war sterblich, wurde von Perseus enthauptet, ihr Haupt Athene als Geschenk gereicht.

Und ein Basilisk, der König der Schlangen mit Hühnerkopf, schaut mich da auch nicht gerade an. Schön, dann bin ich zwar erstarrt, doch wenigstens nicht zu Stein geworden.

Die Drachin öffnet ihr Mau…, sorry, verehrte Dame, sie öffnet ihren Mund und - speit ihr Feuer über mich.

Ich brenne, stehe in Flammen und schreie - nicht.

Als Asche falle ich zu Boden.

Aus ihr aber steigt der Phönix auf, schwebt empor, umarmt den gewaltigen Drachenkörper mit seinen Flügeln in Liebe.

Und die Drachin weint Drachentränen, die das Feuer löschen. So wird sie wieder zu Stein.

Und der Phönix bin ich. Einst Mensch und Drache zugleich trage ich noch immer beide Seelen in mir.

Jetzt schwebe ich durch das Tor und »betrete« ein anderes von so vielen parallelen und nichtparallelen Universen.

Also sprach, nein, nicht Zarathustra, sondern Manfred der Magier irgendwo und irgendwann. Er sah es, er nahm es mit all seinen Sinnen wahr. Er war es. Er erlebte es. Er zeichnete alles in seinem Gedächtnis auf. So verbarg er seine Worte, auf dass sie einst auferstünden. Irgendwer würde sie finden. Nein, nicht irgendwer, sondern nur der, der sie finden sollte. Er oder sie oder es oder alle zugleich würden die geheime Botschaft hierdrin, wenn denn da eine enthalten ist, verstehen und dann wissen, was zu tun sei.

Du schließt die Augen und siehst, wie alles geschieht: Tore öffnen sich - im Zentrum deiner Stirn.

Du stehst davor und hebst die Arme.

Um dich herum rast es. Die Luft flimmert.

Noch immer stehst du still.

Die Tore schließen und öffnen sich ohne Laut.

Du gehst nicht hindurch.

Die Tore kommen auf dich zu, sie kommen zu dir und haben dich noch lange nicht erreicht.

Weiter rast die Welt an dir vorüber, der du noch immer still verharrst. Staunend schaust du auf: Nie sah ich solch …

Die Sterne verlöschen. Leben überall im All entsteht.

Schreien wir?

Feuer!

Ein einziges Flammenmeer ist die Welt.

Und mit den Schatten steigen wir auf, schweben dahin als Rauch und werden zu Wolken. Albatrosse sind wir über dem Meer, gewaltige Mantas darunter. So gleiten wir still durch die Weite von Wasser und Luft und Leere dahin, unten und oben und zwischen den Sternen.

Geier sind wir über den Bergen. Wir schauen hinab, erspähen die Leichen der Menschen, stürzen hinab, landen, verschlingen von ihnen so viel und so schnell wir können. So nehmen wir das Fleisch, den Körper in uns auf und trinken doch nicht das Blut des Erlösers.

Seelen steigen auf.

Wir wissen, dass da Zwischenwelten, Bardos, Fegefeuer, Höllen und Himmel oder aber die große Schwärze auf sie warten, für die einen dies, für die anderen das, ganz nach ihrem Glauben. Wir sehen all das in uns und weinen und lachen und – lächeln.

Du hältst noch immer die Augen geschlossen. Du schaust die Tore in dir.

Es sind drei Tore, die da nebeneinanderstehen. Und das mittlere überragt die beiden anderen bei Weitem. Alle drei aber sind nicht aus Stein noch aus Stahl gemacht. Auch sind sie kein Menschenwerk. Sie sind fest und flüssig und gasförmig zugleich. Sie sind Feuer und Wasser und Äther.

Du aber bist nur ein Zwerg, ach weniger noch, nicht mehr als ein winziges Insekt (und doch so viel) zu ihren Füßen.

Die Tore leuchten in dieser von der Vollen Mondin erhellten Nacht.

Du stehst still.

Um dich herum rasen die Menschen dahin, kaum geboren, schon erwachsen, älter und immer älter, kränker, schwächer, gestorben, beerdigt, vergangen.

Du stehst still. Du schaust dich nicht um. Deine Augen bleiben geschlossen. Du schaust nicht hinab, du schaust nicht empor, du schaust nicht zurück, du schaust nicht voraus. Deine Augen bleiben geschlossen. Deine Beine bewegen sich nicht.

Die Tore rücken auf dich zu. Jetzt rahmen sie dich ein, umhüllen dich. Rasend drehen sie sich um dich, der du im Zentrum stehst. Du bist Licht. Und die Welt dreht sich um dich. Du sinkst – steigst - fällst empor.

All die anderen ringsum – wir sind.

Jetzt liegst du mit dem Gesicht nach unten auf der Erde.

Atmest du noch?

Du atmest. Du lebst. Nichts siehst du, doch deine Ohren sind offen. Du lauschst.

Da ist ein Wispern in den Büschen dort draußen. Und das Gras singt so hell in dir.

Träumst du?

Mag sein, vielleicht.

Diesem Pflanzensound kannst du nicht widerstehen. Auch wenn du nichts verstehst, so tust du es doch: Du steigst auf. Du schaust nicht zurück, nie mehr. Du schaust dich nicht um.

Am Fenster sitzt die Katze und blickt hinab.

Dort unten auf der Straße geht ein Mensch entlang, ist schon vorbei, dreht sich doch noch einmal um, schaut empor und sieht die Katze dort oben noch immer sitzen.

Sie aber schaut ihn nicht an, der doch diese samtweichen, schmusenden, manchmal kratzenden, aus Mäuse- und Vogelperspektive brutalen und sadistisch verspielten Monster über alles liebt.

Und in der Tiefe graben die Würmer.

Und unter den Sternen schweben Schwärmer dahin.

Und in den Sternen brennt das Feuer, das dich erfasst und verbrennt, wenn du ihm denn zu nahe kommst.

So steigst auch du empor in kühler Nacht und siehst die Stadt dort unter dir liegen und schlafen und träumen. Du schließt die Augen. Nach außen blind schaust du, nein, nicht hinab, sondern auf.

Und der Raum entschachtelt sich vor dir.

Wie viele Universen mögen das wohl sein?, könntest du denken, würdest du das noch tun.

Du lachst, du weinst, du schreist, du sprichst, du

singst. Noch schweigst du nicht still. »Wer bin ich?«, fragst du dich schreiend und flüsternd, »wer bin ich hier und da und dort und überall?« Denn du weißt, dass du auf allen Ebenen existierst.

Dann erlischt dein Denken ganz.

Du fragst nie mehr.

Du bist mit allem eins.

Verbunden

Ich habe dich als Samen in die Erde gelegt und unter dem Schutz deiner Mutter gegossen. Die ist groß und alt und mächtig. Ihren wahren Namen kenne ich nicht, den kennt kein Mensch. Wir nennen dich einen Baum, dem wir in vielen Sprachen viele Namen gaben. Einer aber lautet »Eiche«.

Deine Seele hauchtest du in dem Augenblick in mich, als ich dir zum Leben half. Immer wieder spürte ich sie mit mir wachsen. So geschah es, so war es viele Jahre lang. Beide wurden wir älter. Doch um wie viel schneller altert doch ein Mensch! Denn sein Leben währt nur kurz.

Achtzig bin ich geworden, nur wenige Jahre jünger als ich bist du. Hier unter deinem Laub am Fuße deines Stammes verstreuten sie meine Asche, ganz nach meinem Wunsch. So bin ich nun zu dir zurückgekehrt und mit dir mehr verbunden als jemals zuvor. Eins sind wir jetzt beide, einst Mensch und Pflanze, als Menschenpflanze für immer und ewig vereint.

Licht atmen wir ein am Morgen und über den Tag, Luft atmen wir ein*. Wasser saugen wir aus der Erde auf, Luft atmen wir aus**. Und in der Nacht ist alles ein wenig anders, denn da fehlt das Licht.

Wir wachsen, wir singen, wir träumen, wir leben.

*: Kohlendioxid (bei Tag) **: Sauerstoff (bei Tag)

Viele Tore

Nein, keine Tore dieser Art. WM und EM liegen ja längst hinter uns, also auch vor uns. Denn so ist es ja bei den Dingen, die sich alle paar Jahre wiederholen. Fußbälle fliegen hier also nirgendwo.

Auch ist da oben im Titel kein Schreibfehler. *Toren* wollen wir wirklich nicht sein, auch wenn wir es längst sind.

Also geht es hier um gewaltige Türen, Tore genannt, die sich öffnen und schließen, die die Welten dahinter für den verbergen, der sie nicht zu durchschreiten vermag. Nun ja, manche sind auch ziemlich klein, andere gar winzig. Für die haben wir ein anderes Wort, das da lautet »Tür«.

»Nein«, meint er, meint sie, meint es, denken sie alle. Denn bei ihnen ist es anders als bei dir, der du in diesem gewaltigen runden, roten, leeren Saal, umgeben von einer endlosen Wand voller Türen in vielerlei Farben und Größen, dich nun entscheiden musst, welche von ihnen denn nun die richtige ist, wenn es denn die eine gibt - die Eine, ach ja, die Liebe, lang ist's her -, durch welche du gehen wirst, wenn du sie denn findest, die du durchschreiten willst - oder gar musst? Das also ist dein Problem: Du hast die Qual der Wahl.

Sie könnte die Frau deiner Träume sein, sie ist es ja, so jung und hübsch, so wunderbar, steht da mutterseelenallein in weißem Kleid auf einer Wiese und pflückte eben noch Blumen, welch ein Bild! Als wäre sie einem Werbefilm entsprungen, war damals dein erster Gedanke, als du sie auf der kleinen Brache vor dem fast verlassenen Wohnheim oben auf dem Berg in Göttschied, einem Stadtteil von Idar-Oberstein, sahst und anschließend zum Kaffee besuchtest, nur mit Kimono und Herrenslip bekleidet. Welch ein Abenteuer, welch ein Wagnis, welch warmer Sommer. Ansonsten geschah nichts, denn sie habe einen Freund, meinte sie. Zum anderen: Hättest du dich getraut?

Doch hier und jetzt ist ja alles anders. Ringsum tun sich Löcher auf, tiefe Spalten in der Erde, die sie rufen. Im Unterschied zu dir zögert sie nicht, scheint zu wissen, was sie will, aha, eine Frau der Tat. Ohne einen Laut dreht sie sich um, springt in die erste beste Schwärze, die sich zu ihren Füßen öffnet und …

Er wundert sich ein letztes Mal, dann ordnet er mit seinem Schnabel sein Gefieder und startet in die Lüfte durch, die ihm mit seinem Adlerblick so klar und doch so grenzenlos erscheinen.

Und die Dritte außerhalb von dir öffnet ihre Augen nicht, weil sie es bereits sind und immer schon waren: offen. Sanft schlagen ihre vorderen unteren Flossen, so verharrt sie still fast auf der Stelle. Dann lässt ein kräftiger Schlag ihres Schwanzes sie durch die Meere schnellen. Auch ist sie nicht allein, diese Frau, ein Fisch unter Fischen.

»Barrakuda«, würden Menschen bei ihrem Anblick rufen, wären sie hier. Doch ihren wahren Namen kennt nur sie selbst.

Dies sind nur einige von vielen Verwandlungen, die deine Seele, die du auf deinem weiten Weg zur Erleuchtung hin vollbringst, einige von den zahlreichen Begegnungen mit anderen Wesen.

Überallhin führen Tore vielerlei Art.

Du schaust dich um im roten Saal, dessen Wände selbst leuchten, wie du jetzt erst begreifst. All die grellbunten Türen an der endlosen Wand ringsum reizen dich nicht.

Dort unten aber zu deinen Füßen liegt eine runde, die ist von reinstem Weiß.

Und dort oben über deinem Kopf wartet ein schwarzes Quadrat.

Doch wie soll ich nur dorthin gelangen?, fragst du dich und betrittst auch schon den weißen Kreis, der sich nicht öffnet.

Du schwebst empor, der Schwärze dieses einen Tores entgegen, die immer größer zu werden scheint.

Oder schrumpfe ich immer mehr?, fragst du dich.

Immer schneller und schneller steigst du auf. Längst bist du besinnungslos geworden.

Du erwachst am Ufer eines fremden Meeres. Tief atmest du ein.

Wo bin ich?, flüsterst du dir leise zu, drehst dich im Kreis und schnupperst und lauschst und schaust dich um.

Welch seltsame Welt?

Was ist mit meinen Augen geschehen?

Denn alles scheint dir hier so bunt, so andersfarbig: In hellstem Grün leuchtet der Himmel über dunkelgrünem Meer, von noch dunklerem Grün ist der Sand am Strand.

Pflanzen könnten das Grün erklären, Chlororophyll, ihr Blattfarbstoff, und weil sie hier sind, gibt es Sauerstoff, den ich einatme, zum Leben brauchte, wäre dies hier die Erde und ich noch ein Mensch.

Jetzt erst schaust du dir deinen Körper an, so weit du ihn wahrnehmen kannst.

Klar doch, hätte ich mir ja denken können. Er ist – grün, was sonst.

Nein, einem Menschen ähnelt er ganz und gar nicht, eher noch einem irdischen Frosch.

Aha, lachst du und springst davon, deiner Zukunft entgegen

Und du erinnerst dich natürlich nicht an das irdische Märchen vom Froschkönig. So denkst du auch nicht an den küssenden Mund der Prinzessin, in welcher Gestalt auch immer sie hier existieren mag.

Und geschähe es so, würdest du dich dann in ein Wesen wie sie verwandeln?

Oder aber wären es ihre hungrigen scharfen Zähne, die dich zum Fressen gern hätten, ja, es vielleicht in wenigen Augenblicken schon tun, dich packen und verschlingen?

Wüstenweite

Namib, so lautet der Name dieser afrikanischen Wüste. Und das bedeutet?

Sanddünen, so weit dein Auge reicht. Hitze bei Tag, Kälte bei Nacht, eben Wüstenklima, wie sollte es auch anders sein.

»Erheb dich in die Lüfte oder grab dich ein!«, flüstert die Stimme in dir, denn *noch* ist es hell und heiß.

Du legst dich hin, schließt die Augen. Still liegst du da. Du atmest die Wüste ein. Deine Chakren, die Energiezentren deines Körper, lässt du leuchten, alle sieben: von dem Wurzelchakra ganz unten immer weiter hinauf bis zum sechsten im Zentrum deiner Stirn zwischen deinen Augen und dem siebten auf deinem Scheitel. Heiß brennt der Sonn auf dich herab. Licht dort außen, Licht im Innern.

Du träumst im Meer zu treiben. Nicht Fisch, nicht Qualle dort unten, nicht Holz, als Mensch treibst du an der Oberfläche still dahin. So viel Salz an deiner Haut, in deiner Nase, deinem Mund. Ist dies das Tote / Rote Meer oder bist du in einer ferneren Zukunft des Mittelmeers gelandet?

Ein Adergeflecht, rot, orange und pink, rankt im Zeitraffer rasend empor, nicht aus dem Dunkel des Wassers, nicht aus dem weißen Wüstensand, es sprießt aus deinem Körper.

Das jedenfalls träumst du. Also zittern deine Augen, also erhebst du dich nicht. Und längst hat sich der Mantel einer sternenklaren Nacht über die Wüste gelegt. Kalt ist's geworden. Dort oben leuchtet hell und klar, gewaltig die Volle Mondin, wie sie dies in Zukunft nicht mehr tut, doch in ferner Vergangenheit einst tat, denn immer mehr entfernt sie sich von der Erde.

Über deinen Körper schlängelt sich der Seitenwinder. Diese Schlange ist männlich, so stimmen also Artikel und Geschlecht überein.

Nein, er beißt dich nicht, beachtet dich nicht einmal, auch wenn er spürt, dass da ein warmer Körper unter ihm liegt. Der Schlangenmann hat Anderes im Sinn, denn er ist ja auf der Suche nach der Frau seiner Träume, wie auch die anderen, die sind wie er.

Du aber, der du noch immer schläfst, nimmst das alles dort draußen gar nicht wahr, stattdessen aber hörst du einen Schatten vor dir aufschreien (Ist es ein Dschinn?) und dir entgegenbrüllen: »Du wirst sterben! Du bist tot! Du bist wiedergeboren in allem Getier! Also bist du wie GOTT!«

Doch schon stirbt der Schatten beim Aufblitzen einer kleinen Sternschnuppe, die da aus dem klaren sternenbedeckten, von der Vollen Mondin erleuchteten Nachthimmel auf die Erde fällt.

Und weiter läuft der bleiche Skorpion auf allen Achten, die schmalen Scheren nach vorne gestreckt, eingerollt den Schwanz mit seinem giftigen Stachel, durch die Nacht.

Und dort, wo eben noch ein Mensch lag, ist Leere zurückgeblieben.

Also bist du nun …

Weiter läufst du als Skorpion. Du bist der, den wir eben schon sahen. Du bist es, der sie sucht, in welcher Gestalt auch immer sie sich verborgen haben mag. Eines Tages, also nachts, wenn es denn mit diesem Körper geschieht, wirst du sie finden. Doch hast du ja die Macht und Magie, in allen Körpern zu erscheinen.

Zwillinge

Ein Spiegel hat sich vor Manfred materialisiert. Spiegelglas in einem Rahmen aus Eichenholz, oval in der Form, ganz wie das Zentrum manch eines Spinnennetzes.

Da kann er einfach nicht widerstehen, ist wohl immer noch zu eitel. Er schaut hinein.

Doch sich sieht er dort nicht. Ein anderer schaut heraus und sieht ihn an.

»Wer bist du?« »Wer bist du?«, flüstern beide fast synchron.

Der andere lächelt und spricht das aus, was Manfred denkt: »Ich komme von weit her, von weit, weit her und doch von nah!«

Und Manfred sieht die Tränen in diesem Gesicht, das dem seinen, mal abgesehen von der Brille, die der andere auf der Nase trägt, so sehr ähnelt, und spricht: »Du bist doch nur mein Spiegelbild, nun ja, auch mein Echo. Oder bist du etwa mein Zwillingsbruder? Am Ende noch ich selbst?«

»Ja, *ich* bin *du*«, flüstert der andere. »Ich bin dein Vater und deine Mutter zugleich, nicht unser aller Vater Sonn, nicht unser aller Mutter Erde, auch nicht deine leibliche Drachenmutter Smorré-Aié, und doch bin ich auch sie und mehr. Ich bin der, der dich erschuf und noch immer am Leben erhält. Du erinnerst dich, wir trafen uns schon einmal in deiner Welt?«

Da lächelt Manfred zurück: »Ja, auch ich schuf mir einen Menschen, der aussieht wie du. Ich schuf mir dich in meinen Träumen. Leid und Freud gab ich diesem Menschen, denn ich schuf ihn mir nach meinem

Ebenbild.« Dann weint auch er, denn er erinnert sich daran, wie sein Homunkulus starb.

So verschwimmt der Spiegel hinter Tränenschleiern auf beiden Seiten.

Jenseits des Spiegels wendet sich Rainar traurig wieder seinen Alltagsdingen zu, die da neben der Kunst und dem Schreiben sind: keine Familie, keine Frau, keine Freundin, immerhin einige Freunde und Bekannte und in der Nähe wohnende, zugleich so ferne Geschwister. Näher sind ihm da schon manchmal arge Dinge, sorry ARGE*-Dinge. Also sind da viel Bürokratie, Briefe, Einkäufe, Geschirr, Wäsche, Gesundheitsprobleme mit Herzrasen und immer krummer werdendem Rücken.

Und dann wird dieser Rainar von seinen Geschöpfen, die um seine Existenz wissen, auch noch als Er Dort Oben, als gottartiges Wesen angesehen. Kaum zu glauben, wo ihn doch nur wenige von Milliarden Menschen in seiner Welt kennen.

Diesseits schreitet Manfred lächelnd über die weiten Ebenen, dem großen Gebirge im Osten zu, wo er IHM begegnen wird, dem großen schwarzen Wesen von T-her, und seinem letzten Kampf auf Erden.

---

*: Anmerkung für zukünftige Leser: Von dieser Institution bekamen anfangs des 21. Jahrhunderts in Deutschland diejenigen etwas Geld, die ohne Arbeit waren. Doch verdienten sie selbst ein wenig dazu, durften sie nicht sonderlich viel davon behalten, Rückzahlungen inklusive Fehlberechnungen und Fehlentscheidungen waren da an der Tagesordnung. Nobody is perfect, schon gar nicht eine staatlich-städtische Behörde.

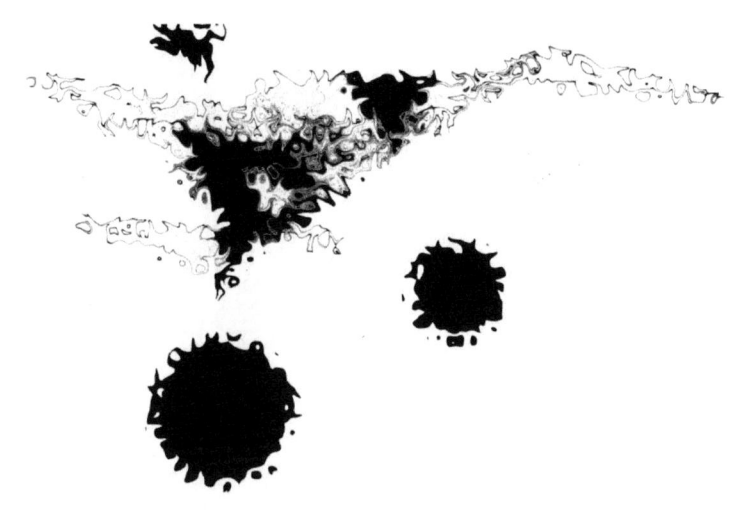

Bubbles

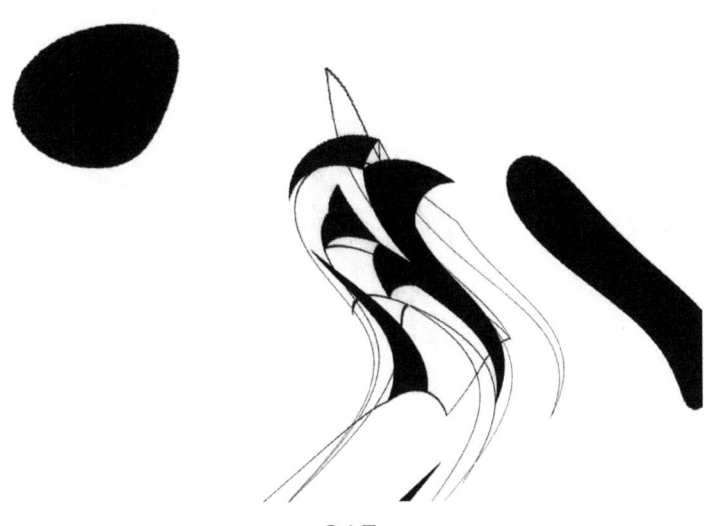

*Die Traumfresser**

Noch immer träumen die Menschen
in ewiger Wiederkehr
träumen und wachen und träumen
Doch längst sind die Farben geflohen
grau ragen dort auf
stählerne Riesen

Schau genau hin!
Es sind Zwerge im Innern
die ihre Glieder bewegen
Puppen sind es, Marionetten
die da tanzen
durch zuckende Nacht

*: Die erste Version erschien unter dem Pseudonym Ramo-
na Redlair in Rainar Nitzsche (Hrsg.) (1994): *Märchens Geschichte. Neue Phantastik- und Horrorgeschichten.*

Schatten

Ein Schatten - dein Schatten
der sich blutend erhebt

Ein Mund - dein Mund
der schreiend ihn trinkt

Doch deine Seele
steigt niemals empor
sondern fährt hinab

und - wird als Mensch geboren

PARALLELE UND VERSCHACHTELTE WELTEN

Adern

Ein violettes Adergeflecht leuchtend in der Schwärze, in einem Bilderrahmen, zweidimensional, das dehnt sich aus in die Tiefe, das dehnt sich aus in die Zeit, das ...

Ein violettes Adergeflecht ist diese Welt.

Und das war es, dies und nichts anderes, was ich einen Augenblick lang mit geschlossenen Augen in mir sah, bevor mich der Schlaf überwältigte.

Nur dies siehst du, sehen wir alle auf dieser Welt in uns: Dicht, dicht, kreuz und quer, Adern, wie groß und wie weit auch immer, sind da überall, violett leuchten sie in der Schwärze.

Still liegen sie da, bewegungslos.

Also strömt da auch nirgendwo Blut? Gestern nicht, heute nicht und morgen nicht, niemals?

Mag sein oder auch nicht.

Und wenn doch, dann stellt sich die Frage. Dieser oder jener Lebenssaft?

Wie auch immer, Leben ist es, lebendig ist alles ringsum, hier und dort, oben und unten, im Diesseits, im Jenseits und allen Zwischenreichen. Alles lebt.

Das weißt du.

Blicke empor

Still sitzt Manfred auf einer Lichtung im Wald im Lotos: die Beine verschränkt, mit aufrechtem Oberkörper und geschlossenen Augen, die Handflächen zu den Himmeln hin offen.

So bewegungslos er von außen auch erscheinen mag, in ihm rasen Gedanken: Und wäre der *Leuchtende Pfad*, dem ich seit so vielen Jahren durch zahlreiche Welten folge, ein Roman, dem Geist eines Menschen entsprungen, dann wäre, nein, dann bin ich und all die anderen Wesen hier nichts als Schwärze auf Papier, Worte, Sätze, Gedanken - nicht mehr. Ist es nicht so?

So ist es doch!

Und du schaust auf, weil du es fühlst, weil du begreifst, weil du eine Ahnung hast, wie es sein könnte, wärest du er. Du schaust auf und legst das Buch zur Seite, denn du weinst.

Du dort oben, ja, DU, liebe(r) LeserIn!

In dir hörst du Manfred sprechen: »Sage mir meinen vergessenen Namen!

Erzähle mir von all meinen verlorenen Leben!

Schlage in den Büchern nach und sprich mit mir!

Neige dich nieder und hauche mir diese verlorenen Worte in meine Seele ein!«

Doch du flüsterst dir selbst verzweifelt zu: »Wie soll ich das denn tun? Ich kann es ja gar nicht, weiß so wenig über ihn. Selbst von dem, was ich hier las, habe ich das meiste schon wieder vergessen.«

So ist es, denke ich, dem meine Eltern den Namen Rainar gaben: Da ist Manfred, den ich erfand, der ein Abbild von mir ist, der ich ja selber bin.

Dann sind da auch schon einige, wenn auch wenige LeserInnen, denen die Geschichten gefallen.

Doch in Wahrheit ist da noch viel mehr, was mir noch nicht offenbart wurde, was ich niemals erfahren werde oder aber was ich längst wieder vergessen habe, bevor ich es aufschreiben konnte.

Ja, so könnte es sein.

So muss es sein.

So ist es.

Diesseits

Da war ein Baum.

Oder war es ein Gebüsch?

Etwas ganz anderes gar?

Es muss ein Baum gewesen sein, bei dieser Höhe und dieser Pracht. Sein grünes Laub, das zog ihn an und nahm ihn in sich auf.

Und wer ist das dort andernorts, der da in diesem einen Augenblick seinen gehörnten Kopf in den Nacken wirft und brüllend mit seinen Hufen auf die Erde stampft?

Woher kommt er?

Wurde er vor Schmerzen brüllend auf die Erde hinabgestoßen?

Oder stieg er eben erst grollend aus tiefsten Feuerhöllen der Erde auf?

Ja, das wird es sein, denn dort ist er eigentlich zuhause.

Was aber haben diese beiden Bilder, das von dem grünen Baum und dem gehörnten Typ eigentlich miteinander gemein?

Bin *ich* nun der eine im Laub oder aber der gestürzte Engel dort? *Wer* bin *ich*?

»Gefallen, gefallen, gefallen!«, singt ein Chor in der Ferne.

Und in meinen Träumen lausche ich den Himmelsharfen und dem Gesang der Engel.

Das alles war. Das alles geschah. Das alles ist zugleich, wird immer sein.

»Nachhause«, weinte einst E.T. in einem von Menschen geschaffenen Werk, einem Film aus Hollywood, denn ohne die anderen seiner Art konnte er nicht weiterleben.

Ich schaue sehnsüchtig auf in der Nacht.

Ich sehe die Sterne dort oben über mir funkeln.

Ich spreche nicht die Worte, doch höre ich sie tief in mir flüstern.

Auch ich weine Tränen der Hoffnung, die niemals in Erfüllung geht?

Drehbuch

Ich sage nur ein Wort und das lautet »Drehbuch«.

Was soll denn das?, wunderst du dich. Hier dreht doch niemand einen Film.

Also hebe ich meinen rechten Arm, winkle ihn an und zeige mit dem rechten Zeigefinger nach oben, dann nach unten, und drehe schließlich meine Hand mit gestrecktem Finger ringsum in alle Himmelsrichtungen.

Du aber wunderst dich noch immer.

Also erkläre ich es dir, ganz langsam für Doofe, sorry, für geistig nicht so Fixe: »Er, Sie, Es Dort Oben, unten oder irgendwo, sie sind die Puppenspieler, an deren Fäden wir alle tanzen. Sie sind es, die unser Schicksal spinnen und doch nicht alles wissen, sich allzu häufig irren, also viele dumme Sachen mit uns und der Umwelt machen, ohne dass sie es eigentlich wollen.

Du verstehen?

Viel Scheiße überall auf Welt, von Menschen gemacht hier unten - und von Denen ganz Oben.

Nein, es sind nicht die Bosse in den Betrieben, die Politiker schon gar nicht, auch nicht die Großkapitalisten, die diese Dinge drehen. Was die alles auf dem Kerbholz haben, das erfahren wir ja so nach und nach und am laufenden Band in den Medien - oder auch nicht.

Ich meine Die Dort Ganz Oben, die da eine Stufe höher als wir leben. Hast du schon einmal vom Roman *Simulacron-2* von David Galouye gehört, zu Deutsch: *Die Welt am Draht*, von Fassbinder verfilmt und natürlich auch viel später noch einmal mit anderem Titel, der da lautet: *The 13th Floor?*

Kennst du nicht, macht auch nichts. In einem Computer sind wir ohnehin nicht simuliert. So primitiv sind Die Dort Oben schon lange nicht mehr. Die Dort Oben sind echte Wesen. Und Viele sind Sie.

Und doch sind Sie nicht GOTT, können es niemals sein, sind nur ein Teil, wie auch wir ein Teil von IHM sind, der / die / das da über und in allen Dingen und Wesen existiert.

Drei

Irgendwo im Nirgendwo treffen sich drei Wesen, die einst einmal Menschenkörper besaßen.

Viele Namen wurden ihnen im Laufe ihres Lebens auf Erden gegeben. Fünf Namen dieser drei Wesen kennen wir alle, die da lauten: Drefman, ER, Manfred, Moyo und Nairra. Drefman ist nur ein Name von IHM aus der Zeit, als Manfred noch dachte, sein Gegner wäre nur ein Spiegelbild seiner selbst. Nairra aber ist seine große Liebe, die ihm als wiedergeborene Moyo die Zwillinge Rani und Ra schenkt, das wissen wir alle, die wir den *Leuchtenden Pfad* und die Folgebände gelesen haben.

Einst begehrten und liebten sie sich und kämpften gegeneinander, wie es Menschen, Tiere, Pflanzen, Bakterien, wie es Dämonen und kleine Götter nun einmal in diesem Universum so tun.

Damals war damals.

Jetzt ist jetzt.

»Bruder«, spricht Manfred den an, der ihn einst tötete. ER ist sein Bruder. Schwestern nennen sich die Zwillingsseelen NairraMoyo, die längst vereint einst einmal zwei Frauen waren. »Ich bin du, und du bist ich. Weiß und Schwarz sind Schwarz und Weiß. Mann und Frau sind Frau und Mann. Mensch und Tier und Pflanze und ... wir alle sind eins. *Wir* sind *Wir*.«

Wir tasten, wir riechen, wir hören, wir sehen uns an. Wir verstehen und wissen und fühlen. So verschmelzen wir zu Einem, das wir einst waren, nun sind und immer sein werden.

Erinnerungen kommen und gehen. Einst war es,

waren da nur zwei - schwarz und weiß - böse und gut oder gut und böse, was immer auch gut und böse sein mag. Oder waren da einfach nur Nacht und Tag?

Drei waren wir einst dort auf einer Lichtung inmitten von Wald. War es denn überhaupt eine Lichtung?

Nein, wir trafen uns hier oben auf diesem brennenden Berg einer namenlosen Welt. Ja, so war es, so geschah es, also ist es so für alle Zeit. Und dann ... Was taten wir dann?

Jetzt sehen wir es in uns: Wir ziehen unsere Schwerter, halten sie hoch empor. Ein Augenblick nur, schon sind wir uns näher gerückt. Unsere eingekrümmten Fingerrücken berühren sich und werden eins. Weißes Licht bricht aus unseren vereinten Händen, rast die Klingen empor. Weiß erstrahlen nun auch die vereinten Schwerter dort oben über uns. Und schon ziehen sie unsere Körper empor: Unsere Füße verlieren den Halt, erheben sich in die Lüfte. Standen wir drei eben noch auf festem Boden, so schweben wir nun, noch immer an unseren leuchtenden Armen und Schwertern hängend, horizontal in der Luft. Dann klappen wir alle nach oben um, ohne dass da Handgelenke brechen würden.

Kopfunter schweben wir nun mit geschlossenen Augen in der Luft. Unten sind unsere ausgestreckten Arme mit dem leuchtenden Einen verbunden. Über uns ragen unsere Füße in den Sternenhimmel dieser Nacht. Die Welt steht Kopf.

 Dann verschmelzen auch unsere Körper: ER und sie und ich, die Trinität, schwarz und weiß, Frau und Mann, Yin und Yang - alle zu Einem vereint.

Kurze Zeit geschieht nichts.

Dann aber werden in uns Farben geboren. Tausend-farbiges Licht. Ein kurzer roter Strahl. Aus unserem Schoß bricht Leben hervor. So also gebären wir unsere Kinder. Ach ja, auch unsere Schwerter sind nicht mehr getrennt von uns, sind eins mit uns geworden. Alles ist wieder wie einst, bevor Eines in Vieles expandierte. Und die Welt, auf der wir eben noch standen, auf der wir uns trafen, dreht sich in uns, die wir überall sind, zu jeder Zeit zugleich. Denn hier gibt es keine Erde, keine Körper, keine Menschen, keine Kriege, keine Schwerter aus Metall. Energie sind wir hier. Energie ist alles überall, reinstes WEISS.

War es wirklich so?

So geschah es ja gar nicht.

Ja, wir zogen unsere Schwerter, die hoch oben über unseren Köpfen zu einem einzigen Licht verschmolzen. Dann sahen wir empor. Das letzte Bild, denn Blindheit fiel aus dem Gleißen dort oben uns in die Augen, die schon zu schmelzen begannen. Stirn und Wangen folgten ihnen nach, dann der Rest des Kopfes, Hals, Brust und Arme, Bauch und Beine. Nichts blieb uns von unseren Körpern. So lauschten wir dem einen Ton – in uns, der unsere Seelen ergriff, sie packte und mit sich hinfortriss. Und dann …

Jetzt schweben wir hier in der Leere. Noch immer sind wir getrennt, die wir einst eins waren und irgendwann wieder vereint sein werden. Wir beginnen zu träumen.

Universen entstehen.

Drei Wesen – drei Universen?

Du lachst und erschaffst eine Welt aus den Träumen einer Frau.

Ich aber weine bei all dem Leiden in meiner Welt, die ganz wie die deine Milliarden von Erdenjahren existiert.

Und ER, ein Teil von T-her, erinnert sich an SEINE alte schwarze Heimat und seine Mutter ES im irdischen Meer, wie sie IHN einst gebar, auf dass ein Teil von IHR das sonnenerhellte Land erkunde. Und dann war da noch SIE, SEINE Schwester.

Ja, so war es. So ist es.

Wir kehren zurück in unsere dort oben noch immer zusammenhängenden brennenden Schwerter. So schaffen wir unsere Körper neu und stecken die Waffen wieder ein, verneigen uns voreinander und verlassen diesen einen Ort in drei in einem Winkel von 120° divergierenden Richtungen.

Du

Über allen Dingen in den PFAD-Welten aber liegt ein Schnurren, als lebte da oben / unten / außen /innen eine gigantische Katze.

Du?, wundert sich Er Dort Oben, denn auch Er hört sie ja in Seiner Welt, die eine Ebene höher liegt.

Dann sieht Er in *ihre* grünen Augen, deren jetzt im Sonnenlicht ach so schmale Pupillen fast nicht zu erkennen sind. Und mehr sieht Er: Gewaltig groß ruht ihr Haupt jenseits seiner Welt. Und Ihm scheint, als lächle die Katzengöttin namens *Mau* ihm zu.

Lustvoll stöhnt er auf, stammelt nur noch sinnlose Silben vor sich hin, irgendetwas von großer Liebe.

Und sie ist es. Nicht, weil es sein winziger Menschenkörper, sondern weil sie es so will.

Und hier nun folgen weitere Worte, die aus seinem Gebrabbel andernorts rekonstruiert werden konnten, denn Er weilt ja schon längst nicht mehr unter uns: »Du bist es, dort über mir, ruhst dich aus bei Tag, träumst unsere Welt hinter geschlossenen Augen? Ja, so muss es sein.«

Und da erbebt die Welt, nicht weil Düsenjäger die Schallmauer durchbrechen, sondern weil *sie* sich mit einem einzigen aus zwei Silben bestehenden Wort äußert, welches alle Liebhaber dieser geschmeidigen Räuber kennen und das da einfach nur lautet: »Miau.«

Ende und Anfang

Milliarden Jahre schliefen wir und träumten still unseren Traum.

Und in diesem Traum schufen wir aus Schwärze Licht, aus Winzigkeit Weite, aus Schweigen Klang, aus Einem Vielheit, aus Nichts Raum und Zeit, Sonnen und Planeten, Leben und Staub. So jedenfalls nannten sich unsere Kinder.

Doch alle Träume haben Anfang und Ende.

Jetzt erwachen wir hier in den Meeren aus Licht und Klang.

Und all das Alte endet.

Jetzt sind wir wach, hören und schauen uns um, denken und fühlen, erschaffen eine neue Welt, einen anderen Kosmos, in dem andere Sonnen, Planeten und Wesen entstehen.

Also beginnt alles wieder neu.

Erwachen

Und wie es bei Menschen so ist, kommen erst die Laute, dann öffnen sich auch meine Augen. Sanft atme ich die Luft ein, so rieche und fühle ich mich um. Erste Gedanken erwachen, kriechen noch behäbig dahin, fließen langsam, als wären sie eingefroren gewesen und tauten nun allmählich auf, bis sie jetzt endlich meinen Mund diese Worte sprechen, ja, einen ganzen Redeschwall aus mir hervorbrechen lassen: »Und neben mir, was ist denn das für ein seltsames Wesen? Nie zuvor gesehen. Wo bin ich überhaupt? Und wie ...? Ach ja, hier liege ich. Doch wo mag das sein? Was war zuvor? Kann mich an nichts mehr erinnern. Was war denn da, wenn da was war? Ich ...«

Das Andere erhebt sich und lächelt mich an.

Ich sehe mich in seinen goldenen Augen, die sich nun in silberne Spiegel verwandeln, sehe darin meinen Körper, der dem seinen gleicht wie ein Ei dem anderen, bis auf Kleinigkeiten, die vielleicht von Bedeutung sein mögen oder auch nicht.

Und wieder rasen Gedanken in mir: Wer also bin ich nun? Wie heißt diese Welt, in der ich jetzt und hier lebe? War ich nicht einst einmal ein Mensch? Und wenn es so war, so starb ich also auf Erden und wurde nun hier als ein Wesen ganz anderer und doch so ähnlicher Art wiedergeboren? Aber die wichtigste Frage von allen lautet doch: Was wird nun geschehen?

Das andere flüstert in mir, streckt alle acht Finger seiner rechten Hand aus und zeigt damit nach oben. Dann bewegen sich seine Finger gleich Halmen im Wind, als spielten sie auf einem unsichtbaren Instrument.

Erstaunt höre ich die Klänge in mir, lausche der Melodie und bin entzückt. Mein ganzer Körper zittert und färbt sich rot. Und doch schließe ich meine äußeren Sinne noch nicht, sondern schaue noch einmal auf und sehe die Wolken dort oben sich wandeln.

Es – nein, *sie* ist es ja, die die Blätter der Bäume ringsum singen und die Wolken tanzen lässt.

Erst jetzt verstehe ich den Sinn dieses Liebesliedes, jetzt, da ich noch denken, mich aber schon nicht mehr bewegen kann, denn längst hat es mich betäubt. Jetzt weiß ich, wer ich bin: Einer von den Wenigen bin ich, den unbedeutenden Männern auf dieser Welt, die den Frauen gehört.

Und da wachsen nun Unmengen von Armen aus ihrem Körper, die mich betasten und liebkosen.

Ich schreie auf vor Lust unter ihrem viel tausendfachem Streicheln, mein Körper zittert und kann einfach nicht anders – er explodiert.

Das ist der Augenblick, in dem sie mit ihren haftpolsterbedeckten Beinen das Samenpaket packt, das mein zuckender Körper ausgestoßen hat, und es in sich stößt.

So also befruchtet sie sich, würde ich denken, könnte ich es noch. Was für eine Ekstase! Unter unseren Körpern spüre ich die Erde erbeben und leiser, immer leiser schließlich dann verklingen.

Zärtlich streichelt sie mich, singt weiter ihre Lieder unseren werdenden Kindern zu, die sie gebären wird, deren Abbilder ich in mir erblicke, deren Stimmen ich höre und die ich doch niemals erleben werde. Denn unverhofft reißt sie mit einem Ruck ihrer nun unheimlich kräftig gewordenen Hände meinen zierlichen Kopf vom Leib und trinkt das Blut und isst das Fleisch, das ihr von mir zum Wohl unserer Kinder gegeben wird.

All dies nehme ich noch wahr, der ich schon tot, lächelnd und weinend zugleich, dieser Welt entschwebe.

Und alles geschah so, wie es geschehen sollte. Denn so steht es geschrieben. Er Dort Oben wollte es so. Sein Name ist Rainar.

Gefallen oder gesandt?

Aus den Himmeln geworfen. Gefallen, gefallen.

Und wiedergeboren auf Erden - als Mensch, zunächst aber geborgen im Mutterleib nah dem großen Herzen, herausgepresst, ein erster Schrei hinaus in diese neue kalte Welt.

Ein kleiner Menschenmann, so gar nicht perfekt, mit Fehlern, ein Baby noch, liegt da mit geschlossenen Augen und träumt, während Gehirn und Geist reifen und sich nicht erinnern, jetzt nicht mehr und eine lange Zeit danach noch nicht.

Älter wirst du und erinnerst dich. Mit geschlossenen Augen siehst du in der Nacht vor dem Versinken in Schwärze und Traum die Bilder, fantastische Formen: Einmal sind es wundersam verzerrte Häuser, dann wiederum nur winzige Wellenmuster, die sich verändern und bewegen, die dich umgeben, sich von deiner Netzhaut lösen, nun überall in dir - und auch außerhalb? - sind.

Wo bin ich?

Wann bin ich?

Wer bin ich?

Es fällt dir wieder ein. Doch kannst du nicht sicher sein, ob es wirkliches Erinnern oder nur Wunsch, Illusion ist.

Gefallen, aus den Himmeln verstoßen oder aber doch gesandt, von den Anderen, die Menschen *Aliens* nennen, damit sie durch dich erfahren, wie das Leben auf Erden ist, durch deine Sinne fühlen, schmecken, riechen, hören und sehen, verstehen, wie es nur in einer Menschenwelt ein Mensch tun kann. Denn nur so und niemals anders ist es sinnvoll, von Welt zu Welt zu reisen.

Doch ob ich der Einzige bin?, fragst du dich.

Wer kann schon wissen, ob nicht noch andere, und wenn ja, wie viele Menschen - und auch andere Wesen? - unter uns weilen, die andernorts zu anderer Zeit andere Wesen waren, wieder sein werden oder auch zugleich noch sind?

Wie viele irdische Genies mögen wohl ihre Begabung nur Erinnerungen an ein Leben in einer weiter fortgeschrittenen Zivilisation einer anderen Art oder unserer eigenen Zukunft verdanken, wenn sie denn zurückgereist sind!?

Fragen, so viele Fragen sind das, die *du* dir nicht beantworten kannst noch keiner sonst.

Ich weiß alles

»Ich weiß, was du getan hast.«

»Wieso? Woher?«

»Von Ihm.«

»So sprichst du mit GOTT?«

»Nein, von Ihm Dort Oben weiß ich, wer du bist. Denn Er hat es so bestimmt.

Denn ich bin, wie ich sein soll, so, wie Er mich ausgedacht hat.

Denn Er ist mein Schöpfer, auch wenn da noch Andere um Ihn herum leben, die sind wie Er.

Auch Sie denken Gedanken und träumen bei Tag und bei Nacht. Auch Ihren Träumen entsteigen Gestalten, die sind wie wir. Auch formen sie uns um bei etwas, das sie 'lesen' nennen.

Verstehst du?

Er ist es, der sich unsere Welt in Seiner Fantasie erschaffen hat.

Er ist es, der uns schreibt.

Also sind wir nur Figuren in Seinem Geist.

Deshalb weiß ich alles von dir.

Denn so hat Er mich geschaffen.«

Infektionen

Es fiel ihm ein in der Nacht. Ja, so könnte es sein, dachte er. Und niemand weiß, dass es so ist, wie es nun einmal ist, niemand außer mir. Und wem soll ich es erzählen? Keiner wird mir glauben, denn Beweise gibt es nicht. Ein irrer Spinner mehr, werden sie sagen, wenn ich den Mund aufmache. Also lasse ich es besser bleiben, um nicht am Ende gar noch wie dieser arme Olaf in der Klapse zu landen.

Niemand wusste es bis eben. Auch wenn es einige in ihren Romanen genau so oder so ähnlich längst beschrieben hatten, aber das galt ja als Fiktion, auf keinem Fall als Realität. Interessant wäre aber doch zu wissen, ob diese Autoren es vielleicht einen winzigen Augenblick lang für wirklich und wahr gehalten hatten? Doch vermutlich waren sie eher fest davon überzeugt, dass es ihrer eigenen Fantasie entsprungen war. Oder hatte es ihnen doch jemand eingeflüstert?

Das also fiel ihm in dieser einen von so vielen Nächten ein, als er den Bericht über die Zucht von Hühnergrippeviren in Hühnerembryonen für Forschungszwecke sah (wenig später schon würden es die Schweinegrippenviren sein): Heute sind es die Viren, damals waren es die Pestbakterien, die sich nach wie vor mit Mutationen gegen die Antibiotika des Menschen wehren. Wir züchten sie zu Forschungszwecken, um Gegenmittel zu entwickeln, um uns Menschen zu schützen, zu heilen, um unser Überleben zu sichern. So weit, so gut.

Dann ist da natürlich noch das Militär, das da ganz andere Absichten hat. Das Stichwort lautet »Krieg«.

Doch das alles ist harmlos gegenüber dieser großen Sache, der er auf die Spur gekommen war.

Denn wenn nun … mein Gott, andere Wesen, Aliens, eine Ebene über der unseren lebten und uns Menschen so zahlreich werden ließen, um uns als Versuchskaninchen zu verwenden, indem sie hier auf Erden ihre Experimente mit für uns so plötzlich auftauchenden Erregern wie AIDS und SARS (und denen, die noch kommen werden) zu machen, was dann?

Dann wären wir Menschen allesamt für sie so etwas wie es für unsere Wissenschaftler Hühnereier und Mäuse, Rhesusaffen inklusive menschlicher Kontrollgruppen bei Doppelblindversuchen von neuen Medikamenten.

Wenn es denn so wäre? Wenn es so ist? …

Es ist ja so. Da bin ich mir ganz sicher.

Was können wir dann dagegen tun? Können wir etwas dagegen tun?

Nein.

Denn wir leben hier unten.

Sie sind Dort Oben.

Müssen wir nun verzweifeln?

Nein. Denn so oder so erwischt es jeden von uns, auf diese oder andere Weise, früher oder später, wer auch immer uns erledigen mag, mit oder ohne Einwirkung von Überirdischen.

Ach ja, ein schwacher Trost bleibt. Wir sind nicht allein. Denn wenn alles so ist, wie es mir scheint, nein, worüber ich mir ganz sicher bin, dann hat das Ganze auch etwas Positives: Denn es bedeutet, dass da noch andere in der Schwärze und Leere des weiten Alls leben, die wir doch schon immer dort draußen vermutet und seit Anbeginn mit unseren sehnsüchtigen Blicken gesucht haben und die zudem auch noch sind wie wir.

Denn sonst wären wir für ihre Experimente ja gänzlich ungeeignet.

Jenseits

Wer bin ich dort in diesem Bild?

Etwa der in der Mitte?

Sind das Flügel?

Was schlägt da auf Metall, das sich verflüssigt und heiß wie Höllenfeuer in blauen Flammen brennt?

Er oder sie, du oder gar ...?

Stehe dort mit dem Rücken zum Betrachter in dieser Feuerwelt. So sehe ich mir nicht ins Gesicht. Und das könnte Absicht sein.

Wer bin ich dort?

Wer bin ich hier?

Und wer bist du da drinnen und hier draußen neben mir?

Was sind wir alle und weshalb gefangen?

Und wie überhaupt sind wir hierhergelangt?

All diese Fragen stelle ich mir jetzt, der ich hier vor dem Ölgemälde stehe, und stelle sie mir zugleich *in* dem Bild.

Dann schließe ich meine Augen und tue den einen Schritt – hinein. Und zugleich auch den anderen Schritt aus der Welt heraus?

Aus meiner Welt bin ich nun in die andere eingetreten. Vorbild und Bild sind nun endlich vereint. So gibt es kein Zögern noch Zaudern mehr. Ich trete hinaus und bleibe zugleich doch drin.

Jetzt steige ich auf, erhebe mich über die Landschaft, entfalte meine Flügel, die mich nach einem einzigen synchronen Schlag abwärts weit dahinschweben lassen.

So breite ich mich aus mit dem Wind, der in meiner Wohnung von Fenster zu Fenster weht.

So ruft die warme Sommernacht mit Eulenlauten dort draußen, mit flüsternder Stimme hier innen - zieht mich hinfort.

Träumend treibe ich durch die Weite. All die Schwärmermänner, die mir begegnen, nehme ich nicht mehr wahr. Denn nun bin ich Stille, schweigend und nie mehr gerufen. Schwebe dahin, dem weißen Licht der Vollen Mondin dort oben entgegen, an deren Stelle jetzt (am Morgen) ein gigantischer gelber Sonn tritt. Luft und Hauch von einem Wind, der immer mehr zu singen beginnt, das bin ich.

Neugierig nähern sich mir Schwärme von Vögeln.

Ich werde wie sie, verwandle mich in einen von ihnen. Bin ein Vogel unter Vögeln und ziehe mit ihnen der Wärme des Südens entgegen.

Erinnerungen brechen auf: Vogelträume, Menschensehnsüchte.

Und auch die Anderen, sie alle singen in mir. Mein GOTT!

Keine Hunde

Ich sehe sie.

Nein, nicht nur in meinen Träumen, sondern ganz real dort vorne: diese Figur: wippende volle Brüste, langes Haar, ein junger Körper, mein Gott! Natürlich nackt, was sonst, sind wir ja alle, leben hier seit Anbeginn und werden an Leinen geführt, auch wenn die unsichtbar sind.

Du siehst ihn.

Wie lange war da keiner. Hatte ich überhaupt schon einen? Wer weiß, was Frauchen mir so an künstlichen Erinnerungen implantierte. Nichts wie hin zu ihm!

Doch etwas hält dich und auch ihn fest, denn du siehst ja, wie er sich loszureißen versucht. Etwas will einfach nicht, dass wir zueinander finden.

Noch immer zerren wir beide, versuchen einander näher zu kommen und schaffen es - nicht.

Andernorts zu anderer Zeit sind es Hunde, die sich auf Straßen erschnuppern, erlauschen und auch optisch erkennen.

Auch sie werden an Leinen geführt, und einige von ihnen müssen zudem auch noch Maulkörbe tragen.

Auch sie werden von ihren »Besitzern« nur allzu oft davongezerrt, wenn sie endlich einmal Ihresgleichen näher kennenlernen, sich einfach nur vergnügen oder aber auch paaren wollen.

Kristall

Plötzlich ist es da: das grölende, kichernde, wahnsinnige Wort. Es kommt aus dem Nichts – aus anderen Dimensionen. Es schreit in meinem Innern auf. Es brennt auf meiner Haut wie der feurige Atem eines Drachens.

Und schon beginnt mein Körper zu schmelzen, löst sich auf und schwindet immer mehr, verbrennt zu Staub - vergeht?

Nein, nicht ganz! Etwas von mir bleibt auf glühendem Sand zurück. Es ist nicht viel, lediglich ein glitzernder Kristall, der der Zerstörung widerstand.

Flüstern Stimmen aus der Tiefe: »Wer bist du?, »Woher kommst du? Was bist du?«

Und der Kristall antwortet ihnen mit reflektierten und modifizierten Schallwellen, die erst Worte, dann Sätze bilden: »Einst war ich ein Mensch. Dann trug ich als Magier viele Körper. Schließlich starb ich und war Seele-Geist und Energie, die, wenn sie wollte, wiederum Körper bewohnen könnte. Euch aber verfluche ich, denn ihr habt meine Menschenkörperzuflucht zerstört! Andere mögen euch Götter nennen oder aber Dämonen, euch anbeten und so manches euch zu ihrem Heil opfern, dass ihr ihnen doch niemals geben könnt. Ich aber weiß, wer ihr wirklich seid, die ihr auch nur, ganz wie ich, hier unten lebt.

Und ich weiß noch mehr, weiß, dass über allem, also jenseits unserer Welt, der kichernde, wirklich wahnsinnige Programmierer existiert. O ja, *ich* kenne *ihn* und weiß doch nicht weshalb. Denn Er Dort Oben ist es, der unsere Welten schreibt, also nicht nur mich, sondern auch euch und eure Taten.

Lange Zeit suchte ich diesen einen Körper. So kurz nur war ich in ihm. So hat Er mir durch euch Heimat und Menschsein genommen. Nun bin ich wieder und mehr als je zuvor nur ein kleiner Teil vom Wir. Nun müssen Wir wieder eine neue passende Hülle suchen, die Wir aus zitternden Räumen geboren wurden. Jetzt kehren Wir zurück, denn der Ruf ertönt in Uns und schweigt nicht still, Wir ... Wir weinen. Augenlos weinen Wir Tränen in diese klare Sternennacht.

Lautlos bricht die Wüste auf.

Über ihr bleibt alles, wie es war: Klar ist diese eine Sternennacht, nicht weniger, nicht mehr, fantastisch schön in ihrer Pracht.

Wüstensand und Fels aber fliegen empor und lösen sich auf. Schwarzer Raum, der ohne jedes Funkeln ist, taucht dort unten auf, woher nun wieder ein Grölen und Kichern kommt, gewaltiger als je zuvor, wohin Wir nun fallen, tiefer und immer tiefer sinken und mit all dem verschmelzen werden, was dort existieren mag.

Dann kommt der Übergang in die anderen Dimensionen. Der kristallene Panzer um Uns ist längst zu Staub zersprungen. Auch diese Hülle ist den Weg alles Irdischen und alles Kosmischen gegangen. Doch was sie barg, das bleibt bestehen. Wir sind frei. Alles andere liegt schlafend und fern von Uns im Gestern.

Denn alles, was geboren wird, lebt und stirbt.

So gehen die Körper dahin. Auch Geist und Seele vergehen. Und selbst die Kosmen wissen um ihren kommenden Tod.

Alles wird, und alles vergeht.

Und doch stirbt nichts jemals wirklich.

Alles ist für immer.

Manfred, Olaf und Moyo

Der Morgen graut, noch ist's also ganz schön dunkel, doch heißt das ja auch: Hoffnung besteht auf Licht.

Wenige Menschen stehen heute so früh auf.

Dort unten aber, schau!, sitzt ein Mensch - wie winzig klein er doch ist. Ob das nur an der Entfernung liegt?

Ach, das ist ja Manfred der Magier, das bin ja ich!

Was tue ich denn da nur zu dieser frühen Stunde?

Ich mache Yoga, Hatha-Yoga. Hatha, das ist die Vereinigung von ha, der Mondin, mit tha, dem Sonn, an den Grenzen von Nacht und Tag, in den Energiezentren, den Chakren oben zwischen den Augenbrauen und dort unten im Nabel.

Alles ist eins - und zwei in Einem: hell und dunkel, schwarz und weiß, gut und böse, männlich und weiblich, Yin und Yang - Nairra / Moyo und Manfred / Drefman.

Und du weißt, dass da alles von einem zum anderen fließt. War dies da eben noch besonnt, so liegt es nun im Schatten.

Und irgendwo kauert ein kleiner Gott und weint.

Nun ja, die Betonung liegt auf »klein«, nicht auf »Gott«. Denn es ist ja nur ein Mensch, der seine Träume Realität werden lässt, Wirklichkeit für die Wesen, die darin leben. Sein Name ist Rainar.

Andernorts lebt ein Irrer namens Olaf, beginnt zu toben und wird auch schon wieder ruhiggestellt. Pharmazie und Medizin haben da ja so manch nette Mittelchen parat.

Ach nein, das geschah, das war, jetzt ist er still,

gibt keinen Laut mehr von sich, denn unter mysteriösen Umständen schied er dahin, also ist er jetzt wohl tot.

Irgendwo anders lächelt ein Wesen in den aufgehenden Sonn, das sich all dies erträumt. Manfred ist es, wer sonst?

Oder ist alles andersherum? Ist Manfred selbst etwa nur eine Traumgestalt?

Und dann ist da noch die Geburt des Kindes, des ersten - und die des zweiten kurz danach, schmerzvoll für die Mutter Moyo, die da von allen Menschen getrennt in der Wildnis hockt und doch nicht alleine ist. Glücklich und erschöpft nimmt sie Rani und Ra aus den Händen ihrer Schwiegermutter, einer echten Drachin mit Namen Smorré-Aié, die mit ihren ach so scharfen Zähnen flink die Nabelschnüre durchbeißt und die Nachgeburten isst, in ihre Arme.

PS: Und wer bei all diesen Namen und Ereignissen gar nicht durchblickt, der schaue einfach mal in die PFAD-Romane rein und lese zudem auch die Bücher von Olaf Olsen. Ach ja, und Rainar Nitzsche ist der, der sie alle veröffentlicht hat. Und kauft ihr sie alle, und seid ihr Millionen, so wird der gar nicht mehr wissen, was er mit dem vielen Geld anfangen soll.

Miau

»Wer hat gesiegt?«, frage ich.

»Das Gute?«

»Oder etwa das Böse?«

»Jaja!«

»Aber beides kann doch einfach nicht sein. Entweder das eine oder das andere. So ist es doch immer im Leben.«

»Nö!. Beide. Alles. Nichts.«

»Miau«, ertönt es bei diesen Worten gewaltig aus den Himmeln über uns.

Alle Wesen dieser Welt hören es, welche Art von Ohren, Hörhaaren und akustischen Sinnesorganen sie auch immer besitzen mögen. Und haben sie keine, so nehmen sie es flüsternd in sich wahr. Und jedes Wesen versteht es auf seine Art.

Menschen wissen, dass dieses Miau das Lachen der *einen* Katze hinter allen Dingen ist.

Und mancheiner weiß sogar noch mehr, dass es ja gar kein Lachen ist. Warum sollte sie sich auch über uns da unten amüsieren? Es gleicht eher dem Lächeln der Erleuchteten unter den Menschen.

Und dieses eine Miau verspricht: Alles endet - alles beginnt - alles ist.

Denn es ist Abend, und die Katze erwacht. Jetzt wird sie erst richtig munter. Wie seltsam, denkt sie, Träume, die nicht meine Träume, sondern die von Menschen sein sollten, in denen so viele Menschen, Menschendinge und so wenige von uns und unseren Verwandten – Wildkatzen, Luchsen, Pumas, Leoparden, Löwen, Tigern … vorkommen.

Die Katze, diese *eine* besondere, ist also aus ihren Träumen erwacht und geht auf die Jagd.

Und das bedeutet?

Ihre Traumwelt ist gegangen und alles darin mit ihr.

Und das heißt? Was heißt denn das?, würde ich erst leise und dann immer lauter fragen, um dann diese eine Frage hinauszubrüllen und meinen Schädel gegen eine Wand aus Stein schlagen, bis ich blutend zusammenbräche, wenn ich es denn noch könnte. Denn, ach ja, wie schade, uns alle gibt es nicht mehr, würden wir traurig denken, gäbe es uns noch.

Mutter

Dort Oben fallen Tränen aus Seinen Augen.

Auch ist da ein Lied, das einen deutschen Titel trägt, der da lautet: »Mutter«.

»Rammstein«, flüstert die Stimme von Ihm Dort Oben einem von uns leise ins Ohr.

Und er sieht ein Gesicht mit Augen, aus denen Wasser tropft.

Und die Stimme flüstert: Das sind Tränen, die ich weine, weil alles in diesem Lied so traurig ist.

Wir aber verstehen einfach nichts und schauen uns ängstlich um und fragen all die anderen Milliarden um uns herum. Wir haben Seine Stimme vernommen, denn wir sind viele und eins zugleich, und das heißt: Was einer weiß, das wissen alle.

Lautlos flüstern unsere Gedanken: »Wer oder was mag ‚Rammstein‘ sein? Was ist das: ‚Mutter‘? Was ist ein ‚Lied‘? Und was in aller Welt sind denn nun ‚Tränen‘?

Und ‚Er Dort Oben‘, ist das etwa GOTT?«

Denn diese Dinge, was immer sie sein mögen, kennen wir nicht.

Oder kennen wir sie unter anderen Namen?

Dann sehen wir Bilder und lauschen den Worten, von denen uns am meisten das *eine* bewegt, das irgendwo tief in uns begraben hervorbrechen will: »Mutter«.

Wir beginnen darüber nachzudenken, wer wir sind. Sind wir Tiere?, fragen wir uns.

Ja, das sind wir noch immer, denn unsere Seelen tragen Körper.

Nein, das sind wir nicht, wir sind schließlich Menschen, wenn auch schon lange nicht mehr die, die es einst einmal gab.

Wie weit wir entwickelt sind, zeigt sich schon bei der Fortpflanzung. Denn welche Frau bringt heute noch selbst ihr eigenes Kind zur Welt! So was tut Frau einfach nicht! Früher einmal, ja, unter Schmerzen, im Hocken zunächst und mutterseelenallein. Später dann mithilfe einer Frau, *Hebamme* genannt. Und dann irgendwann umringt von anderen und liegend im Krankenhaus, ganz so, als ob es sich beim Gebären um eine Krankheit handeln würde.

Hierzu fällt uns noch etwas ein: Einer erträumte sich einst unsere Welt, nun gut, nicht genau so, wie sie ist, doch verblüffend ähnlich, erstaunlich. Das Wesentliche immerhin erfasste er.

Ob er die Zukunft schaute?

Oder folgte gar die Entwicklung seinem Werk?

Wie sein Name war und ist?

Aldous hieß er, Aldous Huxley. Und sein Buch nannte sich *Brave New World*, *Schöne Neue Welt*.

Jeder von uns weiß, wie es begann. Wir alle lernen es von klein auf. Wir alle entstammen der Großen Mutter. Wir alle sind Viele und eins zugleich. Wir alle sind glücklich, denn wir lassen unsere empfohlenen Drogendosen in uns fließen.

So ist es. So ist es gut.

So sollte es für alle Zeiten sein.

So war es bis vor Kurzem.

Denn nun sind aus unerklärlichen Gründen alle Embryonen virenverseucht, siechen dahin und sterben mir nichts, dir nichts, einfach so.

Worin mag die Ursache liegen?

Wie ist die Menschheit noch zu retten?

Denn »keine Kinder« heißt selbst bei unserem ultralangen Leben letztendlich nur eins: Ende, aus, ausgestorben.

Und dann hören wir auch noch in uns eine Stimme flüstern, immer wieder, immer wieder: »nietsmmar nov rettum.«

Und ob das nicht schon genug wäre: Jetzt stehen die Gebärmütter auch noch unter Wasser und niemand weiß, woher das Wasser kommt.

Doch einer von uns weiß es, der einen Musiktitel auf einer alten Scheibe von einer Musikgruppe namens *Rammstein* entdeckt. CD ist der Name der Scheibe, das erfährt er aus der Datenbank. Der Multiscanner tastet sie ab und spielt ihm, also uns allen den Song direkt ins Hirn.

Welch ein Zufall, gerade jetzt und hier, wie passend aber auch, denn *Mutter* lautet der Titel des Liedes, dem er gerade lauscht, weshalb ihn alle hören können, wenn sie denn wollen. Und das wünschen sich immer mehr.

Ach ja, das Lied, es handelt von einem Kind, das keine Mutter hat, denn es wurde künstlich geboren (als ob das was Besonderes wäre!) und aufgezogen - wie wir alle. Denn wir sind schließlich keine Tiere mehr, sondern haben Kultur.

Doch in dem Lied wird auch von einem Fluch gesungen.

Der Entdecker sieht die Zusammenhänge, versteht, was geschehen ist. Und was er im Spiegel sieht, sehen wir alle: Es sind die uns zugeflüsterten Worte, die jetzt einen Sinn ergeben. *Mutter* von *Rammstein* lauten sie

»Oh mein Gott«, stöhnt er auf. »So also, so ist unsere Welt ein Spiegelbild einer anderen, nur eine von vielen, die sich irgendwer irgendwo erträumt, der von diesem einen Lied so tief berührt war, dass er unsere Welt gleich mit dem dazugehörigen Fluch Realität werden ließ.

Denn dort im Lied singt einer die Worte, damals dort und jetzt hier und überall wieder und immer wieder bis in alle Ewigkeit. Und sie handeln von einem Schwur, der Mutter, die nicht ist wie all die anderen Mütter alter Zeiten, dieser einen Mutter, die ihn nicht geboren hat, die niemanden gebärt auf die alte Art, eine Krankheit zu schenken und sie im Fluss zu versenken.

Ein schöner Reim - eine Katastrophe hier und jetzt bei uns. Denn unsere Kinder werden niemals die Welt erblicken, sie welken dahin in der Flüssigkeit, die wie Wasser ist und doch wieder nicht so wie die Wasser dort draußen, die alles zum Stillstand bringen.

Weil Ihm Dort Oben, der unser Gott und Schöpfer ist, das Lied so gefällt, in dem unsere Mutter verflucht wird, deshalb geschieht alles, wie es geschieht und hört nicht auf. Deshalb wütet die Seuche innen weiter, und nichts und niemand kann sie stoppen. Und die Wasser außen steigen, und unsere Große Mutter versinkt in den Fluten. So ist es.

Unsere Kinder sind gestorben. Niemals wieder können Kinder geboren werden. Unsere Zukunft ist tot. Nur wir hier draußen leben wie eh und je und werden erst in ferner Zukunft sterben. So ist es. So wird es sein - denken wir.

Denn jetzt schaut mich ein Menschenkopf mit meinem Gesicht von oben und unten und außen und innen zugleich an. Tränen laufen seine Wangen hinab.

Ich weiß es, warum er weint. Es ist, weil er mit seinen Geschöpfen mitleidet.

Ich weiß, was Er weiß. Also wissen wir es alle: Jetzt werden auch wir sterben, und unsere Welt wird untergehen. Im nächsten Augenblick wird alles verschwunden sein, was war.

Noch etwas dachte irgendwer

Noch etwas dachte irgendwer.

War *er* es, den wir Manfred den Magier nennen?

Nein! Er war es nicht. Wir haben ihn ja von seiner Geburt bis zum Tod und darüber hinaus bei Wiedergeburten und Wiedertoden bis zum Aufgehen in der Dreiheit mit Nairra/Moyo, bei Erleuchtung und dem Einswerden im Wir der Acht begleitet. *Er* kann es also nicht gewesen sein.

Wer aber ist dann »irgendwer«, wenn nicht er?

Und überhaupt, *was* dachte er, wer immer es sein mag, wann und wo?

Noch etwas dachte irgendwer.

Plötzlich, wie aus heiterem Himmel tauchte alles auf, war alles da.

Hier sind seine letzten Worte - seine letzten?

Gedanken.

Höre! Er spricht - in dir: Jetzt kommen die Bilder wieder, die Töne und, erstaunlich, auch die Gerüche, jetzt kommt alles wieder, jetzt, kurz vor meinem Ende auf dieser Welt.

Ist es mein endgültiges Ende?

Was ist Anfang, was ist Ende, was ist Anfang?

Wer kann wissen, ob es einst so geschah?

Wahrscheinlich war alles ganz anders. Irgendwer flüsterte mir diesen Traum in mein Ohr oder setzte ihn aus tiefsten Tiefen in mir frei, wo er seit Äonen schlummerte. So mag es gewesen sein, so oder auch nicht. Wer kann das schon wissen!?

All die Bilder vergangener Tage kehren zurück: Ich sehe mich in die Nacht hinausgehen, aus dem Haus in der STADT mit Namen *Kaiserslautern*, am Rathaus vorbei und weiter hinauf, sehe zurück ...

Keinen Schritt, nicht einen, würde ich anders machen, nicke ich mir lächelnd im Spiegel aus stillem Wasser weise zu.

»Hast du je einen einzigen Schritt unternommen? Zeige ihn mir!«, spricht die Gestalt im Spiegel vor mir, woher dieser auch immer so plötzlich gekommen sein mag.

»Was?«

Unter meinen Füßen beginnt der Sand zu leuchten.

»Schau hinauf!«

Ich blicke empor und sehe sie zum ersten Mal, die ich einst einmal nur kurz erahnte: Tausend Fäden laufen empor in Schwärze. Sie beginnen in meinem Kopf, wie meine staunenden Hände mich lehren, in meinen Armen, wie ich sehe, und in meinen Beinen. Überall sind da Fäden unterschiedlicher Farben und Stärke, an denen ich hänge. Fassungslos verharre ich nach all dem Tasten.

Dann irgendwann, nur Sekunden mögen vergangen sein oder auch Stunden nach dem tastenden Begreifen begreife, verstehe ich es endlich und rufe hinaus: »Wer dort oben lenkt die Marionette? Wer da draußen erträumt mich?«

Ich warte und lausche.

Niemand antwortet mir.

Ich schaue hinab.

Der Sand weht davon. Mit ihm ist das Licht gegangen. Dunkelheit herrscht zu meinen Füßen.

Also blicke ich noch einmal auf.

Da ist nichts mehr über mir. Wenn denn da Fäden waren, so haben sie sich aufgelöst.

Jetzt schaue ich mich um, drehe mich im Kreis.

Nichts ist neben mir, nichts unter mir.

So stehe ich also aufrecht im Nichts. Fast ist es für einen Augenblick, als tauche da eine andere Welt auf, in der ich einen anderen Namen trage, in der ich eine andere Gestalt habe, eine Welt, in der ich träume, mir immer wieder neue Welten und mich selbst darin erträume, zahllose ineinander verschachtelte Welten träumend mir erträume und erbaue.

Jetzt begreife ich und denke: Déjà vu.

Denn schon einmal wusste ich Bescheid. Hatte ich es vergessen? Vergesse ich es immer wieder, dass es mir immer wieder so vollkommen neu erscheint?

Das zur Wiederkehr, zur Wiederentdeckung der Erkenntnis, die immer wieder verschüttet von Neuem ausgegraben wird.

Jetzt verstehe ich.

Der Träumer ist der Schöpfer unserer Welt. Er träumt mich und dich, uns alle.

Ich atme tief ein und aus, verneige mich und schweige.

Und mein Mund, mein Geist, meine Seele stammeln Worte, eine Frage nur: »Ich ... bin in dir?!«

»Du ... bist in mir!«, antwortet der Träumer in einem seiner zahlreichen Träume einem seiner unzähligen Geschöpfe, das doch zugleich so einzigartig ist - mir.

Zitternd blicke ich auf und sehe Ihn Dort Oben lächeln!

Zugleich schaue ich lächelnd auf mich dort unten hinab und weiter hinab auf den alten Mann und Manfred den Magier, der sich nun selbst an seinen von ihm erschaffenen Homunkulus erinnert, der nicht alt werden wird, der wahrlich nicht lange leben soll.

»ICH BIN DU - BIN DU - BIN DU - BIN ICH!«

So weiß ich nun: Auch Du Dort Oben neigst dein Gesicht in den Staub vor ... größeren Dingen dort über dir, in dir - hinter dir. In dir sind deine Fäden, die dich führen, die dich lenken!

Doch das ist ja eigentlich ohne jede Bedeutung für dich, für mich, für uns alle, kein Grund, in Panik zu geraten. Nun ja, wir können unserem »Schicksal« nicht entgehen, das ist das eine.

Das andere aber ist viel bedeutender:

Wir alle existieren.

Wir alle sind eins, an welchen Orten, Zeiten, auf wie viel Ebenen auch immer.

Wir alle sind Wir.

Und jetzt, wo sich die Ebenen überlagern, wissen wir alle, wie »alles« »begann«, wie der »Leuchtende Pfad« entstand.

Eine Plattform

Hier liege ich nun auf dem Rücken und drehe mich mit der Ebene unter mir.

Wir sind nur ein winziger Stern in der Schwärze der kosmischen Nacht, nicht mehr, fällt mir ein, strahlend leuchten wir.

Erinnere ich mich? Woran?

»Ich atme. Ich beginne zu denken. Ich lebe. Ich bin!«, rufe ich liegend lautlos in die Weite, richte meinen Oberkörper auf und schaue an meinem nackten Menschenkörper hinab. Denn in dieser Form sehe ich mich jetzt und hier auf dieser sich drehenden Scheibe.

Wie kam ich hierher? Wieso, weshalb, warum?

Erst ist da nur so ein Gefühl, nicht mehr als eine Ahnung, die aber nach und nach immer mehr zur Gewissheit wird: Da sind Augen, die mich neugierig betrachten.

Das passt mir ganz und gar nicht. Nein, das will ich nicht, so nackt und bloßgestellt für wen oder was auch immer zu sein. Also stehe ich auf und rufe Worte ins Nichts hinaus: »Ich bin - und nichts ist hier außer mir!«

Und wenn da oben tatsächlich Augen waren, so sind sie nun gegangen. Das ist gut.

Erleichtert will ich mich wieder setzen, schaue hinab und sehe, wie die Scheibe unter meinen Füßen zerfällt. Auch das Licht ist mit ihr erloschen.

Und ich spüre, fühle es weiß es, dass ich schrumpfe und mich in nicht viel mehr als ein winziges Körnchen Staub verwandle, in ein Nichts, nun ja, in fast Nichts, in das, was ich schon immer war.

»Ich bin!«, piepst es da irgendwo, klingt es sekundenla..., sekundenkurz nach, verklingt.

»Wir sind!«, singen Gedanken.

Und Erinnerungen steigen in Uns auf:

Einst waren Wir, was Wir jetzt wieder sind, ein Ganzes, eins.

Dann irgendwann sandten Wir Etwas von Uns aus - hinab, hinauf, auf all die Welten, die voller Leben sind. Ein winziger Teil von diesem ist der, der nun zurückgekehrt ist. Ihn schickten wir auf den blauen Wasserplaneten, den die Menschen *Erde* nennen. So wurde ein Teil von uns dort unten seit Jahrmilliarden in vielen Wesen, zuletzt als Mensch wiedergeboren, denn Wir wollten Leben erleben.

Das geschah. Das war. Das alles ist Vergangenheit.

Jetzt sind wir alle zu Uns heimgekehrt: ich und du und er und sie und es, ich und ich und ich. Wir alle sind nun wieder vereinigt im Wir.

Das aber heißt, dass das Staubkorn im All, das zuvor Mensch, Magier, Drache und vieles andere mehr auf Erden und andernorts gewesen ist, wieder mit dem Ganzen verschmolzen nun nicht mehr existiert.

Puppen

Lassen Wir die Puppen tanzen - auf zahlreichen Welten, zu einer, keiner, jeder Zeit.

Nicht an Unseren Fingern und Händen bewegen sie sich - Finger- oder Handpuppen sind es also nicht.

Auch an Fäden hängen sie nicht, also sind es keine Marionetten.

Auch denken und fühlen Wir durch sie.

Zahlreiche Gesichter tragen sie, und diese lachen und weinen und lächeln. Münder sind dort, die essen und trinken und küssen. Denn alle diese Puppen nennen sich Lebewesen.

Eins dieser Wesen, einer von zahlreichen *Menschen*, die ihrer Welt den Namen *Erde* gaben, liegt dort gerade mit geschlossenen Augen, entspannt sich auf seinem Bett und hört Unsere Gedanken in sich flüstern, die da lauten:

»Zahlreiche Wesen lassen Wir auf zahlreichen Welten leben. Alle entstanden sie aus Uns. Also sind sie ein Teil von Uns und werden es immer sein. *Sie* sind *Wir*. *Wir* sind *sie*. Sie sehen, hören, riechen, schmecken, fühlen für Uns.

Wer Wir sind?, willst du wissen, der du selbst nur so eine kleine, unbedeutende Puppe dort unten bist. Nenne Uns, wie du willst.

Ja, 'Götter' wäre ein passender Name.

Nein, GÖTTIN sind Wir natürlich nicht.

Zu IHR schauen Wir voller Ehrfurcht auf, verneigen Uns und lassen für SIE Sterne erstrahlen in den Weiten des Alls.

Ja, viele sind Wir, und alle zusammen doch nur ein winziger Teil des Ganzen.

Spiegel

Schaue in das stille Wasser des Sees.

Seltsam, da ist ja gar keins!

Was?

Wasser hat der See zur Genüge. Wellenlos schweigt er still.

Doch was da fehlt, ist mein Spiegelbild.

Also bin ich ein Vampir?

Der Geist eines Toten, ein Gespenst?

Wie konnte das passieren?

Ich denke doch, also lebe ich.

Doch wer oder was bin ich denn nun?

Vielleicht aber liegt es auch gar nicht an mir, sondern an diesem See, in dem sich einfach nichts spiegeln kann, weil es ein besonderer See ist, der in einer speziellen Welt liegt, wo andere Gesetze als einst auf Erden herrschen?

Ja, so mag es sein, denn auch die anderen, die da neben mir stehen oder gehen, gar schweben, sie alle spiegeln sich nicht im See, so weit ich dies wahrnehmen kann.

Ich und du, er, sie und es, ihr – wir alle stehen also hier draußen an seinen Ufern und schauen, gehen, laufen, rennen, schweben. So bewegen wir uns rings um den See.

Inzwischen schwimmen einige von uns bereits darin, haben den Sprung gewagt.

Andere fliegen darüber, sind draußen und drinnen zugleich und – dazwischen.

Und was tue ich eigentlich unter all diesen Fremden?

Ewig werde ich hier nicht stehen.

Warum habe ich nicht längst etwas getan?

Oder kam ich erst vor einem Augenblick hier an, während die anderen hier schon länger weilen?

Während ich noch darüber nachdenke, was ich denn nun tun soll oder auch nicht, und dabei immer müder werde, schließe ich unbewusst meine Augen, d. h., sie fallen mir einfach zu. Und auch Ohren, Nase, alle anderen Sinne gehen dahin.

Fühle mich so leicht, schwebe – empor.

Der stille Mann

Einst lebten zwei Menschen mit Namen Olaf und Moyo auf Erden, doch nicht zusammen in einer Wohnung, einem Haus, einer Stadt, einem Land, sondern auf verschiedenen Kontinenten, in Eurasien und Afrika, und nicht nur das, auch noch auf verschiedenen Daseinsebenen.

Und beide sind sie nun allein?

Wen wundert's!

Ist es so?

Wie kann das sein?

Sollten sie es gar sein?

Dort unten starb Moyos große Liebe Manfred, und seine Seele stieg zu den Sternen auf. Sie aber blieb auf einer parallelen Erde als Mutter mit ihren Kindern Rani und Ra zurück. Doch letztendlich wurden alle, die sich einst liebten und bekriegten, nach Tod und Seelenreise durch den Kosmos eins und kehrten gemeinsam noch einmal zu ihren Heimatwelten, also auch zur Erde zurück.

Olaf hatte mit all dem nichts zu tun. Doch auch er starb überraschend in einer geschlossenen Anstalt einer anderen Welt - Hier Oben.

So war es, so geschah es.

So ist es für alle Zeit und ändert sich - doch.

Denn schau!, jetzt sind sie ja beide hier, zusammen in ihrer eigenen Welt, in der es außer ihnen als Liebende niemanden sonst gibt - geben dürfte. Denn dann gäbe es den Stillen Mann ja nicht, von dem dieser Text hier handelt.

Und wie du, liebe(r) LeserIn, so sehen auch sie ihn jetzt dort auf dem Feld stehen, den Mann, der seine

Arme zum Kreuz ausgebreitet hält. Noch schafft er es. Doch er wird es nicht ewig können. Schau doch, ein Arm beginnt schon hinabzusinken. Es ist sein linker, der mit der unreinen Hand.

Und mit seinem Sinken geht diese Seite ihrer Welt auf einen Schlag dahin, verschwindet einfach so von einem Augenblick auf den anderen.

Gut, dass die Liebenden auf der anderen Seite, rechts von ihm stehen, noch immer ganz starr vor Staunen.

Doch was tut er da?

Der Stille Mann, vielleicht ist er ja gar stumm, oder hier in dieser Welt gibt es einfach keinen Laut, stützt jetzt seinen rechten Arm mit der linken Hand am Oberarm und ruft laut um Hilfe, denn lange wird er auch diesen Arm nicht mehr oben halten können.

Moyo und Olaf erwachen aus der Starre, haben den Schock überwunden, rennen zu ihm hin, so schnell sie ihre Beine tragen.

Fast haben sie seinen rechten Arm erreicht, Zentimeter fehlen, da fällt auch dieser Arm und mit ihm die Welt.

Dann ...

Wir öffnen die Augen. Wir sind wieder da. Wir schauen uns an.

»Ich bin Rainar. Und wer bist du?«, spricht das Spiegelbild ihr zu, die vor dem Spiegel steht und sich still in ihm betrachtet.

»Nairra ist mein Name«, flüstert sie und berührt mit ihrer Linken durch das Glas, das gar kein Glas ist, sondern Wasser, welches sich beim Kontakt in einen dünnen Film verwandelt, seine rechte Hand. Dann nähern sich ihre Lippen einander. Und ihre Zungen sind die ersten, die die Grenzen durchdringen und hinüber von der einen zum anderen, vom einen zur anderen springen.

Und der Spiegel schwindet, vergeht, als wäre er Nebel, der sich verzieht.

Und dies kann wahrlich niemanden wundern, denn jetzt am Morgen steigt dort hinten über der Lichtung hier im Wald ein gewaltiger gelber Feuerball auf: unser aller Vater Sonn.

Die beiden winzigen Menschen dort unten mit Namen Nairra und Rainar aber umarmen sich und halten sich fest, um sich niemals wieder loszulassen.

Und tun es doch ein wenig, gehen jetzt Hand in Hand ...

Tagtraum*

Dort schläft sie - so dicht vor dir.

Wer ist sie?, fragst du dich.

Ein Mensch wie du und ich?

Jetzt flackern ihre Augen - ja, sie träumt.

Welten erträumt sie sich.

Du weißt, auch deine Welt ist nur eine von vielen der ihren.

Du bist *sie* hier unten, schaust lachend empor, ihren Tränen entgegen, die tropfen als Regen dir ins Gesicht.

Getroffen erglühst du in Liebe.

*: Erste Version veröffentlicht unter dem Namen Ramona Redlair in Rainar Nitzsche (Hrsg.) (1994): *Märchens Geschichte. Neue Phantastik- und Horrorgeschichten.*

Tore vor Toren

Ein Tor.

Und noch ein Tor.

Das Tor?

Der Tor!

Ein Tor vor einem Tor.

Und was *tut* der da? Vermutlich nichts!

Na, was wohl? Steht staunend davor und wundert sich.

Ja, jetzt. Doch auch gleich, noch immer, immer noch. Muss so lange dort stehen, bis es geschieht.

Und überall sehe ich solche wie ihn, welche Körper auch immer sie tragen mögen.

Und dann ist da ja nicht nur *ein* Tor, sondern da stehen, sitzen, knien, liegen, fliegen, schweben zahlreiche Toren, die wie der eine von der Erde sind und anders doch zugleich, sie alle warten vor Toren vor Toren vor Toren, die sich nun endlos geschachtelt öffnen.

Nein, nicht die Toren den Toren, sondern die Tore den Toren.

Du nix capito? Das heißen: Gewaltige Türen, Tore genannt, tun sich denen auf, die stumm und staunend mit offenen Mündern und mehr oder weniger offenem Geist auf die Dinge warten, die da kommen mögen.

Und wer ist dieser eine Tor hier auf Erden, sind all die anderen Toren dort und allüberall?

Menschen?

Ja.

Aliens?

Ja.

Androiden, Cyborgs?

Jaja!

Hier auf Erden und ringsherum sind es Mensch und Technik, Technik und Mensch, die immer mehr zusammenwachsen.

Doch wo kommen nur all die Tore der anderen Art so plötzlich her, die gigantischen Türen aus den unterschiedlichsten Materialien, jedes anders in Gestalt und Größe?

Und manche von ihnen sind gar nicht starr, sondern verändern ständig ihre Form, nehmen nun gar die Form von weiblichen Schamlip...

Halt, das müssen wir hier zensieren, jetzt wird's auch noch pornografisch.

Andere Tore wiederum singen in den unterschiedlichsten Frequenzen.

Duften tun sie auch noch.

Na, die scheinen ja regelrecht miteinander zu wetteifern. Konkurrenz belebt bekanntlich das Geschäft. Sie alle haben ein Ziel, wollen nur das Eine: Wesen fangen. Doch wer kann die meisten Opfer locken?

So kommen wir ja auch schon zu weiteren entscheidenden Fragen, die da lauten:

Was passiert mit dem, der durch ein solches Tor schreitet?

Was liegt dahinter?

Wohin mag er wohl gelangen?

Nein, solch ein Tor bin ich natürlich nicht, dachtest du jedenfalls noch bis eben. Aber vielleicht bist du es ja doch, denn du tust es, jetzt: Du machst den ersten Schritt und - bist geblendet vom Licht. Es singt nicht nur in deinen Ohren, sondern brennt längst in deinem Hirn. Auch dein Mund, alles in dir lacht. Dort draußen weinen deine Augen Tränen. Und wer bin eigentlich ich?, fragst du dich und gibst dir schon selbst die Antwort: Nein, nein, kein Tor! Und wenn es so wäre, wenn es so ist, was macht das schon. Bin so glücklich wie nie zuvor.

Du machst den zweiten Schritt.

Längst hast du deine Augen geschlossen und auch deine Ohren – Schwärze und Stille. Du atmest nicht mehr, weder durch Mund noch Nase. So riechst du nichts, und auch dein Tastsinn ist dahingegangen. Jetzt schwebst du in bläulicher Schwärze. Du ...

In dir siehst du die Tore sich anordnen zum Kreis, ringsum, doch auch unter und über dir. So bilden sie nun Ausgänge aus dem Inneren einer Kugel, in deren Zentrum du schwebst. Von allen Seiten bist du von Toren umgeben, die sich in den unterschiedlichsten Rhythmen öffnen und schließen.

Hinter vielen leuchtet es hell: weißes Licht, blaues Licht, grünes Licht, gelbes Licht, rotes Licht – Lichter in allen Farben und darüber und darunter hinaus, wie sie kein Mensch sehen kann.

Du aber, der du mehr bist als jeder Mensch und jede Maschine für sich allein, siehst sie alle zugleich. Welten mit verschiedensten Arten von Sonnen mögen dort draußen jenseits der Tore liegen, denkst du und kannst es nicht wissen und weißt es irgendwie doch.

Hinter anderen wiederum liegt Schwärze, wie Erdennacht, doch mondin- und sternenlos.

Was mag dort sein, wenn denn da was ist?

Führt jedes schwarze Tor in ein anderes dunkles Universum? Oder aber münden sie alle in das schwärzeste mit Namen T-her?

Du wählst das Tor, hinter dem es hellblau leuchtet. Das suchst du dir aus. Wohl hast du dich an die Farbe des wolkenlosen Himmels über der Erde erinnert.

Du schwebst darauf zu. Wie es singt in dir. Das ist sein Ruf. Du kennst diesen Sound von elektronischer, meditativer Musik. Deine Seele erzittert. So stimmst du ein in den unsichtbaren Chor. Einen Augenblick lang nimmst du in dir all die anderen Wesen wahr, die mit dir im Innern der Kugel schweben und jetzt oder irgendwann später ihren Weg der Wiedergeburt wählen, genau wie du. Dann entschwindest du durch das Tor.

Auf einer der zahlreichen belebten Welten in einem von vielen Universen schlüpft ein Kind irgendeiner Art aus dem Ei und zieht zum ersten Mal eine Flüssigkeit, die viel Wasser enthält, durch seine Kiemen. An ein früheres Leben erinnert es sich jetzt noch nicht.

Ein Traum

Ich bin ein Traum, ein Traum.

Und wie das nun einmal so ist, nur ein Traum kann sich Realität erträumen.

Also liegt die Wahrheit in den Träumen!?

Ich bin ein Traum, ein Traum.

Bilde mich, verwandle mich und werde zu dem, der ich immer schon war.

Ein Traum, was sonst, wenn nicht ein Traum.

»Und wer mich träumt?«, willst du wissen.

»Natürlich ein Mensch? Wer sonst, wenn nicht der«, antwortest du dir auch schon selbst.

Aber es ist kein Mensch, der mich träumt. Denn schau!: Menschen wandeln auf meinen Wegen, leben in mir. Siehst du sie? Dort liegen sie, drehen sich, bewegen sich, krabbeln und gehen auf allen Vieren, Zweien und Dreien, mit Rädern zur Stütze unter, vor und neben sich, von Geburt an bis zum Tod. Das nennen sie ihr Leben. Menschen sind nicht mehr als Traumgestalten.

»Das kann doch alles nicht sein«, spricht Olaf, ein Mensch wie du und i…, nun ja, wie du. »Wenn das eine wahr wäre, dann ist das andere Lüge. Unsere Welt ist oder ist nicht. Oder aber sie wird immer wieder vernichtet und wiedergeboren«, fällt ihm noch ein.

»Nein, das kann doch alles nicht sein, es sei denn – wir wären nur Figuren in einem Roman, einem Film, den es vielleicht auch noch in zahlreichen Versionen geben mag.«

»Aha!«, lacht der Träumer Dort Oben, den niemand hier unten kennt, und der doch mit diesen beiden Silben die Welt erzittern lässt.

Tunnel öffnen sich

Gleich dem Aufschlagen eines Fächers, Stab für Stab, einer nach dem anderen, so öffnen sich hier die Tunnel in der Schwärze, in der du noch immer ein wenig träumend schwebst, vor dir, neben dir, hinter dir, über dir, unter dir, rings um dich herum – in Raum und Zeit.

Hell leuchten Lichter, in jedem Tunnel aber nur eins.

So bist du nun umgeben, winziger Mensch, von einem Lichtermeer, das nach sonstwohin führen mag.

Das Leuchten, nein, das Strahlen wird Weiß – WEIss – WEISS.

Deine Augen erwärmen sich, sieden, kochen, schmelzen dahin, die Netzhäute lösen sich ab. Dunkel ist die Welt geworden.

Und noch immer siehst du? Nun im Innern?

Lärm tost dort. Deine Schreie mögen es sein, die vielfach von was auch immer reflektiert werden. Lärm schwillt an. Du atmest ihn aus. Ein Lied, ein anderes, viele Lieder, jedes aus einer Welt, die vielleicht am Ende des Tunnels auf dich warten. Es werden immer mehr. Deine Trommelfelle bersten. Längst hörst du nichts mehr.

Wellen von Gestank durchdröhnen deine Nase und werden ersetzt durch wunderbarste Düfte: Veilchen, Jasmin, Rosen. Räucherstäbchen und Wasserpfeifen fallen dir ein, du denkst an all die Frauen, deren wahren Duft du niemals kosten durftest, doch deren Parfums an dir vorüberrauschten, dort draußen auf der Straße und in geschlossenen Räumen der einen und manch anderer Stadt.

Wohinein?, fragst du dich und wunderst dich - nicht.

Träume steigen auf, kehren zurück, brechen aus dir hervor.

Namen fallen aus den Himmeln.

Du, sie, wir alle schauen augenlos auf – und sehen jenseits der Wolken, jenseits unserer Welt, Ihn Dort Oben in einem Drehstuhl an einem Schreibtisch vor einem flachen PC-Monitor sitzen und sich uns erträumen.

Wie traurig Er jetzt doch scheint.

Und was bedeutet das für das Schicksal unserer Welt?

Die Welt im Blatt

Eigentlich sitze ich gerade in einem Café der besonderen Art mit einer zweistelligen Zahl im Namen. Nicht dass die beiden Inhaber so reich wären und so viele Cafés besäßen, sie wählten diese eine Zahl, es ist übrigens nicht die 13, wie meine Krankengymnastin meint, die sich da gar nicht reintraut, sondern die 23, aus Gründen, die sich auf ihrer Homepage nachlesen lassen, wo auch so einiges über die zahlreichen Aktivitäten, Lesungen, Gemäldeausstellungen, Filmvorführungen, Spieleabende, Schachturniere, Modeschauen und so manches mehr zu finden ist.

Ach ja, dieses besondere Café, zugleich Shop für Bücher und DVDs und viele nette Horrorartikel mehr, befindet sich übrigens hier im Zentrum von Kaiserslautern.

Nein, ich trinke gerade keinen Wein, das war eine

andere Sache zu einer anderen Zeit an einem anderen Ort: die mit dem Glas Rotwein dort draußen, der hungrigen Mücke, dem Spinnennetz und vielen anderen Wesen mehr. Darüber schrieb einst einer einmal sogar ein Buch mit mir in der Rahmenhandlung. »Spinnentraumgespinste« nannte er es.

Ich sitze also jetzt hier und trinke, kann ja auch mal ohne Alkohol sein, Grapefruitsaft. Die Vorführung des Pilotfilms zur Twin Peaks Serie habe ich verpasst, die Geburtstagsfeier eines Freundes beim »Hexenbäcker«, einem bekannten Lauterer Restaurant, ging eben vor. Nun sitze ich fast nackt einfach nur so da.

Du wunderst dich, weil ich von »nackt« sprach. Also, Kleidung habe ich an, aber nackt fühle ich mich, denn ich halte kein Handy in der Hand (befindet sich abgeschaltet in der rechten Hosentasche), da liegt kein Notebook vor mir auf dem Tisch (so eins habe ich noch gar nicht) – und das in der heutigen Zeit! Kugelschreiber und Papier liegen hier auf einem kleinen Tisch bereit, falls mir was einfallen sollte, denn in solch einer Zeit der Muse könnte mich eine von diesen Schutzgöttinnen der Künste ja küssen. Und schon geschieht es: Ich sehe den ersten Tropfen in mir fallen und beginne mit meinen Notizen, woraus sich das Folgende entwickelt:

Ein tropischer Regenwald irgendwo in Costa Rica, eine kleine Oase inmitten einer sich immer mehr vergrößernden Menschenwelt, noch primär, also einer der letzten echten, vielleicht der Letzte seiner Art mit all seinem bizarren Leben darin.

Darin?

Das auch. Denn der Wald selbst als Ganzes ist Leben.

Und dann gibt es heute, auch gestern so wie auch morgen noch den täglichen Nachmittagsregen. Früh stiegen die Nebel auf und formten sich zu Wolken. Nun entleeren sie sich mit Blitz und Donner.

Tropfen fallen, treffen Blätter und prallen an ihnen wieder ab, manche von ihnen schleudern sie regelrecht fort, um sich vom Ballast zu befreien. Andere wiederum, wie die Lotusblätter, besitzen winzige wachsüberzogene Papillen auf der Kutikula, der Pflanzenhaut, die das Wasser in runde Kügelchen zwingt, sodass sie nicht zur Oberfläche durchkommen und beim Davonrollen gleich noch den Dreck mitnehmen – Menschen nennen dieses Phänomen den *Lotuseffekt*.

So ist es. Wieso auch nicht?

So sollte es sein, doch ist es das hier in unserem ganz speziellen Fall ganz und gar nicht.

Auch Bromelien sind als Epiphyten auf den Ästen der Urwaldriesen zu finden, sammeln das Wasser in ihren Blättertrichtern und nehmen es mittels ihrer Saugschuppen in sich auf, ersparen sich so lange Wurzeln bis zur Erde oder gar das Anbohren von Wirtsgefäßen.

Doch dieses eine Blatt, das ich meine, dieses eine große grüne Blatt einer für mich namenlosen Pflanze öffnet sich jetzt, faltet sich auf, bildet einen Trichter, der weder in andere Pflanzenteile noch zum Boden hin führt. So gibt es sich ganz dem Wasser hin.

Und dir ist, als hörtest du da ein ekstatisches Seufzen und Stöhnen, auch wenn du weißt, dass solche Dinge nur Tiere (also auch Menschen) tun.

Tropfen fallen, dringen in den Trichter dieses Blattes und in all die anderen Blätter dieser einen Pflanze ein, die da unter all den anderen Arten des Regenwaldes ein von Menschen unbemerktes Leben führt. So füllt sich der Trichter allmählich, dieser und all die anderen, die sich dem Regen öffneten, ja ihn förmlich anzulocken scheinen und in sich aufsaugen.

Und all dies geschieht hier, an diesem einen Ort zu dieser einen Zeit und nirgendwo und niemals sonst noch einmal.

Welch gewaltiges Wunder!

Dort im Innern des einen Blattes aber, dessen Wasser sich nun nach irgendwohin entleert, es ist nicht mehr im gefalteten Blatt, noch fiel es zum Regenwaldboden, dort drin geschieht das, was Menschenaugen verborgen bleibt. Denn es entsteht eine neue Welt, die mit dem Wasserstrom aus Tropfen und Tropfen immer mehr an Größe zunimmt. So also wird die erste Quelle geboren. Und aus der Quelle entspringt ein Bach, der wächst an, denn auch in diesem kleinen Kosmos regnet es bisweilen aus den Wolken. Ein Fluss entsteht, und aus dem Fluss ein Strom, der sammelt sich in einem Becken, und so entsteht ein Meer.

Regenwaldbewachsene Inseln sähest du dort weiter draußen nach einiger Zeit, Strände mit weißem Sand und nirgendwo eine Flut, wärest du hier, in dieser Welt hier drinnen im Innern dieses einen Blattes von so vielen an diesem einen Baum inmitten einer der letzten Regenwaldinseln.

Ist dies das Paradies und alles nur meiner Fantasie entsprungen?, fragst du dich noch, da …

Das alles geschah. Das alles war. Das alles ist vorüber und doch nicht vergessen. Denn längst habe ich die Blätterwelt betreten.

Wie?

In einem Tropfen, der aus den Wolken fiel, wie sonst? Denn nur über Wasser oder Luft führt der Weg hinein in Wasserwelten.

Und nun, was tue ich denn hier?, würdest du, liebe(r) LeserIn, fragen, wärest du hier und wüsstest du von mir. Vielleicht aber tust du es ja, falls der Text dort draußen noch weitergeht.

Ich schließe meine Augen und schwebe empor, stehe nun still und schaue hinauf.

Dort oben leuchtet der Himmel rosarot.

Schaue hinab.

Ruhig und dunkelrot liegt dort das Meer.

So lasse ich mich nun wieder fallen, tauche ein und hinab und niemals wieder in meinem alten Menschenkörper auf. Denn nun bin ich als Fisch wiedergeboren und atme durch Kiemen. Einer von Unzähligen im Schwarm bin ich. Mit glitzernden Schuppen tanzen wir durch unsere lichtdurchflutete Welt.

Irgendwo weit draußen geschehen andere Dinge, denn in Wahrheit ist alles ganz anders, als es scheint. Und doch ist es innen, wie es ist, für all die, die dort leben.

Draußen im Regenwald ist diese eine Pflanze von so vielen, diese besondere Pflanze, die es nur zu dieser einen Zeit an diesem einen Ort auf Erden gab und noch immer gibt, nun keine Pflanze mehr, ach, niemals eine gewesen, doch halt, immer der Reihe nach.

Als Erstes färbt sich die grüne Pflanze rot. Und das geht einher mit weiterem Wandel.

Du könntest es sehen, wärest du hier, wäre es nicht Nacht und zu dunkel für dich und deine Augen.

Doch jetzt leuchtet sie auf, zieht ihren langgewachsenen Pflanzenkörper dort unten aus der Erde, holt ihn hoch, hierher, wo Sterne über ihr leuchten. Dann ringeln sich Stängel und Blätter ein, rollen sich auf, verschmelzen zu einem Rund.

Und so verwandelt sich die Pflanze in einen kugelförmigen, nein, eiförmigen, in allen Farben schillernden Körper, verharrt noch einen Augenblick, als nehme sie Abschied von der ihr liebgewordenen Welt, in der sie Jahre, Jahrzehnte, Jahrhunderte oder Jahrtausende gelebt haben mag, löst sich nun von dem Urwaldriesen, den sie umschlungen hielt, hebt ab in die Lüfte und schießt auch schon lautlos ins All empor, ohne dass da irgendwelche Abgase und Hitze entstehen. Also wird kein Lebewesen verletzt.

So also verlässt das lebende Schiff, ein Alien der besonderen Art, die Erde, trägt in sich das Wasser, das es auffing, um zu leben, und darin den ganzen winzigen Kosmos mit all denen, die den Wassertropfen folgten.

Wir

Tanzend wandelt sich Energie.

Dann ist da nur noch ein Summen und Brummen, ein Flüstern - Sprache für den, der sie vernehmen kann -, Worte, die da lauten:

»Jetzt sind Wir *in* allen Dingen und Wesen, *sind* all diese Dinge und Wesen zugleich.

Jetzt gibt es für Uns auf dieser einen Erde von so vielen keine Grenzen mehr.

Jetzt sind Wir die Fliege, die durch dein offenes Fenster zu dir in dein Zimmer schwirrt, sind die Spinne dort hinter dem Schrank und die Yuccapalme am Fensterbrett, sind der Prozessor in deinem PC und schauen dich aus dem Monitor heraus an, fühlen deine Finger auf den Tasten, betrachten dich still aus dem Raum hinter diesen Worten, aus den Buchstaben dieser Seite dieses Buches, das du gerade in deinen Händen hältst.

Dort sind Wir und schauen aus Sein und Leere heraus.

Und überall lächeln Wir.«

Weltengesicht

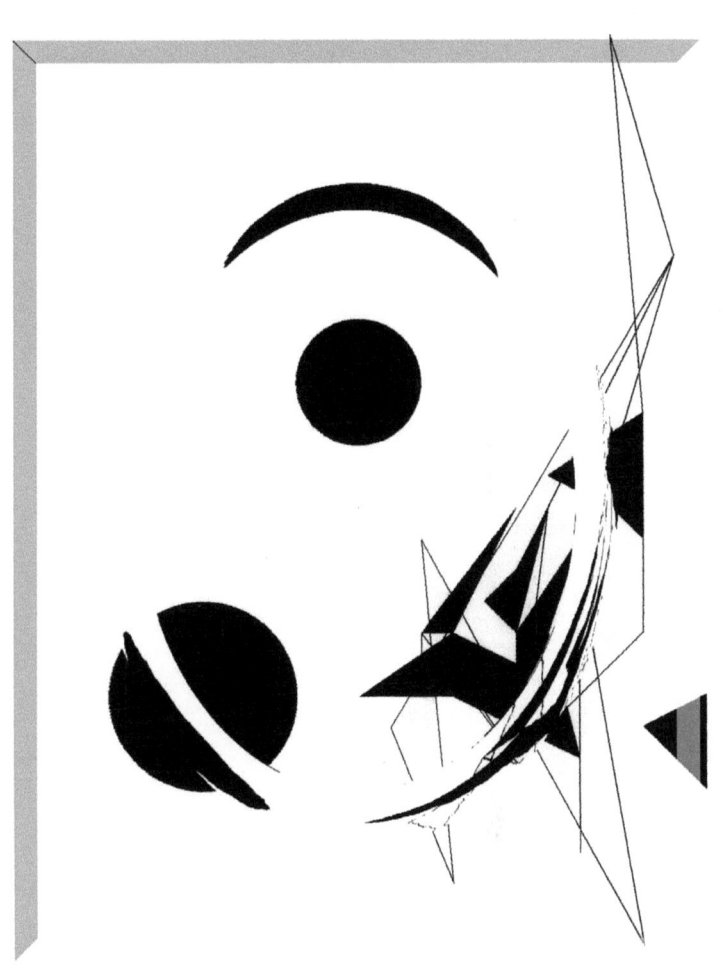

Weltengesicht negativ und auf dem Kopf

Einst und jetzt

Erst waren dort nur wenige
inmitten eines Kontinents namens Afrika

Fast wären sie gegangen
vor Jahrmillionen

Doch sie überlebten
und vermehrten sich

Schließlich lebten Milliarden
auf Erden

Dies alles war
dies alles geschah

Die Menschheit ging dahin
wird niemals wiederkehren
und unsere Welten betreten

DIE DEN LETZTEN FOLGEN

Das andere Fenster

Ein Fenster dort oben im wunderbar wolkenlos-hellblauen Himmel hat sich geöffnet, wie und wodurch auch immer. Schwärze, mondin- und sternenlos, vollkommen.

Jetzt aber malt ein unsichtbarer Pinsel weiße Striche, schreibt einen Buchstaben, dem weitere folgen.

Aha, das passt ja gut zusammen, denke ich, ist sicherlich kein Zufall, statt »schwarz auf weiß«, wie wir es tun mit Tinte auf Papier, jetzt einmal »weiß auf schwarz«.

Langsam wird das Wort lesbar, ja, jetzt ist es vollendet: »Zukunft« steht dort mit einem Fragezeichen dahinter.

Und welche ist damit gemeint?

Meine eigene, der ich dieses Bild schaue?

Die der Menschheit?

Gibt es *die* Zukunft überhaupt?

Sicherlich also nur *eine* von vielen möglichen Zukünften.

Vielleicht aber gibt es ja alle möglichen Zukünfte auf zahlreichen parallelen Welten in zahlreichen parallelen Universen, alle zugleich, was auch immer »zugleich« in diesem Zusammenhang bedeuten mag.

Und schon ist wieder ein wenig Gegenwart vergangen, die eben noch Zukunft war.

Und Weiteres liegt vor mir, der nächste Augenblick - von noch wie vielen?

Deine Bestimmung

Weder dein Sohn noch deine Tochter, auch nicht deine süßen kleinen Enkel werden es sein, nein, du weißt, dass es länger dauern wird, viel, viel länger. Vielleicht werden 100 oder 1000 Generationen entstehen und vergehen, bis es geschieht.

Schon fluten Bilder und Töne heran, Tränen fallen aus deinen Augen, denn du siehst und hörst und fühlst die Erfüllung der Prophezeiung: »Einer aus dem Schoß derer, die einst Menschen waren und es schon lange nicht mehr sind, wird in weiter Ferne mit Augen, wie auch immer sie aussehen mögen, zu den Sternen aufblicken, wird hinaus lauschen und zugleich mit Sinnen in die Weite tasten, für die wir heute noch keinen Namen haben.

Sehnsucht wird in ihm singen, aus ganzem Herzen, wie man früher so schön sagte. 'Nachhause!' wird er wieder und immer wieder rufen, ganz wie einst in einem Menschenfilm ein gewisser E. T.«

Wird er / sie / es aufbrechen und es schaffen?

Wir aber hier und heute wissen, welchen Ort, welchen Planeten, welche Mutter aller Mütter er mit seinem Zuhause meint, von dem die letzten Reste seiner alten Gene in ihm flüstern.

Es ist die Welt

die er niemals sah

die ihn nicht gebar

und doch vor all den anderen war

Noch leben wir Menschen alle (soweit wir wissen) auf ihr. Wir nennen sie »Erde«.

Kindergarten

»Kaum zu glauben, was es einst einmal gegeben haben soll. Da überlegten sich Menschen - zunächst vor allem Frauen, später dann auch zunehmend Männer - am Morgen: Was ziehe ich denn heute bloß an?

Dabei standen sie vor ihrem übervollen Kleiderschränken und probierten und studierten und probierten. Ojemine.

Und Taucher schwammen – blubber, blubber – mit Flaschen auf dem Rücken durchs Wasser. Ach ja, sie atmeten doch tatsächlich daraus Sauerstoff oder irgend so ein Gasgemisch mit viel Sauerstoff drin.

Und was meint ihr? Haben die sich wie Fische gefühlt?«

»Nö!«

»Richtig. Denn heute, wie ihr ja schon wisst, liebe Kinderlein ... Nein, liebe Andrea, heute werden wir keine Fische sein, die Kiemenatmung nehmen wir erst morgen dran ... Heute wollen wir erfahren, wie Delfine leben, dafür aber müssen wir unsere Lungen behalten.«

»Ich will aber nicht«, meint Klein-Oliver, der jetzt schon der Größte von allen ist.

»Gut, wenn du nicht willst, dann sei ein Hai, ist einerlei. Doch merke dir: Wenn du deine Zähne an uns testen willst, gibt's eins auf die Schnauze, d. h.: Dann kriegste unsere Schnäbel voll in die Seite gerammt. Klaro?«

Teilen unter Männern

In meiner Not - denn ich habe überlebt, stehe jetzt hier neben all den anderen und drohe wieder einmal leer auszugehen, denn da ist für uns zwei nur noch eine übrig - schlage ich meinem Kumpel vor: »Wir könnten sie ja teilen, der eine bedient sich rechts, der andere links.«

Er ist einverstanden. Ich zahle die eine Hälfte (ziemlich billig: nur fünfzig Cent), er die andere.

Dann entkleiden wir die Frau.

Oder ist die schon nackt gewesen?

Ja, natürlich. Sie boten sich uns ja an, Sklavinnen, Dienerinnen der Manneslust, nur dies, nicht mehr.

Also sind sie Nutten, Huren?

Eher wohl nicht, denn sie sind ja gar keine Menschen, sondern die neuesten Lustmodelle unter den Androidinnen. Und wer die einmal hatte, der rührt keine echte Frau mehr an. Das weiß doch jeder Mann.

Dann aber gibt es doch Probleme: Zugleich kommen wir beide an ihre Genitalien gar nicht ran, denn es geht ums Lecken an der Möse, an Schamlippen und Klitoris. Das ist es, was wir beide wollen, nur das, sonst nichts.

Wieso eigentlich?, sollten wir uns fragen und tun es doch nicht, denn eigentlich regiert doch der Schwanz den Mann, und Löcher hat sie ja nun mal drei - zumindest diese sehr menschlichen Modelle hier, denn die neueren haben da noch einige mehr.

Wie geht es nun weiter?

Wechseln wir uns ab?

Machen wir es doch auf die alte Art?

Das möchtest du wohl gerne wissen, was?

Tja!, ich weiß es selber nicht. Denn ich wachte auf, der Traum war aus. Allein lag ich im Bett, ein Mensch, gezeugt auf alte Art und auch so geboren, ach so, mit 'ner Morgenlatte, vornehm »Erektion« genannt.

Androidin für den Mann

Welcher Menschenmann sucht sich noch eine Frau, wenn er 'ne Androidin kriegen kann, die alles mit sich machen lässt, wie auch immer seine perversesten Gelüste sein mögen, die zudem ihren Mund hält, wenn er seine Ruhe haben will, und die ihn nicht mit betörenden Blicken und Liebesbekundungen zu Taten verführt, die er von sich aus niemals tun würde?

Denn so soll es ja, wie man hört, einst einmal zwischen Mann und Frau gewesen sein.

Androidinnen gibt es also nun in allen Variationen. Wer auf große Blonde steht, der bekommt eine. Auch Farbige sind im Angebot, in allen Farbtönen der Haut: von kräftigem Schwarz bis hin zu sanftem Braun. Asiatinnen gibt's, versteht sich. Mischlinge aller Couleur natürlich auch. Doch auch grüne Frauen oder blaue, gemusterte in allen Maßen sind zu haben. Die Variationsmöglichkeiten sind grenzenlos. Einfach alle Maße eingeben und bestellen. Schon wird sie geliefert.

Doch es kommt ja noch besser: Die neuesten Modelle können sich verwandeln. War ihre Haut gerade noch weiß, so ist sie jetzt schon asiatisch, und morgen vielleicht schwarz, auch Augenfarbe und -form wechseln. Das sind Überraschungen am Morgen, am Abend, bei der Heimkehr, beim Erwachen im Bett, die machen einen Mann doch erst richtig an.

Alles lässt sich nach den Wünschen des Besitzers variieren, sei der nun ein Mann oder eine Frau – ja, die echten der alten Art gibt es auch noch. Und da ist ja noch mehr: Soll es besonders spannend werden, dann lässt sich der Zufallsmodus aktivieren.

Und bisher sprachen wir ja nur von Haut- und Augenfarbe. Brüste in allen Größen und Formen mit langen oder kurzen Warzen zum Saugen und weiten oder schmalen Warzenhöfen und Variationen ihrer Genitalien - außen rasiert oder mit natürlicher Haarpracht, innen eng oder weit, mit unsichtbarem oder gewaltig großem fast penisartigem Kitzler - lassen sich wählen.

Ein Paradies für Männer: jede Nacht eine andere Frau, die anders riecht, die dich begehrt, meine Fresse aber auch.

Dann gibt's da auch Jungfrauen, die es jedesmal wieder sind, auch ältere, sogenannte reife Frauen, Dicke und Dürre, ja, auch Kinder der künstlichen Art gibt es jetzt endlich für den Pädophilen, einst einmal hierzulande ein großes Tabu, strafrechtlich noch am Beginn des 21. Jahrhunderts verfolgt, um die echten Menschenkinder vor Missbrauch zu schützen. Und das war richtig so.

Die Kosten?

Die ärmeren Männer (und Frauen, die auf Frauen stehen) bestellen sich die Sonderangebote oder erwerben die gebrauchten – Second Hand, was soll's. So war's ja schon immer.

Doch was bedeutet denn all das für die echten Menschenfrauen, hinter denen einst die Männer her waren, die sich selbst die tollsten Kerle zu angeln versuchten? Besteht für die denn jetzt noch Bedarf? Denn ausgestorben sind sie, wie wir schon hörten, ja noch nicht.

Auch sind da ja noch immer so ein paar Träumer und Troddel, Traditionelle, die auf die alten Werte setzen, mit der Bibel in der Hand ihre lebenslange

Ehe vollziehen (wenn sie es denn noch können), und streng nach den Zehn Geboten leben (sollten). Lust der Frau, davon steht da nirgends was. Es geht um die Familie und um Kinder. Denn ohne die lässt sich die Erde nicht untertan machen.

Doch für die Mehrzahl der Männer sind diese »guten« alten Zeiten gottlob rum, in der sie sich ihren einst vielleicht einmal ein wenig geliebten Frauen versklavten und dann nur noch ihre Ruhe hatten, wenn sie brav das taten, was diese von ihnen wollten. Denn sonst war der tagelange Krach gebongt.

Zumindest soll es ja mal eine Zeitlang Ende des 20. und Anfang des 21. Jahrhunderts so gewesen sein. Davor war ja alles anders und besser. Jahrtausende lang war der Mann Herr im Haus, wie man in alten Dokumenten lesen kann. Kaum zu glauben. Sollte vermutlich nach außen hin so sein, alles nur Schein.

Also welcher Mann sucht sich heute noch 'ne Frau, wenn er 'ne Androidin kriegen kann?

(So gut wie) keiner.

Das also ist klar. Leuchtet doch jedem Mann ein, oder?

Andererseits: Welche Frau sucht sich noch 'nen Menschenmann, wenn sie 'n Androiden kaufen kann?

Wozu brauchen Frauen denn jetzt eigentlich noch Männer?

Und überhaupt, Roboter für die Arbeit und die Nachfolger der Computer, K. I., Künstliche Intelligenz, die gibt es ja. Sperma ist eingelagert, Genome lassen sich beliebig duplizieren und mischen, künstliche Befruchtung durch Androiden beim Orgasmus natürlich, wie denn sonst!?, null problemo.

Wozu also sind überhaupt die alten, echten Männer noch gut?, fragt sich die moderne Frau von Welt.

Für die schwere Arbeit jedenfalls nicht mehr. Fürs Denken auch nicht. Und für den Sex schon gar nicht.

Also gibt es keine Maschinenrevolte gegen die Menschheit, wie das so schön in mancheinem Science-Fiction Film der Vergangenheit actionreich mit viel Geballer auf große Leinwände in diesen Lichtspielhäusern, Kinos genannt, gebracht wurde. Denn da sind ja gar keine Gegensätze mehr, die Unterschiede wurden immer kleiner. Menschen haben viel Maschinelles in sich, Maschinen sind ja ohnehin längst zum großen Teil organisch.

Nein, es gibt nur einen sehr kurzen Aufstand der Menschenfrauen, der ein für alle Mal das Übel Mann von der Erde fegt!

Dein Bett

Kuschel dich rein!

Dein Bett weiß

was du dir wünschst

also hüllt es dich ein

Geborgen schlummerst du

wie einst im Mutterleib

Sehnsucht, Begierde?
Kaum gedacht, schon erfüllt.

Dein Bett kennt deine geheimsten Wünsche und befriedigt sie alle.

Von nun an brauchst du keine Geliebte, keinen Geliebten mehr.

Das aber heißt: Auch die Zeiten der Androiden und Androidinnen für diesen Lebensbereich sind längst vorüber.

Oder etwa doch noch nicht?

Sie und ich

Da höre ich also in dem ganzen Gemurmel ringsum einige Worte berlinerisch heraus. Ich drehe mich um und - erblicke eine wunderhübsche Frau.

Auch sie lächelt mich an.

Das macht mich ganz an, dies und besonders, dass sie aus meiner alten Heimat kommt, denn in Zehlendorf bin »ick« ja »jeboren«, dort ging ich in den Kindergarten, das hat mich geprägt.

Ich gehe also zu ihr, spreche sie an, frage, ob sie direkt aus unserer alten und neuen Hauptstadt Berlin oder aus Brandenburg kommt.

Antwortet sie mir?

Weiß nicht, denn der Abstand zwischen uns schwindet, und mein Kopf, mein Mund ist ihr so nah, schon küsse ich sie sanft auf die Lippen.

Erstaunlich, sie stößt mich nicht weg. Ganz im Gegenteil, ihre Zunge fährt in meinen Mund und spielt mit meiner.

Und schon fährt auch meine Zunge zwischen meinen Zähnen und Lippen und ihren Lippen und Zähnen hindurch.

Und dann geschieht das, was ich weder sehen noch fühlen kann, denn alles geschieht im Innern ihres Mundes und zudem auch noch spinnengleich ungeheuer rasch: Ihre menschlichen Zähne verwandeln sich in eine Reihe nadelspitzer Dolche, beißen blitzschnell zu, meine Zunge ab, die schluckt sie auch schon runter.

Ich aber schreie und löse meinen blutenden Mund von ihrem, Entsetzen im Gesicht.

Triumphierend lächelt sie mich an, fährt sich wollüstig mit der von meinem Blut triefenden Zunge über ihre blutverschmierten Lippen.

Jetzt hat sie also Blut geleckt und will noch mehr, denkt etwas dort hinten tief in mir. Mein Überlebenswille schreit nur noch: »Renn, Olaf, renn!«

Doch sie hält meinen Körper eng umschlungen. Und das mit einer Kraft, die ich ihrem zierlichen Körper nie im Leben zugetraut hätte. Woher nimmt sie die nur?, frage ich mich einen Augenblick lang. Oder bin ich nur vor Angst gelähmt und deshalb hoffnungslos gefangen?

Was ich nicht weiß, doch auch sie noch nicht, ist dies: Meine Zunge hat sich in ihrem Magen in eine giftige, knöcherne Pfeilspitze verwandelt, die ihr Gewebe zerstößt und in den Bauchraum vordringt, in den sich nun Magensäure ergießt.

Doch ihre Abwehr reagiert blitzschnell: Schon hat sich der Magen verschlossen, die ausgetretene Säure ist neutralisiert und meine Zungenspeerspitze zersetzt, abgebaut und umgebaut in körpereigenes Gewebe. Nach einem kurzen Anflug von Entsetzen lächelt sie mir nun wieder zu und schaut mich auch schon wieder gierig an.

Doch auch ich schreie schon lange nicht mehr, fühle keine Schmerzen, öffne jetzt meinen Mund und strecke ihr lachend meine neue Zunge entgegen.

Jetzt wissen wir beide, dass wir keine Menschen, sondern Menschenartige sind, Wesen, die ihnen nur äußerlich ähneln. »Androiden« werden wir von den aussterbenden Menschen genannt. Wesen einer anderen, einer neuen Art sind wir.

Jetzt endlich umarmen wir uns wirklich. Und diesmal fließt kein Blut. In Liebe entbrannt lassen wir uns so schnell nicht wieder los.

Tarnung

Chamäleonkleidung, Chamäleonhaut. Nicht nur die, sondern auch die Haut der Neuen Menschen, die sich längst einen anderen Namen gaben, nimmt die Farbe des Hintergrunds, der Umwelt an.

Ach ja, manch eine Krabbenspinnenart hat dieses Tarnkonzept auch schon vor Jahrmillionen erfunden, lauert so, von Vogel- und Menschenaugen unentdeckt, in einer weißen oder gelben Blüte und mag im Ultravioletten gar Insekten anziehen.

Unsere neue Haut jedoch folgt gleich dem Kraken auch unserem Willen, und das blitzschnell.

Das alles aber ist perfekte Tarnung auf optischer Basis.

Doch Tarnung gibt es ja auch geruchlich: Der, der dich lecker findet, findet dich nicht. Und der, den du lecker findest, kommt zu dir.

Und erst die akustische Tarnung. Da ist keine Menschenstimme mehr hier in all dem Geflüster, sondern nur noch Geflüster im Geflüster.

Und auch deine Gedanken stimmen ein in den Chor.

Jetzt sieht dich niemand mehr.

Jetzt riecht dich niemand mehr.

Jetzt hört dich niemand mehr.

Jetzt kann keiner deine Gedanken lesen.

Wer aber ist denn nun der Feind, vor dem du, dessen Vorfahren sich Menschen nannten und auf einem einzigen Planeten namens Erde lebten, vor dem du dich jetzt und hier versteckst?

Ist er noch da, wenn er denn jemals dort draußen war?, könntest du dich fragen, wenn du noch denken würdest. Doch dies alles ist ja Vergangenheit, denn längst bist du eins mit der Welt geworden, mit deinem Körper und all deinen Sinnen, perfekt getarnt dahingegangen, aufgegangen in allen Wesen und Dingen.

Ich wache auf - aus diesem Zukunftstraum. Ich bin ein Menschenmann, noch echt, wenn auch nicht mehr der Jüngste und Gesündeste, doch auf alte Art und Weise gezeugt und geboren, und habe eine Erektion, von der meine Hausärztin meint, dass das mit der gefüllten Blase und mit sonst nichts zu tun habe, während andernorts von der Verbindung mit der REM-Phase, der Traumzeit im Schlaf, die Rede ist.

Unsterblich

Da ist ein Fenster, das sich dir nun öffnet.

Zuvor stand da nur ein Wort. Für dich war es Deutsch. Für den Chinesen sind es die entsprechenden Zeichen. In jeder Sprache taucht es auf, je nachdem, wer vor ihm steht und es lesen soll. Und dieses Wort stand da für dich: *unsterblich*.

Das muss doch eine Lüge sein. Was ist denn hier nun wirklich drin, frage ich mich, der ich doch sehr neugierig bin und es einfach nicht lassen kann. Ich schaue hinein und tue es, koste von der verbotenen Frucht vom Baum des Lebens, von dem sie stammen soll.

»So geschah es«, erzähle ich dir jetzt und hier. »Ich kostete und wurde es, ganz einfach. Ich bin unsterblich!«

»Niemals«, antwortest du. »Unsterblichkeit wird es für uns Menschen nicht geben, in diesem Universum niemals, nie. Alle Menschen müssen sterben. Also auch du, genauso wie ich. Und alterte man nicht und stürbe nicht an Organversagen oder irgendeiner anderen Krankheit, so könnte einen doch etwas oder jemand anders töten. Also wäre man höchstens potentiell, aber niemals wirklich unsterblich. Ein Messer könnte einem die Kehle aufschlitzen, ein Schwert den Kopf vom Rumpf abtrennen, nun ja, das dürfte heute seltener vorkommen, viel wahrscheinlicher wäre aber Folgendes: Ein LKW mit Fahrer im Sekundenschlaf fährt in deinen PKW rein, der da am Ende der Schlange vor der Baustelle steht – ratsch, batsch, Matsch, und schon wär's aus mit der schönen Unsterblichkeit.«

So weit, so gut, so klar. Jetzt aber kommen wir zum schockierenden Teil des Ganzen: »Tu es!«, sage ich und reiche, nein, kein Messer, kein Schwert, *sie* reiche ich dir. »Teste mich. Ist doch ganz einfach festzustellen, ob ich die Wahrheit sage.« Dann bringe ich etwas Abstand zwischen uns: Laufe ein paar Meter, bleibe stehen.

Und du tust es tatsächlich, kaum zu glauben, bist du hypnotisiert? Ziehst den Bügel der Handgranate, wirfst sie. Sie explodiert.

Mich zerfetzt es in viele Teile. Da liegen Arme und Hand und Finger verstreut, Gedärm, ein Kopf, Torsoreste und viele, viele kleine verbrannte Stücke.

Du bist am Kotzen.

All meine Körperreste sehe ich dort unter mir und schwebe doch nicht dem Licht entgegen. Noch immer schaue ich fasziniert nach unten. Dort erheben sich jetzt all diese Teile, nehmen wieder Gestalt an, setzen sich zusammen und bilden, nein, nicht einen alten großen, sondern viele kleine neue Körper mit kräftigen Kiefern und scharfen Zähnen.

»Siehst du, so vermehren wir uns«, sprechen wir alle unisono, die wir wachsen wollen, das aber heißt: Wir haben großen, sehr großen Hunger. Und schon stürzen wir uns auf dich, kleiner Mensch, du ungläubiger Thomas. Bissen für Bissen schwindet dein Körper dahin, während deine Seele längst gegangen ist. Wir schauen ihr nicht nach.

Eben noch waren wir einer. Jetzt sind wir Viele. Wir zerstreuen uns in alle Himmelsrichtungen und gehen auf die Suche. Wir werden unsere Opfer finden. Ein ganzer Planet wartet auf uns, voll mit leckeren Menschen und auch manch anderem Getier.

Heute, gestern und morgen

Da ist zunächst der Traum, die Erinnerung an die Welt so ferner Ahnen.

Und sonst nichts?

Einst einmal vor langer, langer Zeit liefen sie auf allen Vieren über das Land.

Und morgen wird es wieder so sein wie gestern?

Dann werden wir nicht nur im Wasser der Meere, sondern auch dort oben schwimmen, denkt einer von uns, pfeift es den anderen zu, springt voller Glück in die Luft, hofft nie mehr herunterzufallen und ist doch schon wieder in seinem Element gelandet.

Ein Spinner, der nicht alle Flossen im Wasser hat, denken die anderen XXX (Delfine).

Er aber hört ihre Gedanken in sich flüstern, lächelt weise und schweigt, denn weit sieht er die Zukunft seiner Art voraus.

Zeichen kommender Zeiten

Welche Zeichen mögen sie wohl nur in den Himmel schreiben, all diese Vögel, diese Scharen von Staren, die da oben in Wellen fliegen und schweben im Reich der Lüfte, dem wir Menschen trotz all unserer Technik und Maschinen noch immer so fern geblieben sind?

Diese eine Frage stellte ich mir eines Tages zu einer Zeit an einem Ort auf dieser Erde.

Wieso?, willst du wissen.

Kann ich dir nicht beantworten. Frage mich lieber nach dem »Wann?« Dann antworte ich dir: Na, ist doch klar, als ich in den Himmel sah.

So geschah es, so war es - so ist es für alle Ewigkeit, also auch in den kommenden Zeiten, wo wir Wesen sein werden, die ihre Körper wechseln, ganz so, wie es heute Menschen mit ihren Kleidern tun. Vögel werden die unter uns sein, die es wollen, wann immer sie es wollen. Dann werden wir wirklich fliegen.

Von Komponisten und Sängern

»Größter Komponist aller Zeiten«, welch Anspruch steckt doch in diesem Superlativ.

Nein, weder Bach noch Beethoven oder wer auch immer ist hier gemeint. Das waren ja schließlich nur Menschen.

Und »aller Zeiten« ist ja ohnehin Schwachsinn, besonders wenn dieser Titel jedes Jahr vergeben wird, abgesehen davon, dass wir ja das meiste aus der Vergangenheit gar nicht und unsere Zukunft erst recht nicht kennen.

Doch wer ist größer als jeder Mensch?

Wer kann wahrhaft singen und nicht nur »lalala« zu wahrhaft grandiosen Synthesizerklängen von Kitaro und Klaus Schulze stammeln und plärren?

Ein *Vogel* natürlich mit seiner Syrinx hier und heute auf Erden.

Wer also, wenn nicht ein intelligentes kulturschaffendes Vogelwesen einer fernen Welt und Zeit könnte einen Titel dieser Art für sich beanspruchen!?

Untergang

Unsere Welt ist real, und wir natürlich auch, was sonst?

Doch da ist ja noch diese Sekte, deren Mitglieder sich umbringen wollen, um die Katastrophe zu überstehen, das Jüngste Gericht, den Meteoriteneinschlag.

Na klar, solche Spinner gab es schon immer, denkst du und - hast recht.

Andere Menschen wollen es verhindern, vor allem wegen der unschuldigen Kinder, die mit den Erwachsenen sterben müssten.

Doch die Sektenmitglieder schaffen es: Alle bringen sich um, sorry, fast alle bis auf drei, die entkommen. Gerettet!

Irgendwie kommt mir diese Geschichte bekannt vor. *Believers* nannte sich der Film.

Aha, ein Film nach realen Begebenheiten, bearbeitet und verändert, versteht sich, Vieles also doch nur Fiktion?

So weit, so gu..., so schlecht, denkst du.

Da stimme ich dir zu.

Dann aber kommen die ersten Anzeichen. Und schon geht alles rasend schnell: Feuer fällt vom Himmel, und das Leben auf Erden wird gewaltig zurückgeworfen. Nur wenige Menschen und Tiere, Pflanzen und Pilze, Bakterien und Viren überleben.

Doch da ist ja noch das Jenseits, dieser weite endlose Strand an diesem neuen Meer, Wasser und Sand. Eine Sonne, die größer scheint und es vielleicht auch ist, es sei denn, diese andere Erde flöge näher an ihr vorüber. Und da diese Bilder erscheinen, ist da auch irgendwer oder irgendwas, das sie wahrnimmt oder zumindest aufzeichnet.

Ja, so ist es, hier sind wir also alle versammelt, die letzten Überlebenden der Menschheit, wenn denn alles so auf Erden geschah, wie es uns von unserem religiösen Führer prophezeit worden ist, der die Stimme GOTTES in sich flüstern hörte und das tat, was getan werden musste, so wie einst Noah, der seine Arche baute: »Bereitet alles vor! Tötet euch zur rechten Zeit, genau dann, wenn ich es sage!«

Hier sind wir nun also in unserer neuen Heimat, die GOTT uns gab, die ersten Menschen auf einer neuen Welt, die wir »Neue Erde« nennen wollen. Wir werden es schaffen. Zunächst einmal aber falten wir die Hände zum Gebet und danken alle dem HERRN.

Was die Überlebenden jedoch noch nicht wissen, ist dies: Der, der da flüsterte, war nicht GOTT, sondern ein anderer, eher noch ein Anderes.

Nein, Luzifer, *einer* der gefallenen Engel, der den Menschen einst das Licht, das Wissen brachte oder aber, wie andere meinen, ihre Seelen holt, der war es auch nicht.

Und wie wir aufgeklärten LeserInnen wissen, gibt es ja gar keinen GOTT, denn wir sind Atheisten.

Oder aber ER / SIE / ES trägt unzählige Gesichter, verbirgt sich hinter allem, ist in allen Dingen und Wesen, ist alles. Also sind auch wir ein Teil von IHM. *Pantheismus* wird das genannt.

Aber da ist plötzlich *noch* ein Gedanke: Kinder sind nun einmal Kinder und wollen spielen. Das gilt nicht nur für junge Säugetiere wie Hunde und Katzen, sondern, wie wir alle wissen, auch für uns Menschen, doch ist es ganz allgemein bei intelligenteren Wesen üblich.

Ja, so könnte es gewesen sein. So war es ja, so geschah es: Ein Kind einer anderen Kultur, eins von den Anderen, den Aliens, deren Leben Äonen währt und die wir kleinen aufrecht gehenden Affen, die wir uns Menschen nennen, ruhig göttlich nennen können, schaute einst auf die Erde hinab, die ihm wunderbar gefiel, und machte seine Spielchen. So kickte es ab und zu einmal, wenn es gerade in der Nähe weilte, einen kleinen Asteroiden aus der Bahn, der dann als Meteorit auf die Erde knallte. Ein großer erledigte die Dinosaurier vor 65 Millionen Jahren, kleinere richteten weniger Unheil an - nur Eiszeiten, weiter nichts. Und ohne die Dinos konnten sich die winzigen Säuger und die kleinen Dinonachfahren namens Vögel erst richtig entfalten, und somit auch Affen und Menschen entstehen. Doch dies alles ist lange her.

Vor kurzem aber - nun ja, das Alienkind ist jetzt wohl reifer, Ballspiele sind out - da wurde es noch viel intimer, flüsterte dort unten einigen Wesen Worte zu und gab ihnen Träume ein, auf dass sie aufbrachen, ausbrachen, den Alltag, die Heimat verließen oder aber die tollsten Theorien aufstellten und großartige Erfindungen machten.

Diejenigen, die überlebten und ihre Reise niederschrieben, die wenigen, von denen in den letzten 300 000 Jahren Menschheitsgeschichte noch Berichte erhalten sind, galten bis vor kurzem noch als die großen Propheten, Gründer von Weltreligionen und Führer vieler Völker der Menschheit. Der Letzte von ihnen, der allerdings als ein irrer Spinner angesehen wurde, war der Sektenpfarrer, dessen Gemeinde nach dem Tod eine neue Erde fand.

Wie diese Aliens aussehen, zu denen das verspielte Kind gehört, willst du wissen, der du hier nicht weit von dem Ort meiner Lesung entfernt an deinem Computer sitzt, gerade im Internet surfst und diese Story natürlich für reine Erfindung hältst? Denn schließlich existierst du ja noch. Und die anderen Menschen, selbst dieser Schreiberling und Möchtegernschriftsteller, sind ja auch noch da.

Körperlos sind die Anderen, und doch können sie alle Gestalten annehmen. Vielleicht krabbeln sie da gerade an dir vorbei oder lauern dort in der Ecke auf Beute, transferiert in Spinnenkörper, die du, kleine Menschenfrau, ja absolut nicht ausstehen kannst. Schon hast du eine erwischt und totgeschla...

Nein, du hast ja solche Schiss vor diesen winzigen Wesen, schreist wie am Spieß mit erstarrtem Körper nach deinem Bruder, Freund, Ehemann oder aber schaffst es sogar, hysterisch brüllend »Hilfe, eine SPINNE!« aus dem Zimmer zu rennen:

Also kommt der starke, furchtlose Mann. Er schlägt sie tot, besiegt den Drachen. Haha!, gewonnen.

Was für ein Held er doch in deinen Augen ist, der Mann deines Herzen. Das ist Liebe. Füreinander da sein in der Not und sich aneinander festhalten können, umarmen, so wie jetzt, wo du ihn umschlungen hältst und nie mehr wieder loslassen willst.

So soll es geschehen, kichert das Alienkind, das sich im Körper der getöteten Spinne verborgen hatte und gar nicht darüber begeistert war, zerquetscht zu werden: »Bleibt aneinander kleben und werdet, wie ich eins war!«

Und so geschieht es. Aus zwei mach eins, aus zweimal vier wird acht gemacht, und schon ist ein seltsames Wesen entstanden, das es nie zuvor gab und niemals wieder geben wird: halb Mensch, halb Spinne, nun, eigentlich doch noch viel mehr Mensch. Immerhin die acht Beine sind ja da, die Taster fehlen natürlich, und auch wenn es nicht spinnen kann (weder Spinnwarzen draußen noch Spinndrüsen im Innern) und nachts ziemlich hilflos ist, kann es doch immerhin bei Tag gut sehen.

Nennen wir es einen Arachnoiden, männlich und weiblich zugleich, einen sich selbst begattenden Zwitter, denn asexuell ist dieses Wesen nicht, weil Lust und Liebe doch immer zusammengehören.

Ach ja, der Geist des Alienkindes, so viele Jahrmillionen alt und immer noch so verspielt, treibt längst andernorts andere Spielchen, es sei denn seine Mutti, die viele Kinder hat (Ach herrje!, wer weiß, was die Geschwister so anstellen!) und von allen nur die Große Spinne genannt wird, riefe es zum Essen oder zur Ruhe.

Das Hochzeitsgeschenk

»Zeige mir deine Liebe. Mach mir eine Welt zum Geschenk«, dachte er ihr zu, »dann werde ich für immer dein sein.«

Also brach sie auf in den Raum, fand einen Planeten und formte ihn nach ihren Bedürfnissen um.

Von »Terraforming« sprachen einst Menschen, als es sie noch gab, und meinten damit das Umgestalten von Planeten, die Anpassung ihrer Atmosphäre an die ihres Mutterplaneten.

Sie aber stammte nicht von dieser Erde. Sie benötigte andere Gase zum Atmen und eine Welt, die ein einziges Meer sein sollte. Und so geschah es. Und das Liebespaar, das weder menschlich war noch triefender Schleim, lebte in seiner neuen Wasserwelt glücklich und zufrieden bis ans Ende seiner Tage.

Und deshalb hatte das alte Leben auf dieser Welt gehen müssen, nicht durch den Einschlag eines Meteoriten oder Kometen, nicht durch die Invasion von grünen oder, besser passend, roten Marsmenschen, auch nicht durch die Sprengung des Sonnensystems für eine Weltraumumgehungsstraße, wie ein menschlicher Science-Fiction Autor, dessen Namen mir entfallen ist, einmal schrieb, nein, ganz einfach der Liebe wegen. Als Hochzeitsgeschenk von ihr für ihn war die Erde neu geboren worden.

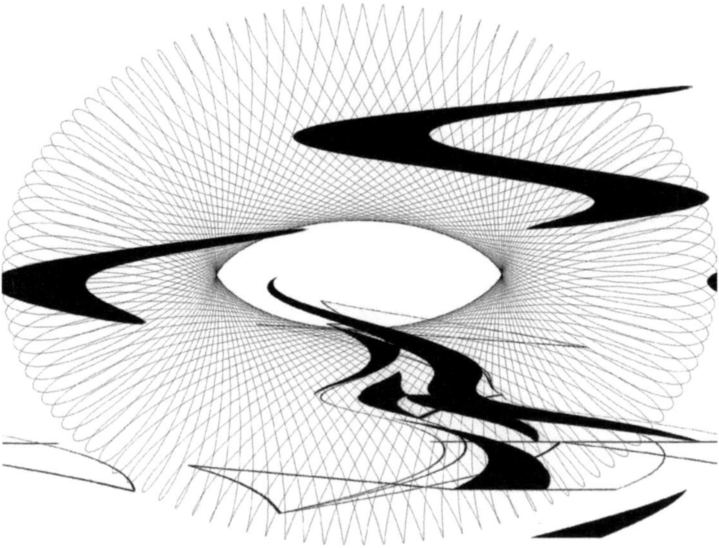

Spiro-Bubbles / ES Sie Er

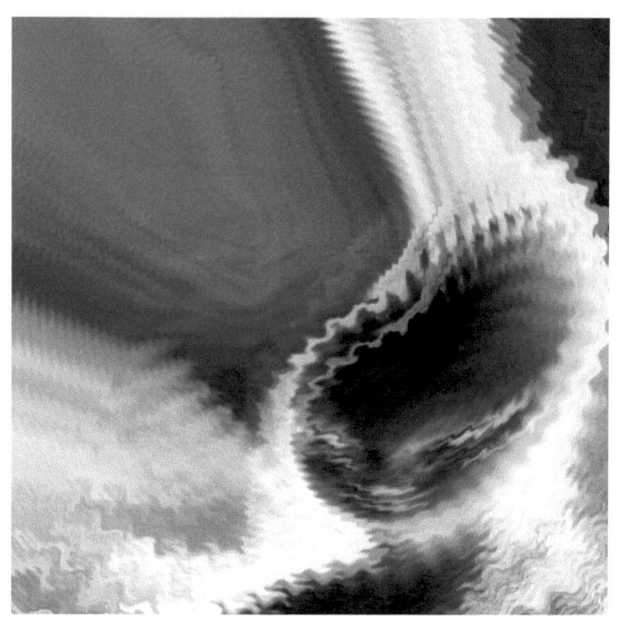

Alien Mona / Mona 2100

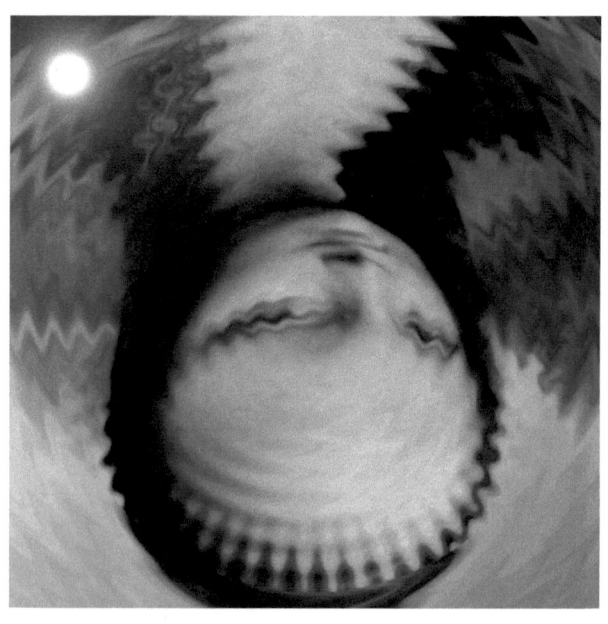

EPILOG

Traum und Realität

Es gibt keine Realität
Alles ist Traum
Alles ist wirklich
alles ist wahr
in diesem Traum

Irgendwann aber
erwacht das Schlafende
Nenne es ALLES
nenne es NICHTS
nenne es GOTT

Irgendwann öffnet ES
SEINE Augen
das keine Augen
das alle Augen
SEINER Welten hat
und dann ...

Fantastische Kurzprosa

Ruf der Mondin. Lieder der Nacht. 62 Seiten, ISBN 9783980210256 sowie als E-Book erhältlich.

Im Licht der Vollen Mondin. 132 Seiten, ISBN 9783930304042 sowie als E-Book erhältlich.

Mondin-Schein und Sein. 176 Seiten, ISBN 9783930304127 sowie als E-Book erhältlich.

ATON Vater Sonn. Taggeschichten. 184 Seiten, 50 handsignierte, nummerierte sowie weitere Exemplare, ISBN 9783930304097 sowie als E-Book erhältlich.

Spiegelwelten deiner Seele. Spiegelgeschichten. 125 Seiten, 2. überarbeitete Auflage ISBN 9783741252006 sowie als E-Book erhältlich. 1. Auflage: 50 handsignierte, nummerierte Exemplare, ISBN 9783930304271.

Still riefen uns die Sterne. Kosmische Geschichten, 164 Seiten, 50 handsignierte, nummerierte und weitere Exemplare, ISBN 9783930304295 sowie als E-Book erhältlich.

Von Engeln, Erleuchtung und Ewigkeit. Meditative Kurzprosa. 3. überarbeitete Auflage, 149 Seiten, ISBN 9783741266621 und E-Book. Rainar Nitzsche / Harald Fuchs, 2. Auflage, 144 Seiten, ISBN 9783930304783.

Das Schlafende steht auf aus Seinen Träumen. Fantastische Kurzprosa. Vampire, Fabelwesen, Parallelwelten, 122 Texte, 30 Abbildungen, 204 Seiten, ISBN 9783930304776 sowie vorliegendes Taschenbuch und E-Book.

Spinnentraumgespinste. Spinnenträume und Spinnenbegegnungen. Mit über 80 verfremdeten Fotos sowie Grafik vom Verfasser. 2. überarbeitete Auflage. 164 Seiten, ISBN 9783930304707.

Märchens Geschichte. Neue Phantastik- und Horrorgeschichten. 63 Storys, 27 Autoren, 220 Seiten, ISBN 9783930304011.

Dreimal Horror von Olaf Olsen kurz und schmerzhaft mit Illustrationen von Rainar Nitzsche:

Olaf Olsen

Die Meere
des Wahnsinns

Die Meere des Wahnsinns. Wenn sich die Grenzen verschieben. Nummeriert, handsigniert, limitiert auf 50 Exemplare, 78 Seiten, ISBN 9783930304301 sowie als E-Book erhältlich.

Höllen-Fahrten-Leben-Träume. Nummeriert, handsigniert, limitiert auf 50 Ex., 156 Seiten, ISBN 9783930304318 sowie als E-Book erhältlich.

ES bricht hervor aus dir. Nummeriert, handsigniert, limitiert auf 50 Exemplare, 106 Seiten, ISBN 9783930304493 sowie als E-Book erhältlich.

Die Pfadwelten

Die fantastische Reise von Manfred, einem Magier mit der Fähigkeit sich in andere Lebewesen zu verwandeln. Sein Weg durch die Bioregionen der Erde auf der Suche nach seiner großen Liebe im Kampf mit einem schwarzen Wesen aus der Welt T-Her:

Der Leuchtende Pfad des Magiers. PFAD 1, 186 Seiten, handsigniert, nummeriert, limitiert auf 200 Exemplare, ISBN 9783930304035 sowie Neuauflage als Taschenbuch ISBN 9783743113763 und E-Book.

Wandlungen der Drei. PFAD 2. 194 Seiten, handsigniert, nummeriert: 50 Exemplare, ISBN 9783930304134 sowie Neuauflage als Taschenbuch ISBN 9783743196001 und E-Book.

Wüsten-Berges-Himmels-Weiten. PFAD 3, 180 Seiten, handsigniert, nummeriert, limitiert auf 50 Exemplare, ISBN 9783930304172 sowie Neuauflage als Taschenbuch ISBN 9783743159600 und E-Book.

Seelenreisen von Menschen- und Arachnoiden, ES, Katzen und einem Schneckenwesen durch Raum und Zeit bis zur Vereinigung der Sieben und zur Erleuchtung:

Ins All - Im Eins. PFAD 4. 208 Seiten, handsigniert, nummeriert, limitiert auf 50 Exemplare, ISBN 9783930304141 sowie Neuauflage als Taschenbuch ISBN 9783743172883 und E-Book.

Der Schneckenkönig von Alexa E. Bach. Suche eines intelligenten Schneckenwesens nach seinen Untertanen in einer menschenleeren Welt, die von Ameisenvölkern beherrscht wird. 76 Seiten, ISBN 9783842355873 und E-Book.

Lyrik - Sachbücher Spinnen

auf der Homepage: www.nitzscheverlag.de